ALBERTO ONGARO

LA TAVERNA DEL DOGE LOREDAN

PIEMME

Redazione e fotocomposizione: *Agostudio,* Alessandria

I Edizione 2004
II Edizione, novembre 2004
III Edizione, dicembre 2004
IV Edizione, Gennaio 2005
V Edizione, Febbraio 2005

15033 Casale Monferrato (AL) – Via del Carmine, 5
Tel. 0142/3361 – Fax 0142/74223
www.edizpiemme.it

Stampa: arti grafiche TSG s.r.l., via Mazzini, 4 - Tel. 0141/598516 - 14100 ASTI

Sempre più spesso nel luogo dove mi trovo un uomo senza volto mi compare davanti e mi si ferma accanto sempre più a lungo di quanto io possa sopportarlo. È un uomo alto e asciutto, vestito con eleganza, una lunga stretta redingote di velluto nero liscia e senza pieghe, pantaloni attillati dello stesso colore e dello stesso tessuto della giacca, camicia di seta bianca, scarpe con fibbie d'argento, un tricorno fuori moda che in parte copre la superficie vuota e piatta del suo viso. Non so se l'uomo in carne ed ossa di cui io qui presento soltanto il simulacro sia mai stato vestito in questo modo: io non l'ho mai visto ma fin dal giorno in cui, ahimè, ebbi la certezza della sua esistenza mi accadde di attribuirgli l'atteggiamento e le vesti, se non il viso del resto nascosto dal cappello, del gentiluomo arrogante che rientra a casa dopo una notte di baldoria in uno dei dipinti chiamati *Il Cavaliere* di William Beckford, che fu buon amico di mio nonno e le cui opere furono appese per molti anni nella pinacoteca della mia famiglia prima di essere vendute alla National Gallery. Poiché gli ho fatto capire molte volte che farei volentieri a meno della sua compagnia lo sconosciuto ha, soprattutto negli ultimi tempi, raddoppiato la frequenza delle sue visite dicendo che se egli deve essere considerato una ossessione come tale deve comportarsi, che non si può pretendere da una ossessione una condotta da gentiluomo discreto e ragionevole e che quindi è suo dovere cogliermi di sorpresa quando meno me lo aspetto, infilarsi nei miei pensieri quando cerco di pensare ad altro, invadere la mia memoria quando tento di dimenticare. La sofferenza che le visite di questo vellutato fantasma mi danno moltiplica con risultati maligni la frustrazione di non essere riuscito a sapere qualcosa di più sul suo conto, di non conoscere il suo nome, di non poter immaginare del suo viso che una specie di macchia di gesso semicoperta da un tricorno. Di lui so infatti ben poco. Di lui so soltanto, per averne sentito parlare una sola volta e per pochi minuti che è un gentiluomo veneziano di bell'aspetto e di ricca famiglia, che ama sopra ogni cosa al mondo e ne è riamato quella che nel dialetto del suo paese viene chiamata la Mona, che possiede a Venezia una elegante palazzina dalle stanze adorne di preziosi oggetti orientali e africani e di molte altre testimonianze dei suoi viaggi e che pure dispone di una villa nella campagna veneta dove, suppongo, porta le giovani signore che grazia e fortuna gli consentono di sedurre. Nient'altro. A parte naturalmente ciò che ha fatto di lui la mia ossessione e l'oggetto del mio odio più profondo e cioè essere egli l'uomo che più di ogni altro ha contribuito alla mia rovina proprio nel momento in cui mi pareva di esserne più lontano, il profanatore di un tempio che mi era sacro, l'ultimo fra coloro che saccheggiarono qualcosa che mi apparteneva e ne godettero. Comincio a raccontare la mia storia parlando di quest'uomo sia perché è qui accanto a me per una delle sue solite visite, indifferente al fatto che io stia scrivendo o forse addirittura curioso di sapere quello che scriverò, sia perché il punto di partenza della memoria di un passato che è stato felice è sempre l'infelice presente.

Il luogo è una palazzina sul rio di San Felice ai piedi del Ponte del Molin della Racchetta, sul lato sinistro del canale per chi vi arrivi dalla laguna e dalla parte opposta a quella della chiesa. La palazzina appartiene a Schultz tipografo-editore di discreto nome locale (suoi sono ad esempio i libri *Lettere di Marinai della Repubblica Veneta*, *Mercanti greci in piazza San Marco*, *Celebri imbroglioni di Rialto* e di lui sono stati annunciati già da qualche tempo una *Storia dei Casini Veneziani* e il varo di una collana di romanzi popolari) ed è un edificio che ha più di qualche secolo alle spalle, non alto, di struttura orizzontale più che verticale, con un lungo porticato di marmo detto del "Tagliapietra" su cui appoggia il peso della facciata principale, le strette finestre ad arco, il balcone, un insieme di vuoti che sostengono il pieno come diceva il professor Fiocco, buonanima padovana della Facoltà di Lettere. È una sera di inverno fra le sette e le otto. Nella palazzina che ha certamente conosciuto tempi splendidi e che conserva ancora una certa corrosa dignità ci sono due luci accese: quella cruda e gialla dello scantinato dove si trovano le macchine tipografiche della ditta e quella ombrata dell'ufficio di Schultz al primo piano, un'ampia stanza dalle pareti quasi interamente coperte di libri di ogni genere e di ogni epoca, una stanza di sapore antico come è del resto antica l'intera palazzina che Schultz ha ereditato da uno zio e che conserva ancora le tracce di quello zio e di altri zii e nonni e prozii e bisnonni, su su fino al 1816, l'anno in cui gli Schultz, viennesi, arrivarono a Venezia come funzionari della amministrazione austriaca e vi rimasero. Ci sono divani di cuoio scuro, grandi contenitori di metallo, un quadro del pittore Favaretto, raffigurante il carnevale veneziano sistemato in uno spazio fra due scaffali della libreria, qualche maschera africana ed orientale, una massiccia scrivania ingombra di carte dalle quali emerge incongruo, quasi sconveniente, un telefono rosso di modernissimo disegno. Quanto a lui, Schultz, è un uomo alto sui quaranta, quarantacinque anni, di capelli e occhi chiari, la pelle scura di chi ha fatto per molti anni vita all'aria aperta, un corpo asciutto di quelli che hanno l'incomparabile fortuna di restar tali per una vita intera. Schultz veste a piacere di chi se lo immagina, ma per chi voglia indicazioni più precise si suggerisce, dal basso all'alto, questo abbigliamento: scarpe di camoscio con la suola di para, pantaloni di velluto a coste blu o marroni, maglione con il collo alto pure a coste blu o marrone oppure a coste soltanto i pantaloni e non il maglione o viceversa. Schultz è comunque un uomo che non corrisponde affatto all'idea che ci si può fare di un piccolo editore veneziano e che, eventualmente, più che assomigliare a quel che è assomiglia a quel che è stato: un ufficiale della marina mercantile con una lunga esperienza di navi da trasporto e petroliere, abituato ad avere a che fare con marinai e stivatori, e che tale avrebbe probabilmente continuato ad essere se un giorno non gli fosse capitato qualcosa di cui è meglio tacere ora e parlare più tardi. Schultz non è solo, con lui c'è un altro uomo sui quaranta, quarantacinque anni, anch'egli di capelli e occhi chiari, la pelle scura di chi ha fatto per molti anni vita all'aria aperta, qualcuno che nel corso di questa storia potrà essere chiamato in vari modi, il socio, l'inquilino, l'altro o, più spesso, Paso Doble, per una sua nota passione per la danza e che abitualmente accetta di essere chiamato in qualunque modo lo si chiami purché non gli si chieda mai chi esattamente sia e che cosa stia facendo in quella casa.

Schultz passeggia in su e in giù per la stanza, si ferma davanti alla finestra, guarda macchinalmente fuori quasi senza vedere la facciata della chiesa illuminata da una lampada. Allora, dice non proprio una domanda, ma l'inizio di un discorso. Allora cosa? Quelle bozze, dove sono? Oh, dice Paso Doble, quelle bozze, quelle bozze, perché te la prendi tanto? Le ho nascoste, le ho chiuse in uno dei miei cassetti più segreti. Sabotaggio. Ricompariranno quando non ne avrai più bisogno. Sai che in questa casa non va mai perso nulla. Schultz si volta. Questa sì che è buona, dice lo sguardo sorpreso di chi non ha mai sentito sfacciataggine più grande. Fa un rapido calcolo: il passaporto, la patente, una penna d'oro, un prezioso idolo papua dagli occhi di conchiglia ritrovato chissà come mentre se ne andava alla deriva in un canale e poi sparito un'altra volta, il portafoglio con centocinquantamila lire, le chiavi della casa di campagna, la bussola, ricordo di quando navigava, le copie fotostatiche dei documenti della Libreria Marciana da cui ha ricavato la *Storia dei Casini Veneziani*, tutto questo gli ha nascosto l'altro in pochi mesi ed ora anche le bozze dei medesimi *Casini*. Eh, be', Paso Doble dice allegramente. Mi sei antipatico. Lo sai quanto mi sei antipatico. Non è una novità. Soprattutto nei giorni dispari. A volte ti prenderei per il collo e ti sbatterei la testa contro il muro. A volte vorrei che fossi morto. Un desiderio colposo come quello che confessa Falstaff alla signora Ford. Non che ti odii, bada. Al contrario. Ma, ripeto, non mi sei simpatico. Non posso farci nulla... Mi fa piacere, dice Schultz incassando senza batter ciglio. Si avvicina alla scrivania, sposta qualche libro, mette assieme qualche foglio. Una tua eventuale simpatia mi metterebbe in imbarazzo. Come dice mio padre certa gente è meglio averla contro che a favore. E adesso tira fuori le bozze prima che ti spacchi la faccia... L'altro fa un cenno con la testa. Aspetta, dice, aspetta. Prima devo dirti una cosa, un paio di cose, oh non tante, due o tre cosette. Schultz lo guarda da dietro il tavolo dando le spalle alla finestra. È davvero un bel tipo di capitano di marina (mercantile) Schultz, niente affatto guastato dagli anni di servizio né da quelli di comando passati a bordo del "Ramona" spensierata petroliera battitrice degli oceani. È calmo, ironico, autorevole quanto basta. Avanti, dice, sto aspettando. Quanti anni sono passati?, domanda l'altro, quattro o cinque? Comincia a muoversi per la stanza senza guardare Schultz. Quanti dalla sera che lo abbiamo incontrato su quel ponte e abbiamo fatto quattro passi assieme? Li hai mai contati? E se li hai contati davvero ti meravigli di avere un sabotatore in casa? Un'intera compagnia di guastatori è quello che ti meriti! Un attentato qua, un altro là... Schultz si mette a ridere. Di che cosa stai parlando sanguisuga? Hai capito benissimo di che cosa sto parlando, dice l'altro fermandosi di colpo. Berengo, l'avvocato, il principe del Foro veneziano. L'ho visto stamattina. Schultz fa con la mano un gesto rassegnato. Lo so, lo so, dice piano. Sta ancora aspettando una tua telefonata. Lo so, lo so, ripete Schultz. E va tutte le sere "Ai Senza Famiglia" sperando che anche tu ci vada. Pensa un poco. Ed è stato anche senatore. Riprende nervosamente a camminare lungo gli scaffali della libreria, si ferma sotto il Favaretto, torna indietro. Allora?, riprende, hai fatto questo calcolo? Schultz alza le spalle. Che ne so, dice, ho perso il conto. E poi che importanza vuoi che abbia? Che gli anni siano quattro o cinque non fa alcuna differenza. L'altro lo guarda con espressione incerta fra l'irritazione e la sorpresa. Per te forse, dice, non per chi aspetta una tua telefonata. Finirai come il gobbo Massariol che ci ha messo vent'anni a rispondere a una tua lettera. E quelli fermi, inchiodati al muro come farfalle imbalsamate...

Schultz torna a voltarsi verso la finestra. Guarda fuori. Stanotte, dice, ci sarà la neve. Poi aggiunge, ne abbiamo parlato tante volte. Io non gli ho mai detto quando lo avrei chiamato e nemmeno che lo avrei fatto. È stato lui a metterselo in testa. Del resto c'è sempre qualcosa che non quadra nei suoi discorsi. Potevano andar bene dieci anni fa o forse, non so, fra altri dieci anni. È difficile coglierne la misura anche se lui è convinto del contrario... Si volta, prende una scatola di sigari dalla scrivania e la infila nel taschino del maglione. Ho fame, dice, vado a mangiar fuori. È tutto qui quello che volevi dirmi? L'altro esita qualche istante come a riepilogare mentalmente le sue ragioni. No, dice poi, c'è ancora un paio di cosette. Sentiamole, dice paziente Schultz. Non c'è più birra nel frigorifero e questo io lo considero come un affronto personale, il caffè non è più quello di una volta e sono stufo di vederti sempre con quei maglioni e quei pantaloni di velluto, questo materiale immondo, stomachevole. Schultz ride ancora. Va bene, dice. Cercherò di provvedere. E adesso dimmi dove hai messo quelle bozze...

Sono in cima all'armadio in camera.

Escono assieme dall'ufficio e si trovano in una grande sala dal pavimento di marmo, con pochi mobili antichi, una lunga fratina, un bureau spagnolo, una cassapanca, qualche altro oggetto qua e là a piacere di chi si prenda la briga di immaginarlo e di collocarlo al posto giusto. È il salone della palazzina attorno al quale gira il resto dell'appartamento, qui si entra e si esce, da qui si va alle altre stanze, la camera da letto, la cucina, il corridoio che conduce ai bagni, l'ufficio, il soggiorno e la camera degli ospiti comunicanti e uniti da un unico poggiolo che guarda sul canale. Attraversano il salone dirigendosi verso la porta di ingresso accanto alla quale, sulla cassapanca, c'è un cappotto di renna con la pelliccia interna. Schultz lo prende e lo indossa mentre l'altro gli gira attorno aggressivo e insinuante. C'è anche tutto il resto?, domanda Schultz. Ma sì, ma sì. Se non proprio tutto quasi. Che non ti venga in mente, continua Schultz posando la mano sulla maniglia della porta, che non ti venga in mente di nasconderle da qualche altra parte. Ne ho abbastanza di giocare alla caccia al tesoro... La porta dà su una scala di marmo che splendidamente scende fino al cortile interno della palazzina, un tipico cortile veneziano con un gran pozzo in mezzo, i muri coperti d'edera e, sospesa a mezz'aria, una lanterna da marina che ne illumina il centro lasciando la periferia nella penombra. Nella zona buia del cortile c'è il massiccio portone nobiliare che conduce fuori, al sottoportico del "Tagliapietra", snello colonnato di marmo cresciuto sopra il rio e comunicante, attraverso pochi gradini, con il Ponte del Molin della Racchetta e con la calle dallo stesso nome. Dove vai a mangiare?, domanda Paso Doble. Schultz comincia a scendere le scale sollevando sul collo il bavero di pelliccia del cappotto. "Ai Senza Famiglia", dice, tu non vieni? No, risponde l'altro. Non ho fame. È rimasto in cima alle scale accanto alla porta, alta figura imbronciata contro la luce del salone. Anzi, ho un peso sullo stomaco. In alto, sopra il cortile il buio è come soffuso di una luce grigia, polverosa. Potrebbe cominciare a nevicare da un momento all'altro. E se trovi Berengo? Schultz alza le spalle. Saprò cavarmela in qualche modo, dice. Addio vampiro.

Può una figura come Paso Doble starsene tranquillamente a casa mentre Schultz se ne va a mangiare? Ma sì che può, per una volta, cosa vuoi che sia una volta sola nel corso di una storia che potrebbe essere assai lunga. Del resto non è che a casa se ne stia così tranquillo. Rimasto solo comincia a guardarsi attorno con l'aria di chi ha in mente qualche cosa.

La camera degli ospiti nella casa di Schultz. Penombra. Al centro della camera c'è una poltrona sulla quale è seduta con le lunghe gambe accavallate sotto un cappotto di cammello la statua di cera di una donna bellissima con i pesanti capelli brunodorati raccolti sulla nuca, brunodorati come certi occhi brasiliani gli occhi brunodorate la carnagione e le mani posate sulle cosce, grande la bocca socchiusa in un mezzo sorriso di impressionante realismo un sorriso stranamente senza fissità e senza enigma rivolto a qualcuno che non c'è ma che c'è sicuramente stato e che forse potrebbe esserci ancora, una bellezza aristocratica e zingaresca colta in un momento di grazia e di cui non si capisce bene se sia in attesa di qualcuno o se sia lei aspettata, se sia lei la concrezione dell'attesa di qualcuno. È ferma, raccolta, immota e tuttavia dà l'impressione che potrebbe alzarsi da un momento all'altro e camminare. Insomma chi abbia visto *F, for Fake* di Orson Welles e ricordi la ragazza statuaria e soffice, carne e pietra che cammina su e giù per la pellicola e che per qualche istante si vede posare nuda per uno dei pittori imbroglioni dell'isola di Ibiza, potrà farsi un'idea approssimativa di come questa statua-donna sia. Ad un tratto la porta della camera si apre e, preceduto dalla luce che si infila nella stanza, entra furtivamente Paso Doble che si avvicina senza rumore alla statua e le si ferma accanto a guardarla. Poi dice con un sussurro: «E tu presenza segreta che ruolo hai in questa storia? Te ne stai qui alla chetichella come una pura coincidenza oppure è da quando sei comparsa che è cominciato lo sfacelo?». Si mette a girare attorno alla statua guardandola ostilmente. Ansima, come se a malapena riuscisse a contenere qualcosa che gli pulsa dentro un po' troppo forte, una aggressività, un rancore il cui bersaglio è il sorriso di cera della donna. Riprende a parlare con voce sussurrante. «Schultz mi chiama vampiro e sanguisuga... E tu cosa sei allora? Una passeggera dell'Orient-Express, un indovinello da salotto o una sonnambula arrivata qui per caso?» Poi la pulsione esplode e l'uomo si avventa sulla statua strappandola dalla sedia, sollevandola e portandola di corsa verso la vetrata che dà al poggiolo, esposto sul rio di San Felice. «Poiché non posso nascondere anche te in cima all'armadio come tutto il resto...» Una luce sospesa sul canale illumina la facciata della palazzina, la vetrata che si apre con uno sventolio di tende e l'uomo che esce sul balcone tenendo la statua fra le braccia e sollevandola alta sulla spalletta come se volesse scaraventarla in acqua. «...che ne diresti se ti buttassi in mare o ti trasformassi in una candela bruciando a poco a poco la tua cera, eh?!» Si teme per un momento per la statua, ma anche la si vorrebbe vedere (per ragioni plastiche se non proprio narrative) cadere a precipizio e affondare lentamente, i lunghi capelli che si sciolgono nell'acqua o andarsene piano come una barca alla deriva verso la laguna. Invece, di colpo, così come è esploso, il furore si spegne. Ora la lampada sospesa sul canale illumina una scena ben diversa. L'uomo posa con delicatezza la donna di cera sulla spalletta e rimane accanto a lei a guardarla. Da lontano, lei seduta sul davanzale con le gambe accavallate il cappotto di cammello aperto, lui in piedi accanto a lei, potrebbero essere scambiati per una elegante coppia uscita sul balcone a prendere un po' di fresco. «Su torniamo dentro» mormora Paso Doble dopo qualche istante. «Non posso far questo a Schultz. Proibito dalla legge. Mi mollerebbe addosso tutti i vigili urbani del sestiere e io via a correre come Buster Keaton...»

Gialla e rossa nel buio un'insegna luminosa dice: «Ai Senza Famiglia». Troviamo uno spazio adatto all'osteria a Rialto, in qualche punto fra il mercato del pesce e il tribunale da dove si possa vedere qualcosa del Canal Grande, i vaporetti illuminati che lo risalgono e discendono, il traghetto adesso chiuso, e magari anche sentire l'odore del pesce venire dagli archi del mercato vuoto. Quanto alle ragioni del suo nome sono queste: "Ai Senza Famiglia" è nata parecchi decenni fa come regalo del conte Romoletto Bragadin alla sua amante Fulvia, allora la più bella popolana di Venezia, è nata con un altro nome, al quale con il tempo si è sovrapposto quello odierno per il tipo di clientela che la frequentava: scapoli, scapoli giovani, maturi o anziani, orfani attratti dalla bellezza straripante dell'ostessa e pure uomini sposati, ma disposti a piantare moglie e figli, appunto la famiglia, per le di lei dorate carni. È qui, in questa osteria, che Schultz sta mangiando, a un tavolo d'angolo, come si conviene a un cliente abituale e di un certo rango. C'è altra gente nel locale, ma è gente che non ha niente a che vedere con questa storia e che quindi non val la pena di descrivere per quanto interessante sia. Va detto invece di un uomo grasso, molto basso, in qualche modo unto, con pochi capelli in testa, con indosso un vestito con panciotto, seduto a un altro tavolo d'angolo. La caratteristica principale di quest'uomo appare evidente soltanto a chi lo conosca ed è questa: non sembra affatto quello che è, il famoso avvocato Berengo, titolare dello studio Berengo & Bardella, principi del Foro veneziano. Va descritto se non altro per la insistenza nervosa e un po' sospetta con cui guarda verso Schultz. Se Schultz non fosse solo e stesse parlando con degli amici l'avvocato Berengo allungherebbe probabilmente il collo per sentire quel che dicono. Schultz adesso ha finito di mangiare. Si alza, attraversa l'osteria e va alla cassa dove la nipote della leggendaria ostessa amante del conte Romoletto Bragadin, anch'essa chiamata da tutti Fulvia anche se all'anagrafe figura come Maddalena, e anch'essa molto bella anche se non altrettanto bella della nonna, anch'essa bionda, con una camicetta di seta rosa, una collana di perle nere al collo, siede come una regina. «Schultz,» dice di punto in bianco la ragazza «ti ricordi l'estate scorsa, quella sera che tu eri a casa mia e sei salito in terrazza e io ero lì?» «Sì,» dice Schultz «mi ricordo.» «Sai cosa stavo facendo?» Schultz fa un cenno con la testa.

«Certo che lo so» dice. Non si accorge che a pochi metri di distanza l'avvocato Berengo si è precipitosamente alzato e ora cammina svelto verso l'angolo del locale dove sono appesi i cappotti dei clienti. Difficile capire se si sia alzato perché è arrivata anche per lui l'ora di andarsene o se, data l'insistenza con cui per tutta la sera ha guardato Schultz, se ne vada perché Schultz se ne sta andando. «L'hai detto a qualcuno?» domanda la ragazza. «No» dice Schultz. «Non l'ho detto a nessuno. Ma qualche volta lo racconto a me stesso.» Maddalena ride con gli occhi umidi e accesi.

Nell'ombra, giusto fuori dell'osteria, un po' discosto dalla luce dell'insegna, l'avvocato Berengo aspetta. Ha un cappotto a doppio petto che pur essendo vecchio e unto gli conferisce un'aria dignitosa. Ora con quel cappotto, il bavero un po' rialzato, le mani in tasca, l'avvocato potrebbe sembrare un po' più di prima quello che è: Berengo, il celebre avvocato. Un'ombra appare dietro la spessa porta a vetri dell'osteria, poi la porta viene spinta dall'interno e Schultz ne esce abbottonandosi il cappotto. Si avvia verso la pescheria e non si accorge di Berengo se non dopo che questi, fatti pochi passi nella stessa direzione, lo raggiunge. «Allora, Schultz?» Schultz si ferma, guarda per un istante l'avvocato, poi riprende a camminare piano. «Cosa vuole che le dica, avvocato? Non posso dire nulla.» Camminano assieme l'uno accanto all'altro, Schultz a passi lenti, Berengo con i passi saltellanti di un colombo. «Cinque anni, Schultz» dice Berengo piano. «Se lei ha mai avuto la bontà di fare i conti. Cinque anni. Un periodo troppo lungo anche per uno spirito paziente come il mio. E in più la certezza di stancarla, Schultz, con la mia insistenza. Capisco che non è facile dare spiegazioni chiare lì dove le cose sono così complesse... Ma lei è un gentiluomo generoso, caro Schultz, e farebbe torto a se stesso se davvero credesse che non sia soltanto un'idea più o meno seducente quella di poter vivere per certe cose e non per altre. Ciò non avviene mai, caro Schultz. Neppure per un minuto. Questo volevo dirle. Soltanto questo. Non dico che questo io. E nessuno, credo, oserà dire di avermi mai sentito affermare il contrario.» Si interrompe. Alza lo sguardo sull'uomo che gli cammina al fianco come a volerne cogliere sul viso l'effetto delle sue parole. Poi prosegue lentamente: «Se fossi più giovane non esiterei un istante ad avventurarmi da solo in quel malvagio splendore. C'è stato infatti un tempo in cui, benché il mio aspetto attuale sembri escluderlo, c'è stato un tempo, dicevo, in cui mi arrampicavo sui campanili con un fucile in mano e correvo come una capra per le montagne...».

«Sì,» lo interrompe Schultz «probabilmente lei ha ragione e io torto. Come succede spesso da qualche tempo a questa parte. E tuttavia non posso farci nulla. Spingermi oltre, almeno per il momento, mi è impossibile...» C'è un breve istante di silenzio durante il quale Berengo sembra afflosciarsi un poco, deluso e spento. Ma dura un solo istante. Subito dopo l'avvocato si riprende, allunga il collo e il corpo intero come se volesse aumentare di statura o recuperare qualcosa di perduto per essersi esposto con un discorso così esplicito. «In tal caso, Schultz, dimentichi di avermi visto. Buona notte, caro amico, buona notte.» Si allontana dignitosamente nella direzione opposta a quella presa assieme a Schultz anche se non è quella la strada che lo porta più rapidamente a casa, ma una via più lunga e più tortuosa che lo costringe a un ampio e insensato giro. Schultz lo segue per qualche istante con lo sguardo e riprende a camminare con un bel sorriso sulle labbra.

Schultz è ritornato a casa. Ora lo si vede entrare togliendosi il cappotto non in una delle stanze dove lo si è visto prima, l'ufficio o il salone, ma nella sua camera da letto, una stanza piuttosto ampia anche se un po' conventuale, con un'altra fitta libreria, un grosso armadio con il fondo racchiuso in una nicchia, un inginocchiatoio antico che porta una derivazione telefonica, un giradischi, un letto, una scrivania, una sedia, una poltrona sulla quale siede il suo inquilino. Non c'è traccia nella camera del mestiere che Schultz ha fatto per tanti anni (il marinaio) tranne un segno sonoro casuale e temporaneo lasciato e subito portato via da una barca a motore che sta passando in quel momento, fuori nel canale. E non c'è niente nella camera che possa in qualche modo giustificare la presenza della donna di cera che vive in una camera vicina o suggerirne una spiegazione psicologica, qualcosa per cui si possa dire, be', si capisce, Schultz è un po' matto, un feticista, un maniaco sessuale che incula i manichini della Standa. Al contrario. La geometria della camera, anzi dell'intero appartamento e di quello che contiene, è ricavata da un insieme di linee pure razionali che respingono infermità e misteri, le severe linee austriache dei fondatori della ditta Schultz i quali, forse adesso, stanno a domandarsi infastiditi cosa diavolo mai faccia nella loro casa quella statua di cera con indosso un cappotto di cammello. Ma tant'è... Che cosa hai mangiato?, domanda Paso Doble a Schultz. Vorrebbe anche domandargli se ha visto l'avvocato ma riesce a trattenersi. Polenta con le seppie, dice Schultz, sono un uomo alla buona io. Prende la sedia e l'avvicina al grande stipo sopra il quale dovrebbero essere finite le bozze della *Storia dei Casini Veneziani*. E tu che hai fatto? Oh io ho letto un poco, ho ascoltato qualche disco, ho fatto un po' di esercizio di flamenco. Schultz sale sulla sedia e ora sovrasta con la testa il tetto dell'armadio. Sopra, oltre alla polvere, c'è un po' di tutto. Le bozze sparite, il passaporto, la patente, mazzi di chiavi, un album di fotografie, libri, coltelli, temperini, nastri per macchina da scrivere, lettere scritte e mai spedite, lettere ricevute e mai aperte, la pompa di una bicicletta, fazzoletti, rotoli di carta igienica, una scatola piena di monete di tutto il mondo, accendini ancora pieni di benzina e funzionanti, tutte le cose quotidiane che vanno perse, fogli sparsi, manoscritti inviati alla ditta Schultz tipografo-editore scartati e mai restituiti, copie fotostatiche di preziosi documenti. Io mi domando, dice Schultz, come si possa lavorare seriamente quando ci si trova fra i piedi un tipo come te. L'altro si mette a ridere. Ho molti altri nascondigli che neppure te li immagini. Per scoprirli dovrai passare sul mio corpo. Schultz scende dalla sedia con la refurtiva ritrovata fra le mani. Posa tutto sulla scrivania. Hai intenzione di andare avanti ancora a lungo con questa storia?, gli domanda Schultz. Te l'ho detto. Almeno fino a quando non avrai preso una decisione, dice l'altro, voglio infastidirti, tormentarti, farti lo sgambetto quando passi, svegliarti di soprassalto quando dormi. Te l'ho detto. E se tutto questo non ti piace non me ne importa niente... Schultz prende un grosso pennello da un cassetto e comincia a ripulire dalla polvere le cose ritrovate. A parte le bozze della *Storia dei Casini Veneziani* che sono rimaste lassù, in alto, non così a lungo per potersi consumare, il resto sembra ritornare dalla sepoltura. Tra i libri ci sono due volumi in lingua originale del *Golden Bough* spariti chissà da quanto tempo, la *Storia del Patrizio Francesco Barozzi da Candia, negromante*, il *Libro delle Divine Ordinazioni* di Guglielmo Postel, dove si tratta delle cose miracolose le quali sono state e sino alla fine hanno da essere in Venetia, e un libro che Schultz non ha mai visto, un libro che ha una copertina scura, dura, chiazzata e ammuffita... Da dove salta fuori questo libro? domanda Schultz. L'altro lo guarda un po' sorpreso. Non lo hai appena trovato sull'armadio? Sì, Schultz dice, ma tu dove lo hai preso quando lo hai nascosto? Paso Doble si avvicina incuriosito. Non c'e titolo sulla copertina del libro che sembra antico, remoto, appena salito da qualche abissale libreria. Non sono stato io a metterlo là sopra, dice. No?, ribatte Schultz con ironia, e chi ce l'ha messo allora? Ti giuro, dice l'altro, non sono stato io. È la prima volta che lo vedo. Schultz apre il libro e in certo modo gli pare di aprire una porta perché dalle profondità del libro esce una specie di vento polveroso che irrompe nella camera.

No, ripete l'altro. Non l'ho mai visto. Sotto la copertina la pagina che dovrebbe portare il titolo del libro, il nome di chi l'ha scritto e di chi l'ha pubblicato è un moncherino grigio senza alcun segno sopra, i resti di un foglio decomposto e lacerato molto tempo prima. Schultz apre il libro a caso e il suo sguardo scivola lungo una pagina finché si ferma su una frase:

Quella sera guidato da capitan Viruela mi diressi verso la "Taverna del Doge Loredan". Devo anche dire che il cuore mi batteva forte come se sapesse, lui il cuore e non io, che stavo andando incontro al mio destino?

Capitan Viruela, pensa adesso Schultz, capitan Viruela. Il nome ha un suono strano, inconsueto, solido e liquido nello stesso tempo, nuovo in un certo modo. Schultz sfoglia rapidamente le pagine del libro in cerca di altri nomi. Ha sempre pensato che in un libro i nomi dei personaggi siano assai importanti, da un lato dei segni magici che recano in sé il destino di chi li porta, dall'altro la prima indicazione del tipo di rapporto che un autore stabilisce con il suo lavoro (quanti libri ha smesso di leggere o addirittura buttati via perché vi aveva trovato dei nomi troppo veri o troppo falsi) la prima misura del livello di profondità al quale un autore comincia a lavorare: capitan Viruela promette molto bene, così come, pensa Schultz vedendo altri nomi sfilare davanti ai suoi occhi, sembrano promettere molto bene Supplice, Nina, Jacob, madame Mascarino. Ora Schultz ferma di nuovo lo sguardo su una pagina e vi legge:

«Certo che ci sono...Tu non li hai mai visti, vero?, i capelli dei poveri... sono empty, vuoti, senza peso... non arrivano alle spalle... cominciano ad arricciarsi qui... quasi alla base... stentano a crescere e se riescono a crescere crescono senza misura... di qua e di là...

come le ortiche o le erbe incolte... Facci caso... i capelli... il pelo, ogni tipo di pelo... anche quello della cunt, you know, e quello attorno al cock dei ricchi, if you know what I mean, sono diversi da quelli dei poveri e io, pur essendo nata se non proprio povera nemmeno ricca, ho sempre avuto il pelo e i capelli dei ricchi... anche qui, attorno alla mona, you know, ho il pelo, come hai potuto vedere, così lungo e così soffice, non twisted, if you know what I mean, che neanche la moglie del principe reggente ce l'ha uguale.»

Schultz si mette a ridere. Da dove diavolo viene questo libro, ripete. Non guardare me, dice l'altro. Io non ne so nulla. Del resto che ragione avrei avuto per nascondere un libro come questo? Non faccio mai niente a casaccio io. Quando ti nascondo qualcosa seguo, per così dire, un disegno scientifico, una strategia. Faccio sparire quello che ti serve, un temperamatite qua, un accendino là, quel che è necessario a dare un senso di congiura. Schultz chiude il libro e lo posa sulla scrivania. Del resto, continua l'altro, io non ci farei tanto caso. Dall'epoca del *Manoscritto trovato a Saragozza* o forse anche da prima c'e una vera e propria epidemia di libri misteriosi trovati qua e là. Ne sono pieni gli sgabuzzini, le soffitte, i cassetti, le cantine di tutti i letterati, dai più modesti ai più famosi. Una cosa disgustosa. E tu non sei diverso dagli altri. Mediocrità dell'epoca. Non si può fare un passo senza trovare un libro che non si sa da dove venga. Schultz riprende in mano il pennello, spolvera i due volumi del *Golden Bough* poi li infila in uno scaffale della libreria. Questi, ad esempio, domanda perché li avevi nascosti? Oh, dice l'altro. Non ricordo. Roba di qualche anno fa. Forse volevi sapere qualcosa sugli stregoni dell'isola di Giava. Non me ne è mai fregato niente degli stregoni dell'isola di Giava, dice Schultz. Che ne so, ribatte l'altro. Non ricordo. Ma un motivo devo pur averlo avuto. Schultz torna alla scrivania, chiude in un cassetto le altre cose ritrovate poi riprende in mano le bozze della *Storia dei Casini Veneziani.* L'idea è di dedicarvi un paio d'ore per poterle passare il giorno dopo, rivedute, in tipografia. Schultz sistema le bozze l'una sopra l'altra come un ordinato mazzo di carte, ma come è logico aspettarsi date le circostanze, il suo sguardo, e non soltanto il suo sguardo, è attratto dalla copertina del libro trovato sull'armadio. Allunga la mano, avvicina il libro e lo riapre. Un altro brano gli viene incontro:

Nina era a Venezia già da qualche giorno, vi era arrivata con uno sconosciuto incontrato durante il viaggio, viveva con lui in un luogo, così aveva detto la sfera e avevano confermato i tarocchi, pieno retto da un vuoto, vale a dire, spiegò, una di quelle antiche palazzine il cui peso sembra essere sostenuto dal vuoto dell'esterno porticato, un po' precisò madame Mascarino, come il palazzo dei Dogi, le finestre affacciate su un canale i cui riflessi arrivavano a volte a sovrapporsi a quelli della sfera di cristallo, ma senza mai fornire particolari che ne rivelassero il nome o il luogo dove si trovava, tranne forse da certi austeri chiaroscuri che era vicina a un luogo religioso.

Oh Dio, oh Dio, pensa Schultz. Chissà cosa sta succedendo dentro questo libro. Chissà che cosa succederà mentre leggo queste bozze. Capelli e pelo pubico dei poveri e dei ricchi, sconosciuti che si incontrano, tarocchi e sfere di cristallo... Se frasi lette qua e là a casaccio lo incuriosiscono in questo modo la lettura ordinata del libro, salvo sorprese deludenti, dovrebbe suscitargli sensazioni inestimabili. Ricorda un tale, un ingegnere fiorentino conosciuto in Messico un grosso costruttore di stazioni ferroviarie, cui la lettura di un libro misterioso aveva cambiato la vita intera. Quale libro?, gli aveva chiesto Schultz. Oh, un libro poco noto, sicuramente poco letto: *Historia del Ingeniero Maringoni* scritta da lui medesimo, un argentino di origine italiana cui si doveva la costruzione di alcune delle più belle città della pampa, una vita esemplare tutta dedicata all'ingegneria. Lui, aveva detto l'ingegnere, un tempo era uno di quei disgraziati che girano il mondo in cerca di piaceri e di avventure, brevi intensi soggiorni qua e là, rapporti senza impegno, fulminee relazioni con giovani donne maritate, cospicue somme del patrimonio famigliare bruciate nelle case da gioco, finché un giorno, sul comodino della sua camera in un grande albergo di Acapulco dove era alloggiato assieme a una attrice americana, forse dimenticato da chi aveva occupato quella camera prima di lui, forse arrivato fino a lui per vie più misteriose, aveva trovato appunto la *Historia del Ingeniero Maringoni* scritta da lui stesso e ne aveva letto dapprima alcuni brani qua e là ricavandone subito un oscuro diletto, poi la sensazione che l'aver trovato quel libro non potesse essere addebitato al caso, ma che quel libro lo stesse aspettando, stesse aspettando lui, proprio lui e non altri, per tirar fuori qualcosa che aveva dentro e che ignorava di avere e aveva continuato a leggerlo per tutta la notte nonostante le proteste dell'attrice americana che aveva tutt'altre idee su quel soggiorno ad Acapulco e a lettura ultimata era un altro uomo. Un altro uomo? Sì. Si era rapidamente laureato in ingegneria e pochi anni dopo era uno dei più celebri costruttori di stazioni ferroviarie dell'America Latina. Chissà, pensa Schultz, se anche questo libro se ne stava lì sopra l'armadio in attesa che lui e non altri lo trovasse. Si alza con il libro in mano, un dito ancora infilato tra le pagine, si avvicina al letto, prende il cuscino, lo solleva un poco sistemandolo nell'angolo fra le due pareti a ridosso delle quali il letto è collocato, accende la luce sopra l'inginocchiatoio, si stende e, prima di mettersi a leggere, si accende un lungo sigaro sottile. E le bozze?, gli domanda l'altro. Al diavolo le bozze, dice Schultz. Gli darò un'occhiata domattina. Bravo, dice l'altro. E la tipografia? Schultz alza le spalle. Al diavolo anche la tipografia... Ecco, lo vedi come sei?, continua irritato Paso Doble. Tante storie e poi non se ne fa niente. Passale tu le bozze, lo invita Schultz. Io? Tu sei matto. Non ci penso neanche. Si batte violentemente il petto. Non è un lavoro che mi spetta. Io quel libro lo detesto come detesto tutti i libri pubblicati finora dalla ditta. L'ho già sentita questa frase, dice Schultz. Certo che l'hai già sentita. E la sentirai ancora. Continuerò a ripeterla fino a diventare paonazzo. La dirò nelle piazze e negli alberghi, manderò lettere anonime ai tuoi lettori minacciandoli se continuano a comprarti. Mai, dico mai, un libro di mia soddisfazione. Mai, dico mai, un libro, che so, sui problemi della coppia, sulla crisi degli intellettuali, mai, dico mai, un tema nel quale la gente di adesso possa riconoscersi: dire, sì, qui ci sono io, ci sono anch'io. Chilometri e chilometri di inutile cartaccia... Hai ragione, dice Schultz, ma i libri di cui parli non mi piacciono. Ce ne sono troppi. Colpa mia sicuramente, ma mi stufano, mi annoiano... Apre il libro che tiene in mano e comincia a leggere dalla prima pagina.

Sempre più spesso nel luogo dove mi trovo un uomo senza volto mi compare davanti e mi si ferma accanto sempre più a lungo di quanto io possa sopportarlo. È un uomo alto e asciutto, vestito con eleganza, una lunga stretta redingote di velluto nero sempre liscia e senza pieghe pantaloni attillati dello stesso colore e dello stesso tessuto della giacca, camicia di seta bianca, scarpe con fibbie d'argento, un tricorno fuori moda che in parte copre la superficie vuota e piatta del suo viso. Non so se l'uomo in carne ed ossa di cui io qui presento soltanto il simulacro sia mai stato vestito in questo modo: io non l'ho mai visto, ma fin dal giorno in cui, ahimè, ebbi la certezza della sua esistenza, mi accadde di attribuirgli l'atteggiamento e le vesti, se non il viso del resto nascosto dal cappello, del gentiluomo arrogante che rientra a casa dopo una notte di baldoria in uno dei dipinti chiamati *Il Cavaliere* di William Beckford che fu buon amico di mio nonno e le cui opere furono appese per molti anni nella pinacoteca della mia famiglia prima di essere vendute alla National Gallery. Poiché gli ho fatto capire molte volte che farei volentieri a meno della sua compagnia lo sconosciuto ha, soprattutto negli ultimi tempi, raddoppiata la frequenza delle sue visite dicendo che se egli deve essere considerato una ossessione come tale deve comportarsi, che non si può pretendere da una ossessione una condotta di gentiluomo discreto e ragionevole e che quindi è suo dovere cogliermi di sorpresa quando meno me lo aspetto, infilarsi nei miei pensieri quando cerco di pensare ad altro, invadere la mia memoria quando tento di dimenticare. La sofferenza che le visite di questo vellutato fantasma mi danno moltiplica con risultati maligni la frustrazione di non essere riuscito a sapere qualche cosa di più sul suo conto, di non conoscere il suo nome, di non poter immaginare del suo viso che una specie di macchia di gesso semicoperta da un tricorno. Di lui so infatti ben poco. Di lui so soltanto, per averne sentito parlare una sola volta e per pochi minuti, che è un gentiluomo veneziano di bell'aspetto e di ricca famiglia, che ama sopra ogni cosa al mondo e ne è riamato quella che nel dialetto del suo paese viene chiamata la Mona, che ha molto viaggiato, che possiede a Venezia una elegante palazzina dalle stanze adorne di preziosi oggetti orientali e africani e di molte altre testimonianze dei suoi viaggi e che pure dispone di una villa nella campagna veneta dove, suppongo, porta le giovani signore che grazie e fortuna gli consentono di sedurre. Nient'altro. A parte naturalmente ciò che ha fatto di lui la mia ossessione e l'oggetto del mio odio più profondo e cioè essere egli l'uomo che più di ogni altro ha contribuito alla mia rovina proprio nel momento in cui mi pareva di esserne più lontano, il profanatore di un tempio che mi era sacro, l'ultimo rimasto fra coloro che saccheggiarono qualcosa che mi apparteneva e ne godettero. Comincio a raccontare la mia storia parlando di quest'uomo sia perché è qui accanto a me per una delle sue solite visite, indifferente al fatto che io stia scrivendo o forse invece curioso di sapere quello che scriverò, sia perché il punto di partenza della memoria di un passato che è stato felice è sempre l'infelice presente.

Mi chiamo Jacob Flint e sono nato ventiquattro anni fa a Chatham, villaggio inglese non lontano da Londra, ufficialmente dallo squire Derek Robert Flint e da Catenina Conti, una gentildonna italiana che lo squire conobbe durante un suo viaggio nel continente e della cui bellezza mediterranea, lui filiforme ed esangue signorotto anglosassone, perdutamente si innamorò. Dico ufficialmente perché questo dato anagrafico è vero soltanto per il registro delle nascite di Chatham. In realtà io sono un bastardo messo al mondo dalla giovane Conti senza la partecipazione del marito ma con la furtiva collaborazione di uno zingaro che fu da lei sorpreso con un grande uccello zingaresco in mano nell'atto di fare la pipì sotto la sua finestra. Questo almeno si è raccontato per anni nel villaggio dove sono nato. Da mio padre, quello naturale, lo zingaro che non ho mai avuto la fortuna di conoscere, mi derivano, come dire?, un temperamento passionale ed errabondo, sensuale ed inquieto, turbolento, visionario e, da mia madre, oltre a quei caratteri comuni a tutti i figli di puttana, il fatto di poter parlare e scrivere, al pari della lingua del mio paese, anche l'italiano. Ed è all'italiano che affido il racconto della mia storia perché è la lingua della persona che lo ha ispirato, la donna attorno alla quale la mia storia ruota e a cui devo tutto o quasi, il bene e tutto o quasi, il male, di cui mi accadrà di parlare in questi capitoli. Non starò a raccontare diffusamente i primi venti anni della mia vita che non hanno parte in questa vicenda. Mi limiterò a riassumerli brevemente dicendo che fui bambino in tutto precoce, di vocazioni molteplici, altrettanto dotato per la musica – a quattro anni cominciai a suonare il violino e il clavicembalo – che per la composizione poetica o la spada, arte quest'ultima in cui fui iniziato da monsieur Lafitte, uno dei più ricercati maestri di allora, particolarmente portato, io non lui, alle cose del sesso che, se negli anni dell'infanzia non andarono oltre l'innocente frugare fra le cosce delle mie cugine o delle serve di casa, ebbero il loro compimento nell'adolescenza quando, favorito da un bellissimo aspetto, mi accadde di sedurre (o di essere sedotto) la moglie di un mio cugino e di diventarne per qualche anno l'amante. Non mi turbò mai il fatto di sapere, e che si sapesse di me, che ero figlio illegittimo. Anzi. Non avevo alcun affetto per lo squire e ammiravo invece mia madre Catenina alla quale, pur non sapendo come esattamente erano andate le cose, attribuivo il coraggio di aver saputo saltare dalla finestra e di aver seguito fino alla brughiera quel grosso membro zampillante di cui si era invaghita.

Schultz sospende perplesso la lettura. Catenina? È un errore di stampa ripetuto per la seconda volta oppure la madre di colui che parla si chiama davvero Catena, Catenina? Che ne dici? domanda a Paso Doble. Certo che se si chiamasse davvero Catenina il nome sarebbe magistrale. Che ne so, dice l'altro. Starà per Caterina. Vediamo un po'. Forse torneremo a trovarla più avanti. Schultz torna a sfogliare il libro in cerca di conferme, o di smentite, e si accorge che c'è qualcosa che non va, che il libro si è aperto su una coppia di pagine bianche che non hanno sulla loro superficie altri segni oltre a quelli del tempo e che a cercarle altre zone bianche compaiono qua e là, prima e dopo quelle appena viste come se il libro non fosse concluso, come se una parte del testo lo avesse disertato o come se, meglio, fosse in attesa di essere scritto. Oh Dio, dice Schultz, e io che speravo in una bella opera panciuta. Un libro i cui personaggi hanno nomi così belli non ha diritto ad avere delle pagine mancanti. Catena, Catenina, che Dio la benedica. Paso Doble, accanto a Schultz, emette una specie di grugnito. Sta pensando ad altro. Sta pensando, sia pur confusamente, a qualcosa che è emerso dalle pagine del libro e di cui Schultz sembra non essersi accorto. Qualcosa che per adesso lo incuriosisce ma che potrebbe più avanti preoccuparlo. Lancia uno sguardo a Schultz e se non fosse che Schultz ha già ripreso a leggere gli prenderebbe il libro, lo sfoglierebbe all'indietro fino a quel qualcosa che è sfuggito al suo compagno ma che non poteva sfuggire a lui, attenta sentinella.

Anch'io mi invaghivo facilmente ora di questa ora di quella, più spesso di tutte e due, incapace di fissarmi stabilmente su qualcuna. Ero soprattutto attratto da quelle che avevano marito e dovevano rientrare a casa a una certa ora o mandarmi via di casa prima che il marito tornasse e venivano trepidanti agli appuntamenti e che sapevano di non potermi chiedere più di quanto fossi disposto a dar loro. Avevano, rispetto alle nubili, un diverso profumo, pelle diversa, sensi più accesi e, soprattutto, una voracità, un desiderio di non perdere tempo, un tremore, come se lo spasimo finale fosse già lì pronto dentro a loro e bastasse che io comparissi per sprigionarlo. Fu questa mia inclinazione per le donne sposate a mettermi nei guai e a spingermi, senza alcuna riluttanza da parte mia, in quella strada al termine della quale c'era il luogo dove ora mi trovo. Ecco come andarono le cose. Quando la mia ultima amante, moglie di un medico tedesco, si trasferì nel continente, dove purtroppo doveva morire di lì a poco tempo, mi guardai attorno alla ricerca di chi potesse sostituirla e il mio sguardo si posò su una certa Rosalynd Trenthan, moglie di un doganiere molto noto nella zona per il suo cattivo carattere e per avere il viso e, presumibilmente anche il corpo, coperto di pustole. Come Rosalynd, che era bionda e soffice, di vita sottile e ardente di desideri, avesse potuto sposare un uomo come Jeremy Trenthan che ostentatamente preferiva passare le notti a caccia di contrabbandieri piuttosto che nel letto coniugale, non l'ho mai capito né mai mi sono curato di chiedere spiegazioni. Ma tant'è. La vita è piena di combinazioni bizzarre evidentemente destinate a disfarsi alla prima occasione. Quella formata da Rosalynd e Jeremy Trenthan si disfece come del resto molte altre, per opera mia. Ma a differenza dai precedenti casi in cui il disfarsi di un nodo non aveva portato alcuna conseguenza a parte qualche violento tremore, qualche penosa scenata, qualche bugia, il matrimonio fra Rosalynd e Jeremy Trenthan crollò in modo rovinoso. Quando l'ispettore alle dogane – era questa la sua qualifica – scoprì (non ho mai saputo esattamente come ma presumo si fosse servito della sua rete di informatori e di spie per sorvegliare sua moglie) che Rosalynd aveva un amante e che l'amante ero io, picchiò a sangue la donna e mi sfidò a duello. A parte il fatto che era bella e infelice accanto ad un marito pustoloso e che io ero sensibile a una situazione come questa e disposto a porvi riparo, di Rosalynd Trenthan non mi importava granché. E tuttavia non potevo sottrarmi alla sfida che mi era stata fatta senza venire meno al mio onore. Sicché una mattina di fine estate mi incontrai nella brughiera con il doganiere e, come era prevedibile per un allievo del maestro Lafitte, lo uccisi dopo aver scambiato con lui pochi colpi di spada. Si dava però il caso in quegli anni che i duelli fossero severamente proibiti e che lo stesso principe reggente non sapendo egli tenere una spada in mano e invidiando chi era in grado di farlo, avesse fatto delle pressioni sulla magistratura perché fossero arrestati e puniti non soltanto coloro che venivano sorpresi a duellare ma chiunque sul conto del quale si dicesse che aveva duellato in tempi recenti: questo nel chiaro intento di far piazza pulita di chi aveva l'abitudine di incrociare la spada – non per puro esercizio. Non mi ero soffermato a considerare le conseguenze del duello prima di sostenerlo, ma ora che avevo il corpo di Jeremy Trenthan ai miei piedi, quel corpo al quale avevo tolto la vita senza tuttavia avere una precisa intenzione di farlo, fui aggredito dalla paura di quello che ora sarebbe accaduto a me, l'arresto, il processo, la condanna, lunghi anni da passare in prigione, il mio ardore frustrato, i miei desideri privati di ogni possibile soddisfacimento, sbarrato, inchiodato tutto il mio tempo futuro. Non riuscii a sostenere quel pensiero, voltai le spalle al cadavere e fuggii. Ecco, la mia storia, quella che conta, quella che voglio raccontare diffusamente, comincia con questa fuga delle cui motivazioni era comunque inevitabile che io dovessi parlare sia pure senza attardarmi. Fuggii attraverso la brughiera senza sapere esattamente dove sarei andato, senza prevedere che la decisione di sottrarmi alle conseguenze del duello mi avrebbe portato lontano dal mio centro, prima a Londra dove avrei incontrato Nina, la donna grazie alla quale avrei capito quanto poco avessero significato per me le fanciulle o le signore avute prima di lei e che non avrei mai incontrato se non mi fosse accaduto di uccidere il marito di una di queste per cui per un lungo periodo nutrii sentimenti di gratitudine per Rosalynd e il di lei sposo, poi attraverso il continente europeo fino alla città di Venezia.

Ah, dice Schultz, mentre il suo sguardo si sposta bruscamente dal libro fino all'armadio sopra il quale il libro è stato trovato, dove esattamente a Venezia? Fissa il ricettacolo di cose perdute che sporge dalla nicchia, abbastanza grande per ospitare un uomo che parla da dentro un libro. Come Jacob confessa la sua gratitudine per Rosalynd così Schultz è grato alle dispettose abitudini del suo compagno senza le quali chissà per quanto tempo ancora il libro sarebbe rimasto sull'armadio. Non soltanto la storia di Jacob in sé che pur assomigliando ad altre storie d'epoca sembra avere un singolare piglio cialtronesco, ma anche l'ambientazione inglese delle prime pagine – Schultz conosce bene l'Inghilterra – e quella veneziana preannunciata e intravista, per non parlare del modo oscuro in cui il libro è arrivato fino a lui, sembrano toccare sottilmente il suo interesse di editore e dargli anche una sensazione incerta fra la perplessità e la sorpresa... Schultz ci riflette sopra un poco cercando di capire da che gli venga esattamente. Ah, ecco, sì. Fra i brani letti poco prima mentre sfogliava il libro e il suo sguardo si posava a casaccio sulle pagine ce n'era uno – la descrizione forse più magica che letteraria o tecnica di una palazzina, il vuoto che sostiene il pieno, il riflesso della luce sull'acqua di un canale che si confonde con la luce di una sfera di cristallo, un'immagine allora non avvertita pienamente ma comunque recepita e adesso sul punto di affacciarsi alla sua coscienza – che gli ricorda in qualche modo la palazzina dove lui vive. Sì, anche lui vive in una palazzina come quella... Schultz sta per sfogliare il libro alla ricerca della pagina dove ha letto quelle righe ma l'idea che si tratti della stessa palazzina gli sembra troppo stravagante per poterla prendere sul serio. In fondo di palazzine come la sua a Venezia ce ne sono a centinaia... Paso Doble si inserisce nelle riflessioni di Schultz quasi brutalmente. Oh sì certo, ce ne sono a centinaia, ma quante, osserva, sono vicine a una chiesa? Schultz lo guarda sorpreso. Si parlava anche di una chiesa? Sì, continua l'altro, si parlava anche di una chiesa, non solo, ma anche di un gentiluomo veneziano alto e asciutto e amante della Mona, di una villa nella campagna veneta dove il gentiluomo porta le giovani signore che grazia e fortuna gli consentono di sedurre, di preziosi oggetti orientali e africani portati dai viaggi... È un pezzo che ci penso. Mi domandavo quando te ne saresti accorto. Be', dice Schultz incerto se essere più perplesso o divertito e rapidamente ripensando a quello che finora ha detto, bé è più facile credere che di gentiluomini veneziani proprietari di palazzine e di ville di campagna e amanti della Mona ce ne siano tanti piuttosto che questo libro, sì.... che questo libro... hai capito quel che voglio dire. Quanto agli oggetti africani e orientali, a parte l'idolo papua che mi hai nascosto non è poi che siano così preziosi. Schultz guarda di nuovo l'armadio. Una campana batte le ore da qualche parte. Quello che pare certo, dice Schultz, è che passerò una serata memorabile, forse piena di sorprese. Altro che rileggere la *Storia dei Casini Veneziani*... Paso Doble si passa una mano nervosa sui capelli. Aspetta, dice. Sono le dieci e mezzo. Se vado a letto dopo mezzanotte non mi addormento più. Perché non te ne vai a dormire adesso?, domanda Schultz. L'altro fa con le mani un gesto di fastidio... Primo, dice, perché non riesco ad addormentarmi se prima tutti gli altri della casa non stanno già dormendo. Sono fatto così. Una vera sentinella. Secondo perché se tu leggi un libro senza il mio controllo lo fai regolarmente diventare un'altra cosa. Io? Schultz alza il viso sorpreso. Come la mamma della Lola, continua l'altro, quando racconta un film. Schultz si mette a ridere. Questa sì che è buona. Non sei forse tu che hai cominciato a snaturare questo libro buttando lì, come se niente fosse, l'idea che sia di me che si sta parlando? E non sono forse io a considerare questa idea quanto meno stravagante? Appunto conferma Paso Doble per questo dico che sei tu che lo snaturi. Schultz gli lancia un lungo sguardo e riprende la lettura.

...dove si sarebbe attaccato a me come una sanguisuga o un vampiro vestito di velluto quell'uomo senza volto di cui parlavo pocanzi. Ma andiamo avanti. Non mi passò nemmeno per la mente l'idea di tornare a casa. Sapevo che presto sarebbero venuti a cercarmi e che lo squire della cui simpatia non avevo mai goduto così come lui non aveva mai goduto della mia, non si sarebbe fatto scrupolo di consegnarmi alle guardie. Rimasi quasi tutta la giornata nascosto fra gli arbusti poi, quando calò la notte, mi avviai verso Chatham deciso a mettermi nelle mani di un amico, Brian Cage che era stato stalliere di mio padre e che mi aveva sempre dimostrato una certa benevolenza. Le strade del villaggio erano deserte, poche luci erano accese qua e là nelle case, qualche voce si alzava lontana nel buio. Stavo bussando alla porta di Brian quando udii il banditore: «Ascoltate, ascoltate!» gridava avanzando piano per la strada con una lanterna in mano. «In nome di Sua Altezza Reale il principe reggente, il borgomastro di questa città offre una ricompensa di cinquanta ghinee a chi contribuirà alla cattura di Jacob Flint, figlio dello squire Derek Robert Flint di Oakley Manor, accusato di aver ucciso in duello Jeremy Trenthan, ispettore alle dogane, di Goldstone street, dopo avergli portato via con inganno la moglie.» Come avevo previsto, che il duello fosse stato regolare, con tanto di padrini e che non si potesse assolutamente parlare di inganno perché Rosalynd Trenthan aveva largamente favorito la propria seduzione, a questo punto importava ben poco. Mi si cercava come un volgare assassino senza tener conto della mia giovane età né delle particolari circostanze in cui l'uccisione del doganiere era avvenuta. Mi avessero preso mi avrebbero condannato senza alcun riguardo. Ma io ero deciso a non farmi prendere e, fortunatamente, l'uomo al quale mi ero rivolto non la pensava in modo diverso da me. «Avete sentito, master Jacob,» mi disse dopo che fui entrato nella sua casa «vi stanno dando la caccia. È la terza volta che il banditore passa per questa strada.» Eravamo nella cucina di Cage, un vedovo sulla sessantina, con due graziose figlie della mia età o poco più giovani di me che adesso, in camicia da notte, dalla porta socchiusa della loro camera, guardavano verso di noi sussurrando l'un l'altra qualche parola, forse ridendo piano tra loro. La loro presenza, così defilata e ridente, conferiva al dramma in cui di colpo ero venuto a trovarmi un certo grado di inattendibilità, qualcosa per cui si poteva forse pensare come lontano o non vero quello che era accaduto: io non avevo ucciso nessuno, nessuno mi stava cercando, il giorno dopo sarei tornato a giacere fra le braccia di Rosalynd Trenthan o forse quella stessa sera, in quegli occhi che mi guardavano incuriositi, avrei trovato l'occasione per una nuova esperienza. Faticavo a rimuovere dalla mia coscienza quel che vedevo e presentivo per lasciar spazio a quello che era realmente accaduto. «Sono nelle le tue mani, Brian» dissi. «Puoi consegnarmi alle guardie se vuoi.» Cage chiuse le finestre della cucina per evitare che qualcuno potesse vedermi all'esterno e mosse qualche passo verso di me. «Non dite queste cose, master Jacob. Ho fatto lo stalliere per vostro padre per più di trent'anni e lo odio come lo odiate voi. Sono fiero che siate venuto a rifugiarvi in casa mia.» Un'ondata di commozione mi impedì per qualche istante di parlare. «Grazie, Cage,» dissi poi «grazie, amico mio. Ma non potrò restare qui eternamente.» Guardai verso le due ragazze che sostennero per qualche istante il mio sguardo finché, intimidite, si ritirarono nel buio e sparirono. Certo non mi sarei trovato male se fossi rimasto in casa di Brian magari per qualche tempo. Ma non potevo far correre rischi né a lui né alla sua famiglia. Forse sono uno scioperato ma non un incosciente. «Potete restare per questa notte, master Jacob,» disse Cage «è troppo tardi per cercarvi un rifugio più sicuro di questo. Ma entro domani spero di potervi sistemare in qualche modo. Londra andrebbe bene per voi?» «Londra o qualsiasi altro posto purché sia lontano di qui.» «No, Londra deve essere e sarà. Ho un amico fidato laggiù. Si prenderà cura di voi finché non avranno smesso di cercarvi. Poi, chissà... vostro padre... un buon avvocato... un po' di soldi qua e là... Si sa come vanno a finire queste cose nel vostro ambiente. Su mettetevi comodo... Vi darò qualcosa da mangiare, poi potete mettervi a letto.» Mangiai, nonostante tutto con buon appetito, non avevo toccato cibo in tutto il giorno, e Brian Cage mi tenne compagnia. Mi disse che non dovevo affliggermi troppo per aver ucciso un uomo come Jeremy Trenthan. Era un crudele mascalzone, un disgraziato. Era stato lui a denunciare il cognato di Cage, un certo Sidney Markham, una pasta d'uomo il cui unico delitto era stato quello di vendere la barca del giudice Pelhan come se fosse sua. Ispettore alle dogane, sì!, avesse fatto soltanto l'ispettore alle dogane!, ma lui voleva essere tutto, poliziotto, spia, vicario, magistrato, soldato, qualsiasi cosa comportasse un po' di autorità gli faceva gola. Quanto a sua moglie Rosalynd aveva già fama di fraschetta prima di mettersi con me. Figuriamoci. Di amanti ne aveva avuti molti e il fatto che Jeremy si fosse accorto soltanto dell'ultimo e non di quelli che lo avevano preceduto non deponeva certo a favore della sua intelligenza. La scoperta che Rosalynd Trenthan si era data buon tempo con altri uomini prima di incontrarmi mi diede un leggero senso di fastidio. Ero segretamente convinto in quell'epoca e forse lo sono ancora di essere dotato di un fascino assai raro a trovarsi e tutto ciò che si configurava come una smentita a questa mia convinzione mi metteva a disagio, mi lasciava un senso di malessere. Mi sentii tentato di difendere il buon nome di Rosalynd se non altro per assicurarmi l'esclusivo merito di essere stato io e soltanto io a infangarlo. Ma lasciai perdere. Le circostanze richiedevano una condotta diversa e poi ero stanco e sentivo un grande bisogno di riposare. Brian Cage mi guidò fino a una camera modesta ma linda e mi lasciò invitandomi a dormire tranquillo. Mi spogliai, mi buttai sul letto, rimasi per qualche minuto a pensare, ma prima che il ricordo di quanto era accaduto quel giorno, la preoccupazione per il futuro, la sensazione di turbamento che mi dava la vicinanza delle due ragazze, forse ancora sveglie in una camera vicina, prendessero il sopravvento sulla mia stanchezza e mi impedissero di dormire, caddi in un sonno profondo. Sono sempre stato portato ai sogni e non è quindi da stupirsi se, al termine di quella giornata così diversa dalle altre, quella giornata che aveva così brutalmente cambiato la mia vita, il visitatore notturno che conoscevo così bene e che fino a quel giorno avevo cordialmente ricevuto venisse a insinuarsi nel mio sonno. Ma questa volta quel che sognai non mi piacque. Sognai che una enorme donnaccia nuda, lardosa, squassata da una tosse cavernosa si era installata nel mio letto e tentava di possedermi. Io cercavo di respingerla, di difendere non la mia improbabile virtù, ma la mia stessa vita, di trovare spazio per respirare, ma lei riusciva a vanificare i miei tentativi, non so come dirlo, gonfiandosi, dilatando il suo corpo, continuando a riprodursi, ricavando chissà come dal suo corpo sempre nuova polpa, sicché ad ogni mio movimento io mi trovavo soffocato o immerso in quelle carni sconvolte dal desiderio e dalla tosse. Riuscii a liberarmene rifugiandomi in cima a un armadio, in mezzo alla polvere che solitamente si trova in cima agli armadi e a vecchie carte, lettere, documenti, libri finiti chissà come là sopra...

Schultz e Paso Doble si scambiano un rapido sguardo.

Dall'alto dell'armadio vedevo quella cosa informe in cui si era trasformata la frustrata donnaccia guardarmi con occhi di polipo e la sentivo fra i gemiti i colpi di tosse gli sputi e le bestemmie, sibilare minacce nei miei confronti, dirmi, lì, là sopra, sopra quell'armadio resterai tutta la vita, fermo impaurito dimenticato assediato, nessuno, nemmeno un miracolo potrà tirarti giù e se salterai giù troverai me ad aspettarti. E giù gemiti bestemmie colpi di tosse. Mi liberò uno sconosciuto la cui testa comparve all'improvviso all'altezza del mio rifugio, mi prese, mi portò giù e cominciò a spolverarmi e a chiedermi cosa mai fossi andato a fare lassù, come ci fossi finito...

Ombra dell'ingeniero Maringoni, dice Schultz, il sigaro adesso spento ancora in bocca. Questo mi sembra un po' troppo per essere casuale... Si gratta una guancia con la mano destra, si toglie il sigaro di bocca e lo schiaccia contro il portacenere posato ai piedi della lampada. Paso Doble rimane in muta attesa. Datemi pure addosso, dice Schultz, ma questo libro ha qualcosa... Qualcosa di che?, domanda l'altro. Qualcosa che non so, ma appena lo saprò ti dirò di che si tratta. Caro vecchio amico, dice Paso Doble, ho idea che qualsiasi cosa sia non mi piacerà. Come diceva, a proposito della morte, la nobildonna Bragadin. Ne era in certo modo incuriosita ma anche disgustata. Negli ultimi anni andava tutti i giorni in barca a Sacca Fisola a meditare. Non si entra in quel modo nella vita altrui senza una ragione, diceva. Così per questo libro. Non si sale senza una ragione sugli armadi degli altri... Eh, già, dice distrattamente Schultz riportando lo sguardo sul libro. L'altro ha un moto di fastidio. E non dire, eh già, come un qualsiasi milanese. Da queste parti si dice, sì, no, certo come no, quel che vuoi ma non si usa quella orribile espressione. Eh già. Ci sono parole, locuzioni che non posso sopportare. Le conosco, le conosco, dice Schultz. Lo so che le conosci, ammette l'altro. Non ne ho mai fatto mistero. Anche certe parole veneziane. Le evito come evito i gatti neri, i tafani, le farfalle e le zanzare. Schultz alza lo sguardo su di lui. Ne ho in mente una molto bella, dice. Se non mi lasci andare avanti te la dico un po' di volte in un orecchio. Esorcismo al quale non potrai resistere. Potrebbe metterti a tacere per un pezzo... L'altro alza una mano in segno di resa riluttante. No, no, dice mentre Schultz riprende la lettura.

...curioso più che premuroso ma senza mai farmi capire chiaramente chi fosse né da dove venisse. Mi svegliai di soprassalto e respirai sollevato quando mi resi conto che si era trattato di un sogno e che non c'era traccia nella camera di quel mare di carne che l'aveva occupata fino a poco prima. Tornai ad addormentarmi, questa volta di un sonno disteso che durò fino al mattino quando fui svegliato da una voce che cantava una canzone di cui ricordo ancora i primi versi "Mastica fra te stessa qualche parolina, mescolandola con alcun sospiro...". Era una delle figlie di Brian che stava cantando con una bella voce limpida ma tenuta sui toni bassi di una ninna nanna usata alla rovescia come se colei che stava cantando mi volesse svegliare con delicatezza. "Mastica fra te stessa qualche parolina, mescolando con alcun sospiro..." Rimasi ad ascoltare per qualche minuto. C'era un contenuto erotico in quella canzone o ero io che glielo attribuivo? Mi alzai, mi lavai in fretta e uscii dalla camera. Il rumore della porta che si chiudeva fece interrompere il canto di colpo. Entrai in cucina. Le due figlie di Brian erano lì. Una, Mary, stava tagliando del pane, l'altra che stranamente si chiamava Rosalynd come Rosalynd Trenthan, stava posando sul tavolo la brocca del tè piena di acqua bollente. Arrossirono vedendomi e mi salutarono intimidite. Erano entrambe molto belle, ancora più belle di quanto le avessi trovate la sera prima quando le avevo viste spiarmi dalla porta della loro camera. Bionde tutte e due e con folti capelli, l'atteggiamento timido e nello stesso tempo dignitoso così comune alle persone del popolo quando stanno per offrire qualcosa a qualcuno che appartiene a una classe superiore alla loro. Ah la vita, pensavo guardandole, quante occasioni contraddittorie offriva! Un momento prima mi aveva voltato le spalle, adesso mi veniva incontro di nuovo tutta sorrisi nei panni di quelle deliziose fanciulle. «Dov'è vostro padre?» domandai. Mi spiegarono che si stava occupando di me, della mia fuga e che quella sera stessa avrei potuto lasciare con relativa tranquillità la loro casa e raggiungere Londra. Mi stavano cercando in tutta la zona e oltre alla polizia erano stati incaricati di darmi la caccia anche i dragoni della vicina guarnigione. Brian non sarebbe ritornato prima di sera... Oh, oh, cominciai a pensare di nuovo... Ma non ebbi il coraggio di coglierla quella occasione. No, non potei per rispetto a Brian che così generosamente si era messo a mia disposizione, e anche per una certa resistenza da parte mia che mi impediva di fare una breve e probabilmente disastrosa irruzione nella vita di quelle due creature. Passammo assieme una giornata difficile. Nascosta, sottesa nelle banali e anche gradevoli chiacchiere che ci scambiavamo era sempre presente la possibilità che io mi ero precluso. Saliva alla superficie di tanto in tanto richiamata da una parola o da uno sguardo, aleggiava attorno a noi come un soffio rabbrividente, prendeva il profumo e il sapore dei nostri desideri. Ci stringevamo l'un l'altro nell'immaginario, io sentivo il loro umidore così come loro avvertivano la mia densità, le sottane volavano via strappate, i corpi rotolavano, anche da parte loro venivano raggiunte audacie ben più impudiche di quelle che avremmo raggiunto se avessimo potuto amarci realmente. Una giornata faticosa piena di lacerazioni. Quando Brian ritornò eravamo stanchi e frustrati. Brian fece cenno alle due figlie di seguirlo, entrò in camera loro e poco dopo ne uscì solo tenendo in mano un vestito e un mantello da donna. «Spogliatevi e infilate questa roba, master Jacob,» disse «fra poco ce ne andremo. Fuori c'è una vecchia carrozza che ci aspetta.» Ah era dunque quella la via di fuga che lo stalliere mi aveva preparato?! Mi spogliai e mentre Brian infilava i miei vestiti in una borsa indossai l'abito da donna e mi misi sulle spalle il mantello a cappuccio. «Sembrate proprio una bella ragazzina,» disse Cage «anche se gli abiti vi stanno stretti e corti. Al buio vi prenderanno per una delle mie figliole.» «Andiamo allora, Cage, andiamo via.» Non mi piaceva l'idea di arrivare a Londra vestito da fanciulla ma ancora meno mi piaceva l'idea di non arrivarci affatto. Uscii di casa senza rivedere le due ragazze ma con la sensazione di lasciare alle mie spalle, come un vuoto, un rimpianto per qualcosa di perduto. Salimmo in carrozza e prendemmo la via di Londra. Eravamo usciti dal villaggio da circa un'ora quando vedemmo lontano delle luci, molte, troppe perché potessero essere quelle di qualche sparuto viandante. «Dragoni» disse Cage dopo un istante. «Stanno venendo verso di noi. Sono gli uomini che vi stanno cercando, master Jacob.» Sentii un brivido di paura. «Possiamo evitarli?» sussurrai. «No,» rispose lo stalliere «meglio affrontarli subito.» Tirò fuori di tasca qualcosa e me lo diede. «Mettete questo pezzo di tabacco in bocca e fingete di avere mal di denti. Per il resto lasciate fare a me.» La carrozza si mosse lentamente per andar incontro a quelle luci che sembravano minacciose e in certo modo ineluttabili

quando ad un tratto, il trotto del cavallo, il rumore cigolante delle ruote, il buio della campagna, l'attenzione, la stessa intensità con cui Schultz leggendo segue quella scena notturna, vengono trafitti, perforati, da un suono lacerante, incongruo e insolente: il telefono ha suonato nella camera di Schultz. Schultz posa il libro sul letto e allunga la mano verso l'inginocchiatoio sopra il quale il telefono continua a suonare inviperito.

«Pronto» dice Schultz.

«Schultz, sono Baffi» una voce gli risponde.

«Baffi? Cosa vuoi, Baffi, a quest'ora?»

L'interno di un'osteria quasi buia con i giochi di luci e di ombre che si formano nelle osterie quando sono deserte, quando tutti i clienti se ne sono andati, quasi tutte le luci spente, il pavimento coperto di segatura, i tavoli spostati e messi l'uno sopra l'altro, il banco ripulito, le bottiglie dietro il banco come addormentate sugli scaffali, i folpeti, le uova basote, le acciughe, i fagioli consi, le castraure rimasti invenduti chiusi in teche trasparenti come i gioielli della corona, l'oste che si prepara a chiudere e a tornare a casa. È un'ora questa in cui le osterie veneziane, già belle durante il giorno, diventano bellissime come donne che si spogliano viste attraverso una finestra. L'osteria di cui si parla non è poi così deserta come può essere sembrato a prima vista. Intanto in un punto del pavimento risparmiato dalla segatura c'è un uomo steso, un corpo di una lunghezza smisurata, i capelli lunghi lisci e tutti bianchi, una figura vestita di scuro elegante e nobile anche se vista in una posizione non del tutto decorosa e che ora, facendo forza sul gomito del braccio destro, tenta senza riuscirci, di alzarsi. Poco più in là dietro il banco, con il telefono in mano, c'è Baffi, l'oste. Sta parlando.

«Tuo padre è caduto a terra, Schultz.»

«Caduto a terra?»

«Sì.»

«È ubriaco?»

«No, no. Così, è caduto.»
«Cosa vuol dire è caduto? Si è fatto male?»
«No, non si è fatto niente.»
«Be', tiralo su allora.»
«Non vuole. Dice che è la prima volta in vita sua che casca. Sai com'è. O si alza da solo o resta qua.»
«?»
«...e che cosa faccio io se non si alza? Resto qua tutta la notte a fargli compagnia? Se vieni tu magari lo convinci a farsi dare una mano.»
«Ma sto andando a letto, Baffi.»
«Anch'io voglio andare a letto. Ostia. Guarda che se non vieni te lo chiudo dentro.»
«?»
«Allora?!»
«Va bene, Baffi, vengo.»

Schultz si è alzato dal letto e si sta infilando il cappottone. Il libro è rimasto lì dove Schultz lo ha lasciato, in un'altra epoca, con le luci dei dragoni che avanzano verso la carretta e la carretta che avanza verso le luci dei dragoni. Quante cose può contenere la pagina di un libro, pensa Schultz: una carretta con due uomini sopra trascinata da un cavallo, una pattuglia di dragoni, lanterne, fanali, gente che cerca e gente ricercata, la campagna inglese. Ritorna verso il letto, prende il libro e si avvia verso la porta. Che fai?, gli domanda Paso Doble. Te lo porti via? Continui a leggerlo per la strada? Lo chiudo da qualche parte, dice Schultz. Apre la porta ed esce nel salone della palazzina. Il salone è buio, illuminato soltanto dalla luce esterna che filtra attraverso una serie di finestre semichiuse. È una luce quasi inesistente, nevosa e cupa. La fratina, il bureau, gli altri mobili della stanza sono cose informi che si tengono nascoste: più che vedersi si indovinano. Non ti fidi di me, eh?, ride Paso Doble che ha seguito Schultz nel salone. Non voglio metterti in tentazione, dice Schultz. Saresti capace di nasconderlo o addirittura di buttarlo via. Accende una lampada sopra un mobile, un bureau spagnolo del '600 pieno di cassetti, pendagli, battagli, chiavi e mazzapicchi. Be', dice Paso Doble, forse no. Forse in questo caso dovrei sospendere le mie operazioni di commando. Schultz apre un cassetto e vi chiude dentro il libro a chiave. Non è che questo libro non mi dia una certa ripugnanza, continua l'altro, come mi ripugnano tutte le cose misteriose... Alza la voce all'improvviso. È come se, dice, come se fosse stato scritto da uno di quei tali che se li tocchi ti fanno venire la peste, il cancro al culo, la fistola cronica, la carie, la piorrea. Ma non nego che mi incuriosisca. Voglio sapere anch'io fino a che punto ti riguarda. Si mette di colpo a cantare con bella voce da baritono e su un'aria inventata lì per lì: "Mastica fra te stessa qualche parolina mescolandola con alcun sospiro, mantieni il tuo segreto fino alla mattina, il tuo segreto non lo dire in giro". Schultz cammina verso la porta. Sembra che tu la conosca, dice. No, no, risponde l'altro. Versi estemporanei. Le danno quel tocco che non so. Apre la porta a Schultz. Sta' tranquillo, dice. Non forzerò quel cassetto. È noto il mio rispetto per l'antiquariato, soprattutto quando è barocco. Schultz esce chiudendo la porta alle sue spalle e subito viene investito da una spruzzata di neve e vento che mulinano assieme nel cortile e in su e in giù per la scala di marmo e attorno al pozzo. Pochi istanti dopo Schultz è fuori diretto all'osteria di Baffi inseguito dalla stessa neve e dallo stesso vento.

Nell'osteria di Baffi il vecchio signore, cioè il papà di Schultz, ancora steso a terra, sta facendo un altro tentativo per alzarsi. Appoggia il peso del corpo sul braccio destro piegato ad angolo retto, fa un mezzo giro su se stesso, mette il braccio sinistro nella stessa posizione del destro, solleva un po' il bacino, inarca la schiena, fa forza sugli avambracci e quindi sulle mani con il proposito di darsi una spinta da sotto in su e di balzare in piedi. Invece a metà del movimento crolla stremato a terra. Non è che il corpo gli dolga in qualche parte ma così, cade, così, senza dolore, come senza forza. Baffi con i gomiti appoggiati al banco e le mani sotto il mento lo guarda con aria sonnolenta. Ora il vecchio cerca di ritrovare il fiato prima di fare un altro tentativo.

«Il guaio, Baffi,» dice il vecchio «è che questa è una caduta simbolica. Non è soltanto il mio peso che devo tirar su, ma il peso di questo simbolo e tutta la mia amarezza.»

«Ne ho avute di amarezze io,» risponde Baffi «ma non mi hanno mai impedito di farmi tirar su quando cascavo.»

«Se non ce la faccio da solo sono un uomo finito... Avrò perso il diritto a essere considerato un monumento veneziano come i cavalli di San Marco o il Colleoni di San Giovanni e Paolo.»

«Forse se stai zitto ce la fai meglio.»

Il vecchio ha un guizzo agonico come di pesce messo sul fuoco ancora vivo e un istante dopo è finalmente in piedi: due metri di statura, di eleganza, di bellezza, il viso color cuoio con i lunghi capelli lisci e bianchi che gli cadono sulla fronte, non trionfante ma discreto, quieto, aristocratico come se non fosse accaduto niente: sta già prendendo le distanze da quel vecchio che fino a un istante prima era steso impotente a terra. Baffi esce applaudendo da dietro il banco.

«Finalmente. Il più bel vecio di Venezia si è rimesso in piedi.» Il vecchio passa una mano sul vestito blu per togliere qualche irrispettoso filo di segatura, abbottona il panciotto che aveva aperto per facilitare l'operazione di rialzo e fa cenno a Baffi di porgergli il cappotto. In quello stesso istante Schultz entra nell'osteria.

«Non c'è niente di più triste» dice il vecchio «di una statua caduta a terra.»

«Signori si chiude» dice Baffi. «Ecco qua tuo figlio che arriva.»

Schultz sembra irritato. «Lo sapevo» dice «che sarei venuto inutilmente.»

«Scusa, Schultz, ma ci ha messo quaranta minuti a tirarsi su. Credevo proprio che non ce l'avrebbe fatta.»

«Non sono stato io a farti venire,» dice il vecchio «anzi. Avevo proibito a Baffi di chiamarti.»

Il vecchio infila il cappotto, se lo abbottona fino al collo, mette le mani in tasca. È un bel cappotto pesante, blu, con le maniche a raglan, la pistagna alta e spessa, certamente fatto su misura perché la statura del vecchio non è di quelle che si possano vestire con abiti o soprabiti fatti in serie nemmeno del tipo lungo. Schultz adesso guarda il padre con aria compiaciuta. È davvero il più bel vecio di Venezia, lo prende sotto il braccio (chissà quante ne ha fatte in gioventù) e assieme a lui si avvia verso la porta a vetri mentre, dietro, Baffi spegne l'unica luce dell'osteria rimasta accesa fino a quel momento.

«Vieni,» dice Schultz «ti accompagno a casa.»

«Ma sì, facciamo quattro passi.»

«Non dovresti essere in giro a quest'ora e con questo tempo.»

«E perché no? Sentiamo.»

«Ciao Baffi.»

«Buona notte.»

L'osteria di Baffi si trova nel campo dei Tre Ponti vicino al piazzale Roma, fra la fondamenta dei Tabacchi e quella che una volta era la fondamenta Sant'Andrea e che ora non si capisce bene che cosa sia se non un prolungamento dell'orribile piazzale che, invece di vergognarsi di se stesso e di nascondersi tende arrogantemente a espandersi, a coprire i canali che hanno la malasorte di scorrergli vicino, a invadere i cortili delle case e a trasformarli in garage mestrini. Anche adesso, mentre Schultz e il padre escono dall'osteria e Baffi abbassa la saracinesca, il piazzale sembra furtivamente continuare la sua espansione mostrando lì, dove prima c'era un rio, un terrapieno di cemento pieno di automobili immusonite per il freddo e coperte dalla neve, culi di pullman in posizione di attesa e di riposo, pompe di benzina. Tuttavia il campo che, chissà perché nessuno ha mai preso in seria considerazione estetica è, con il suo disegno triangolare, molto bello; ricorda in qualche modo un quadro di De Chirico e forse anche una sezione di scacchiera lungo la quale, adesso, come un alfiere e una torre, Schultz e suo padre avanzano verso i ponti. Ha anche l'aria di una pianura della mente percorsa da pensieri frettolosi.

«Com'è che sei caduto?» domanda Schultz.

«Non lo so. Mi sono trovato a terra all'improvviso, pesante come uno dei miei blocchi di marmo. Qualcuno mi deve aver dato, per così dire, una spinta metafisica.»

«Capisco. Succede spesso da queste parti.»

«Non fare il cretino. Sto parlando seriamente.»

«E perché non ti sei fatto aiutare?»

«Oh andiamo! Questa domanda posso aspettarmela da Baffi non da te.»

Il vecchio sembra perplesso, come se stesse ripensando a quel che gli è accaduto poco prima. Si ferma sui gradini del ponte triforcuto che porta in diverse direzioni, diritto al Gafaro e ai Tolentini, a San Pantalon e così via, a destra ai Carmini e alle Zattere, a sinistra alla stazione e a Cannaregio.

«Come amo questo ponte» dice inaspettatamente. E poi, mentre la neve ruota attorno alle due alte figure ferme, come disegnate sui gradini, aggiunge: «Sai, non è che l'osteria di Baffi mi piaccia poi tanto. È il ponte che vengo a vedere. Guardalo. Va in tutte le direzioni contemporaneamente. Come me».

«Già,» dice Schultz «per questo siete sempre fermi tutti e due.»

«Non sei tenuto a fare lo spiritoso tutte le volte che apri bocca» ribatte il vecchio riprendendo a camminare. Eppure. Si ferma dopo pochi passi, si guarda attorno. «Eppure,» dice «continuo a domandarmi perché sia caduto a terra, che cosa esattamente mi abbia fatto cadere.»

«Posso» chiede Schultz «azzardare l'ipotesi di un malessere passeggero o è troppo banale per un tipo come te?»

«Queste cose non accadono per caso» continua il vecchio senza dargli retta. «Ci deve essere una ragione. È un bel po' che non ci vediamo vero? E adesso siamo qui tutti e due, assieme. Se non fossi caduto, se Baffi non ti avesse chiamato non ci saremmo visti ancora chissà per quanto tempo... Queste cose, ripeto, non accadono per caso. Ci sono atti che precedono i nostri desideri inconsci e li rivelano... Forse volevo vederti... Forse tu volevi vedermi? Volevi vedermi, eh? Dimmi, volevi vedermi?»

«No» dice Schultz.

«E nemmeno io per quanto ne so» continua il vecchio per niente colpito dalla secca risposta del figlio. «Per quel che ne so non mi passavi nemmeno per la testa... Eppure, tutto quello che è accaduto stasera deve avere una ragione...»

«Oh piantala, papà.» Schultz prende il vecchio sotto il braccio e ricomincia a camminare. Hanno lasciato i

Tre Ponti alle spalle e ora procedono lungo il rio del Magazen verso il Gafaro nome di antica famiglia veneziana ora estinta che un tempo abitava nella zona.

«Cosa stavi facendo» domanda il vecchio «quando Baffi ti ha chiamato?»

«Stavo leggendo un libro.»

«Un libro? Che libro?»

«Un libro che ignoravo di avere in casa.» Schultz esita un poco. «Un libro trovato sopra un armadio.»

«Un armadio? Ah questa poi... E come c'è finito?»

«Oh non so. Ho un alter ego disordinato e dispettoso. Suppongo sia stato lui a metterlo lassù anche se lo nega.»

«Non sei ancora riuscito a liberartene, eh?» dice il vecchio. «Eppure hai davanti a me l'esempio della mia vita... Li ho fatti fuori tutti, io, i rompiballe, tutti ad uno ad uno... Non che ne abbia incontrati molti grazie a Dio...» Di colpo ammutolisce, si alza nelle spalle poi, come se nonostante quella sparata avesse seguito un ordine di pensieri sotterraneo, dice: «Un libro trovato su un armadio non può essere casuale».

«Oh Dio» dice Schultz in mancanza di meglio.

«Come si intitola questo libro e chi lo ha scritto?»

«Non lo so. Non c'è titolo e nemmeno il nome dell'autore... È un vecchio libro cencioso e scardinato... Mancano delle pagine qua e là...»

«Ah.» Il vecchio lancia al figlio una strana occhiata. «E di che parla?»

«È troppo presto per saperlo esattamente... È ambientato in Inghilterra, forse nel secondo decennio del secolo passato... Finora l'unico punto di riferimento temporale è l'accenno a un principe reggente e se non sbaglio ce n'era uno in Inghilterra nel secondo decennio del secolo passato... Ma non è detto che sia stato scritto allora.» Si interrompe. Continua a camminare in silenzio per qualche istante. «È vero,» dice poi «potrebbe essere un libro qualsiasi, ma non so, forse non lo è. Forse c'è qualcosa, qualcosa che non lo rende tale.»

Il vecchio sembra ora, più che incuriosito, stranamente teso, attento. Ed è tanto più strano questo atteggiamento, pensa Schultz, in un uomo, quale suo padre è, interessato a parlare soltanto di se stesso e con se stesso, uno di quegli irritanti personaggi che quando rivolgono a qualcuno una domanda l'ultima cosa che si aspettano è una risposta. Una domanda fatta ad altri è un incidente temporaneo, la brevissima rottura di una logica che tende immediatamente a ricomporsi. Invece adesso...

«Che cosa?» domanda.

«Sensazioni,» dice Schultz «forse qualcosa di più... Il sospetto di far parte anch'io in modo oscuro di quel libro... che il libro in qualche modo mi conosca... Ecco... Non posso dirti niente di più preciso tranne che leggendolo mi sto, come dire?, imbrogliando molto. Mi dà una specie di allegra ansia, scatena fantasie... Potrei sbagliarmi, ma ci sono qua e là cose, riflessi, ombre, certamente non una perfetta simmetria che, per quanto sappia che è assurdo, sento come confusamente mie... e perfino un sogno che sembra finire nella mia camera, proprio in cima all'armadio dove ho trovato il libro. Dico, potrei sbagliarmi, ma che mi importa?»

Il vecchio alza ancora un poco il bavero del cappotto attorno al collo, si passa una mano sui capelli umidi di neve, una due volte con un certo affanno, come se il suo statuario ritmo interno avesse subito un brusco soprassalto. Tace. Cammina con aria assorta al fianco di Schultz, affonda le mani nelle tasche del cappotto. Poco dopo padre e figlio si fermano sotto una palazzina rossa a due piani che fa da spartiacque fra una lunga fondamenta e una larga calle. Le finestre della palazzina guardano sulla curva del canale. Attraccata alla riva c'è una grossa barca coperta da un telone. Il vecchio è arrivato a casa. Infila una chiave nella porta.

«Hai passato la trentina, vero?» domanda al figlio.

«Sì,» dice Schultz «da quindici anni.»

«Tanti? Non ti facevo così vecchio. Quarantacinque anni. Questo vuol dire che è successo più di quarant'anni fa.»

«Successo cosa?»

«Ah, i libri,» continua il padre come se non avesse sentito la domanda «certi libri sono davvero dei misteri...»

«Che vuoi dire?»

«Ah, non so. Lascia che ci pensi un poco. Questa storia mi ricorda qualcosa. Buona notte.» Apre la porta ed entra. Si volta ancora per un momento verso la strada. «Torna al punto in cui eri quando Baffi ti ha interrotto.»

Schultz guarda con un sorriso la porta che si chiude dietro al padre. Non ha preso molto sul serio il suo discorso. Lo conosce troppo bene... La brevissima rottura di una logica che tende immediatamente a ricomporsi. Non solo, ma anche un profondo senso di possesso per ogni tipo di esperienza, soprattutto le esperienze altrui. Sempre disposto a qualsiasi gioco di prestigio. Schultz volta le spalle alla palazzina e riprende a camminare nella neve verso casa.

Nella campagna inglese notturna nascosta dentro al libro la carrozza di Cage ha raggiunto il posto di blocco dei dragoni. Un ufficiale alza la lanterna sul vecchio che tiene le redini del cavallo e sulla falsa fanciulla dal viso enfiato che gli siede accanto. Un soldato controlla la carrozza. Schultz, tornato a casa, ha ritirato il libro dal cassetto e ha ripreso la lettura.

La carrozza si mosse lentamente per andare incontro a quelle luci che sembravano minacciose e in certo modo ineluttabili e pochi istanti più tardi si fermò davanti alle lanterne di una pattuglia di dragoni comandati da un ufficiale. Cage non si era sbagliato. Era uno dei posti di blocco installati nella zona da chi mi stava cercando. «Chi siete? Dove andate?» domandò l'ufficiale. Cage lo guardò con una calma che io non riuscivo a provare. Sotto il mantello tremavo ma, fortunatamente, non fino al punto da perdere la testa. Ebbi infatti l'accortezza di tenere bene in vista la gonna e di nascondere con la mano, ma non troppo, esattamente come avrebbe fatto una fanciulla desiderosa di occultare una imperfezione del proprio viso, la guancia gonfiata dal tabacco che tenevo fra i denti. «Sono Cage, lo stalliere,» diceva intanto il mio amico «porto mia figlia Mary a Londra da un dentista.» «Non ci sono dentisti a Chatham?» «Ce ne sono, sì» rispose Cage. «Ce ne sono tre. Ma uno non vale niente, il secondo ancora meno. Il terzo non lo conosco, ma mi dicono che abbia l'alito cattivo e i denti guasti. Capirete...» Il soldato intanto esaminava l'interno della carretta a bordo della quale Brian aveva caricato soltanto una borsa contenente i miei vestiti accuratamente coperti da un involto di frutta formaggi e pane, esattamente quello che un contadino diretto a Londra per un breve periodo e deciso ad evitare le troppo dispendiose taverne della capitale avrebbe portato con sé. L'esame durò pochi secondi poi il soldato disse che tutto era in ordine e che potevamo continuare il cammino. «È successo qualcosa?» domandò Cage dando un ritocco finale a una scena così ben recitata. «Niente che ti riguardi» rispose l'ufficiale. «Puoi andare vecchio.» Brian diede un colpo di redini sulla groppa del cavallo che riprese la strada. Tirai un respiro di sollievo. Il primo posto di blocco era stato superato e non c'era ragione per credere che la commedia del mal di denti recitata da Cage, più che da me, con disinvoltura ammirevole, sarebbe stata meno efficace se fossimo stati fermati un'altra volta. Ma nessuno ci fermò. Avevo lasciato alle spalle forse per sempre chi mi stava dando la caccia. Dopo Rochester mi liberai di quell'imbarazzante abbigliamento femminile e indossai di nuovo i miei vestiti. Era l'alba quando arrivammo a Londra. Entrammo in città attraverso Glengall road, Willow walk, Tower bridge road, il Tower bridge, giù giù fino ai docks vicino ai quali viveva capitan Viruela. Lasciammo la carrozza in una stalla e raggiungemmo la casa del capitano. Entrammo senza bussare – la porta era aperta – e ci trovammo in una larga stanza dai mobili rozzi e pesanti da taverna, piena di botti profumate di vino e di whisky, ingombra di pacchi di merci di ogni genere. Viruela era ancora a letto e dovemmo aspettare che si alzasse. «Chi è capitan Viruela, Cage?», domandai al mio compagno. «Cosa fa? Come vive?» «Chi è?, domandate, master Jacob. Cosa fa?, dite. Giusto che vogliate saperlo. Giusto. Ma è più facile fare questa domanda che rispondere. Mi spiego?» «No. Perché dici che è difficile rispondere?» «Non crederete, master Jacob,» disse Cage «che io possa affidarvi alle cure di una persona del vostro rango, un gentiluomo? Capitan Viruela è un eccellente marinaio ma la legge, pensate un po', lo considera un criminale perché fa un po' di contrabbando con la Francia. Se lo pigliano gli tagliano la gola.» «È ricercato anche lui?» «Non so, non credo. Ma da queste parti sono più o meno tutti ricercati... Ma non datevi pensiero. Sanno come non farsi ritrovare. In ogni modo capitan Viruela sarà felice di incontrarvi.» Viruela entrò in quel momento sistemandosi i pantaloni. Era un uomo basso, anziano, ma possente, con braccia e spalle poderose. Aveva un viso mediterraneo, spagnolo o moresco, color nerofumo, un orecchino all'orecchio destro. Posato su una spalla, all'uso di molti marinai pirati e contrabbandieri dell'epoca, aveva un pappagallo dalle lunghe piume variopinte. «Felice un accidente, Cage» disse lanciandomi un'occhiata. «Con tutti i guai che ho me ne porti un altro. Che me ne faccio di costui?»

«Be', capitano,» disse Cage «master Jacob potrà aiutarvi. Non se ne starà certo con le mani in mano.»

No, non avevo certo intenzione di starmene con le mani in mano ma neppure avevo idea di che cosa avrei potuto fare per l'uomo al quale stavo chiedendo rifugio. Cercavo di pensare a che cosa mi sarei potuto candidare quando, all'improvviso, il pappagallo posato sulla spalla di Viruela si schiarì la gola e con voce perfettamente intelligibile esclamò: «Ehi, tu, conosci Molly Jackson?». Mi misi a ridere. No, dissi, non la conosco. Viruela non sembrò udire la domanda del pappagallo e neanche la mia risposta. Mi guardava soprappensiero. «Cosa sai fare, giovanotto,» domandò «oltre a portar via le donne altrui e ad ammazzarne i mariti?» «Be',» mi informò il pappagallo che sembrava seguire un ordine di pensieri diverso dal nostro. «È una gran puttana.» Avrei volentieri continuato a conversare con lui ma mi pareva più urgente rispondere a Viruela. «Sono un artista,» dissi «suono il violino e il clavicembalo, scrivo sonetti, ho talento per il disegno e la pittura.» «Capirai, c'è proprio bisogno di artisti in questo ambiente.» «Ehi tu, conosci Molly Jackson?» ripeté il pappagallo. «Tu sta' zitto» disse Viruela all'animale che parlava dalla sua spalla. Confesso che ero incuriosito e che ora, più di ogni altra cosa, mi interessava sapere chi fosse la donna di cui la bestia stava parlando. «Chi è Molly Jackson?» mi azzardai a domandare. «Una gran puttana» rispose Viruela. «Bernie, qui, ce l'ha a morte con lei. Sono quindici anni che la insulta.» Prese il pappagallo con una mano e lo lanciò attraverso la stanza. L'animale volò via pesantemente stridendo e soffiando, infilò una porta e scomparve. «Si dà anche il caso, capitano,» disse Brian Cage, «che l'uomo ammazzato da master Jacob fosse un doganiere.» «Ah sì?» Per la prima volta capitan Viruela sembrò dimostrare un certo interesse. «E chi era?» «Trenthan. Jeremy Trenthan, l'ispettore.» «Quello con il viso pustoloso?» «Proprio quello.» Viruela si mise a ridere e mi diede un buffetto affettuoso sulla guancia. «E perché non l'hai detto subito? È chiaro che le cose cambiano ora. Chiunque ammazzi un doganiere sarà sempre il benvenuto in questa casa.»

Ero stato accettato e ancora una volta dovevo ringraziare Brian non soltanto per avermi portato in quel luogo, ma anche per aver saputo dire al momento giusto le parole che dovevano vincere la iniziale riluttanza del capitano. Abbracciai il vecchio stalliere e lo pregai di lasciar passare qualche giorno poi di far sapere a mia madre che mi ero messo in salvo senza però rivelarle dove fossi andato. Non che non mi fidassi di lei, ma mia madre aveva l'abitudine di parlare nel sonno – era così che si era saputa la storia dello zingaro – e io temevo che nello stesso modo lo squire venisse a sapere dove mi trovavo e mi mandasse a cercare per farmi pagare il mio debito.

Mi trovai subito bene con capitan Viruela e i suoi amici, contrabbandieri ladri e puttane il cui modo di vivere, forse proprio per le mie origini zingaresche, era molto più vicino al mio di quanto non fosse il modo in cui si viveva nell'ambiente in cui ero cresciuto. Viruela aveva messo a mia disposizione una camera della sua casa dove potevo fare quello che volevo, andare e venire, ricevere visite. Non correvo alcun rischio a muovermi per le strade del quartiere, una specie di isola abitata da malviventi dove le leggi erano ben diverse da quelle che regolavano la vita del resto della città, un territorio sovrano dove nessun poliziotto d'oltre frontiera osava avventurarsi. Viruela apparteneva a una organizzazione di contrabbandieri che operava tra l'Inghilterra e il continente in particolar modo la Francia e l'Olanda. Importava vini francesi in Inghilterra ed esportava in Francia whisky scozzese. Non so esattamente quali rapporti commerciali intrattenesse con i Paesi Bassi. Aveva navigato per molti anni al comando di una nave contrabbandiera guadagnandosi molti meriti, poi l'organizzazione lo aveva, per così dire, promosso a un posto di minor rischio e di maggior prestigio e ora dirigeva a Londra il traffico di whisky scozzese verso l'oltre Manica. Era di origine spagnola e, nonostante l'aspetto di assassino saraceno era un uomo di animo gentile e di modi garbati che suscitava benevolenza e rispetto. Mi fece conoscere parecchie persone fra le quali un certo capitano John Rottenbury famoso contrabbandiere che avrebbe acquisito più tardi una fama postuma superiore a quella di cui aveva goduto vivendo, grazie alla pubblicazione di un diario chiamato *Memoirs of a smuggler* nel quale aveva raccontato giorno per giorno le vicende e le emozioni della sua vita fuori della legge. Lo menziono perché il capitano Rottenbury, in partenza per Calcutta dove non so che cosa esattamente andasse a fare, mi offrì un imbarco sulla sua nave, un veliero chiamato "The Swallow" e io avrei senz'altro accettato se Viruela non vi si fosse opposto. Aveva deciso che quel mestiere non faceva per me. In fondo ero un gentiluomo e pur essendo alla macchia dovevo continuare a vivere come un gentiluomo. «Ma,» ribattei «non posso restarmene con le mani in mano tutto il giorno a vostre spese. Se non volete che io vada a Calcutta mandatemi almeno in Francia con una delle vostre spedizioni.» «Tu sei matto» rispose. «In Francia, anche se la guerra è finita se vedono un gentiluomo inglese lo fanno a pezzi.» «Ciò non vi impedisce di mandarvi le vostre barche quando vi pare e piace.» Viruela non si scompose. «Per noi è diverso» disse. «In primo luogo non siamo gentiluomini e poi da quelle parti abbiamo molti amici che ci preparano la strada così come noi gli prepariamo la strada quando tocca a loro venir qui. Siamo una confraternita internazionale e ce ne infischiamo delle frontiere.» «Quanto a questo,» commentai «me ne infischio anch'io. Datemi il permesso di imbarcarmi.» «Toglitelo dalla testa,» disse Viruela «c'è la forca per chi come te ha già dei guai con la giustizia e viene sorpreso a fare del contrabbando. Ho altri progetti sul tuo conto.» «Altri progetti?» domandai. «E quali?» «Sfruttare il tuo talento di artista se ce l'hai. Ce l'hai o non ce l'hai questo talento?» «Be', penso di sì» risposi. «Allora stasera ti porterò alla "Taverna del Doge Loredan", un locale frequentato dalla gente migliore del nostro ambiente. C'è un clavicembalo lì, una pedana, tutto quello che ti occorre per fare un concertino. Potrai guadagnare più di qualche scellino al giorno. Ne ho già parlato alla padrona che è d'accordo. È un'amica, sai. Una italiana, vedova di un attore veneziano, veneziana pure lei. Una gran bella donna che ha fatto perdere la testa a mezza Londra ma che non deve in nessun modo far perdere la testa anche a te.»

Schultz alza gli occhi dal libro. Una gran bella donna che ha fatto perdere la testa a mezza Londra. Lì dunque, dentro il libro, dal fondo di quelle pagine una bella e giovane ostessa rubacuori vedova di un attore comincia a farsi avanti. Nina quasi certamente. C'è nelle prime pagine un accenno ad una Nina, la donna attorno alla quale ruota la vicenda. È un'amica, sai, una veneziana. Da che cosa verrà mai, pensa Schultz, la debolezza per cui è sempre una sorpresa trovare in un libro straniero un personaggio del tuo paese. Non che accada di frequente, ma è come incontrarsi fra compatrioti nei posti più lontani, non in Inghilterra in Francia o in America le cui città sono piene di compatrioti di tutte le nazioni, ma in capo al mondo, fuori dalle rotte del turismo e delle emigrazioni nel cuore più profondo dei mari del sud, nelle foreste della Malaysia, lungo le rive del Sepik. E non ha niente a che vedere, dice Schultz, con il vediamo un po' che cosa pensano di noi gli stranieri o che cosa pensavano una volta. L'interesse ha un'altra origine, almeno credo, c'è un richiamo, per così dire, speculare... Sottile pensiero, commenta Paso Doble, nobile concetto. Ma io voglio sapere che cosa faceva quel sogno sopra quell'armadio. Questo voglio sapere, non altro... A meno che, continua Schultz senza fargli caso, a meno che non incontri un imbecille, e chi finisce da quelle parti difficilmente ha fatto vita da imbecille, stabilisci con lui in un batter d'occhio un rapporto di complicità, di reciproca indulgenza... Un largo sorriso gli si forma sulle labbra. Ricordo, dice, quando da ragazzo, leggendo *Vittoria* ho incontrato il personaggio di Zangiacomo. Paso Doble fa una specie di quieto balzo. Zangiacomo era tedesco, dice. Zangiacomo era un nome di arte. Lo so, ammette Schultz, ma io lo vissi come un italiano, anzi come un veneziano, se non altro perché il suo nome mi ricordava il campo San Giacomo dall'Orio dove, uscito dalle scuole elementari, andavo a giocare al calcio con Fastelli. Del resto erano italiane le ragazze che formavano l'orchestra. "Tournée orientale Zangiacomo", diceva, se non sbaglio, il manifesto. Nessuna di esse aveva un nome e io, ricordo, passai ore o giornate a chiedermi che cosa facessero, quale mai destino avesse portato ognuna di loro a suonare in un albergo di Surabaia, conradiana isola malese. Riuscii a inventare diciotto nomi e diciotto storie, un nome e una storia per ciascuna, le avventure le trame le disgrazie gli intrighi che avevano portato quelle orchestrali in quell'albergo infame... Alcune le ricordo ancora. Se vuoi te le racconto... Ci mancherebbe altro dice l'altro, quello che a me interessa... Ho capito lo interrompe Schultz e riabbassa lo sguardo sul libro che tiene in mano.

Quella stessa sera guidato da capitan Viruela mi diressi verso la "Taverna del Doge Loredan". Devo anche dire che il cuore mi batteva forte come se sapesse, lui il cuore e non io, che stavo andando incontro al mio destino? Percorremmo la Old Church street, attraversammo Barbican, entrammo in Aldersgate finché, in una piazzetta alberata vicino allo Smithfield Market, senza dirmi che eravamo arrivati e senza quindi darmi modo di dare se non una occhiata approssimativa all'edificio in stile Tudor lungo le cui pareti stavamo camminando, capitan Viruela mi prese per un braccio e mi spinse dentro una porta al di là della quale, come se avessimo oltrepassato un confine, un altro paese ci venne incontro. Eravamo entrati nella "Taverna del Doge Loredan". Grappoli di fiaschi di vino, di salami, prosciutti e coppe pendevano dal soffitto sopra il banco, assieme a collane d'aglio e di cipolle e reti da pesca nelle quali sembravano dibattersi alcuni pescispada imbalsamati e grandi botti sistemate qua e là e un profumo di salse di ogni genere che mi diede subito l'idea di come sarebbe dovuto essere e non era il profumo delle salse italiane di mia madre le poche volte che le accadeva di prepararle e la invisibile presenza dei fagioli, delle seppie, dei calamaretti, delle carni preparate in spezzatino, del vino barolo e del tocai; e come se non bastasse il nome della taverna a indicare quale parte del mondo si nascondeva nella memoria del locale, c'era appesa a una parete a ricordarla, una grande e neppure fatta troppo male imitazione di *Una festa sul Canal Grande* del pittore Canaletto. Avevamo davvero oltrepassato un confine. C'era, seduta ai tavoli, molta gente che mangiava o che aspettava di mangiare, ma è inutile descriverla. Basterà dire che la taverna era frequentata da contrabbandieri e ladri e che la faccia di ognuno degli avventori (tranne uno che non era ancora arrivato e di cui parlerò tra poco) portava in qualche modo i segni di una vita avventurosa fatta di colpi di spada e sparatorie, di fughe lotte ed uccisioni. I tavoli erano di quercia, ma rozzi, tranne uno che, sistemato in un angolo fra due finestre aperte e coperto da una tovaglia merlettata apparentemente di gran valore, ingentiliva l'intera sala. Ora il tavolo era vuoto, ma a giudicare dai coperti già sistemati, dal candelabro che lo illuminava, dal vaso di fiori che lo profumava, si capiva che presto sarebbe stato occupato. In fondo, quasi a ridosso di una parete, c'era una pedana con sopra un clavicembalo. Ci sedemmo e ordinammo da mangiare. Non mi attarderò a raccontare quello che ci servirono. Sto rivivendo con grande emozione quella serata e mi preme arrivare al più presto a ciò che sarebbe accaduto di lì a poco, all'evento che a mia insaputa si stava preparando in qualche angolo della taverna.

«Adesso finisci di mangiare,» disse Viruela «poi ti metti al clavicembalo e ci suoni qualche cosa. Vedrai che tutto andrà bene. Prima che la serata finisca mezza ghinea te la metti in tasca. Capito?» «Capito.» Non mi intimidiva il pensiero di dover suonare davanti a tutta quella gente che doveva saperne ben poco di musica, al contrario, mi divertiva l'idea di dare il mio primo concerto pubblico – finora avevo sempre suonato in casa o nei salotti di case amiche – di fronte a quell'auditorio da galera. «Intanto» proseguì Viruela «datti un'occhiata attorno e cerca di metterti bene in testa quello che ti dico. Ti sarà utile se dovrai lavorare qui.» Indicò con la mano il tavolo d'angolo coperto dalla tovaglia merlettata. «Quel tavolo laggiù è il tavolo di Fielding. Non devi mai toccarlo.» «Fielding?» domandai. «Chi è Fielding?» «Un tale di cui non si può fare a meno» disse Viruela. «È il capo di quella che, chissà perché, viene chiamata la malavita londinese. È lui che paga la polizia perché ci lasci in pace. Non andargli mai troppo vicino.» «E perché mai?» «Perché puzza. Puzza come cento topi morti da otto giorni. Ovunque vada ammorba l'aria. È una disgrazia, una malattia. Ha speso un patrimonio per curarla, ma non è servito a niente.» Si guardò attorno, accese un sigaro, aspirò una lunga boccata. «Se le finestre dietro il tavolo sono aperte,» proseguì «vuol dire che stasera viene...» Mi lanciò un'occhiata. Avevo finito di mangiare. «Su, vai,» disse «facci sentire qualche cosa.» Mi alzai e mi diressi verso la pedana e il clavicembalo, mi sedetti sul seggiolino girevole e cominciai a suonare, mentre attorno sguardi di ladri ruffiani contrabbandieri e puttane si levarono a guardarmi, prima un po' sorpresi o distratti, poi interessati e divertiti. Attaccai con una passacaglia a basso ostinato e con variazioni in misura tripla semplice e in movimento grave, proseguii con una gavotta e finii con una sarabanda anch'essa in movimento grave e lenta più di un minuetto. Sorvolerò modestamente sul mio successo. Come ho detto mi preme arrivare ad altro, a qualcosa che accadde o meglio a qualcuno che comparve poco dopo che io ebbi finito di suonare. «Bravo,» mi disse Viruela con sincera e stupita ammirazione «sei più bravo di quanto pensassi...» Ma io non lo ascoltavo. Una donna era comparsa dietro il banco, una donna di cui si vedevano soltanto i pesanti capelli brunodorati che le cadevano sulle spalle e la schiena che sembrava far parte di un corpo alto e snello ma polputo e vigoroso, di movimenti sicuri e, per così dire, non saprei comunque spiegarmi meglio, padroni. Si spostava con calma da un punto all'altro del banco sotto il lucore di mille bottiglie sistemate sopra di lei su lunghi scaffali, facendo qualcosa che non riuscivo a capire, ma in qualche modo parlando, parlandomi, ogni movimento una parola o una frase come se lei vivesse interamente e soltanto con il corpo e il fatto che non potessi vederlo tutto intero il suo corpo mi dava il senso di mutilazione che può provare chi riesca a capire soltanto poche cose di quel che gli viene detto, ma anche un sentimento di attesa e di desiderio che si voltasse e che rendesse più chiare le sue parole esponendosi e mostrando il viso e il seno e gli occhi e il grembo e la camminata che non poteva essere che quella imparagonabile di un cavallo di gran razza... Finalmente la donna uscì da dietro il banco con due bottiglie in mano, attraversò la sala dirigendosi verso il tavolo dalla preziosa tovaglia merlettata e mi passò accanto dandomi modo di vederla di fronte e da vicino e dando anche a se stessa modo di vedermi, di studiarmi, perché mentre Viruela le faceva un cortese cenno di saluto e diceva, signora buona sera, anche lei mi guardò... Vi è mai accaduto di sentirvi mancare il fiato davanti al viso di una donna e di sentire il desiderio montare di colpo e il sesso inturgidirsi e il sangue scorrere a precipizio nelle vene soltanto perché lo sguardo di quella donna si è fermato sul vostro, qualche istante più del necessario? Ebbene, tutto questo accadde a me in quel momento. Oh buon Dio, come avrei voluto possederla subito, lì, fosse pure davanti a tutti! Abbiate la bontà di seguirmi attentamente mentre la descrivo: brunodorati gli occhi, brunodorata la pelle del viso delle spalle e delle braccia, brunodorati i capelli, rossa la bocca e qualcosa di aristocratico e zingaresco che, chissà perché, mi ricordava terre che non avevo mai visto e di cui avevo soltanto sentito parlare, caffè e noci di cocco brasiliane e croccanti e torroncini e anche, non mi vergogno a dirlo, la tigre della poesia di William Blake che dice:

Tiger, Tiger burning bright
in the forest of the night
what immortal hand or eye
could frame thy fearful symmetry

Mi passò accanto un'altra volta lanciandomi un'altra breve occhiata e ritornò nel luogo da dove era venuta.

Si sente il fischio di un treno lontano, lo sferragliare delle ruote sulle rotaie poi, come in un flash accesosi all'improvviso l'espresso notturno Zurigo-Milano-Venezia passa nella memoria di Schultz con tutti i finestrini illuminati, le ombre dei passeggeri seduti. L'Orient-Express di un certo tipo di letteratura, non quello, vero ovviamente che è un treno come tutti gli altri dove non succede niente di diverso da quello che succede negli altri treni, sarebbe probabilmente più indicato alla situazione di quello Zurigo-Milano-Venezia che forse neppure esiste. Ma bisogna ammettere che l'Orient-Express è troppo consumato, ha fatto il suo tempo, è insomma un treno a bordo del quale è sconsigliabile per qualsiasi autore, anche il più modesto, far viaggiare i propri personaggi. In ogni modo sul treno che ora sta passando, in uno scompartimento illuminato, c'è lui, Schultz, seduto di fronte alla statua di cera vista all'inizio di questa storia in una camera vicina, ma non proprio alla statua, quanto alla donna che essa rappresenta e che se ne sta lì seduta con le gambe accavallate, avvolta in un cappotto di cammello. Fra Schultz e la donna sta accadendo qualche cosa. Si stanno infatti guardando senza dir nulla, consapevoli di quel qualcosa che sta accadendo e forse incerti su che cosa esattamente sia, sulla forma, il modo, la maniera che quella cosa debba prendere. Ma il treno è subito passato e Schultz è di nuovo e ancora lì, davanti al libro. Cosa te l'ha fatta venire in mente?, domanda l'inquilino. Be', dice Schultz, mi pare chiaro. Parole come brunodorati, zingaresco e aristocratico, occhi brasiliani, caffè, noci di cocco, croccanti e torroncini e tigri che bruciano nelle foreste della notte che altro vuoi che mi facciano venire in mente se non il treno espresso Zurigo-Venezia, via Milano e una donna con il cappotto di cammello? Cominci a essere un po' inquieto, eh?, domanda l'altro. Schultz alza la testa. Inquieto? E perché mai? Ma sì, dice Paso Doble, la palazzina, la villa di campagna, il sogno e ora questa somiglianza... Che cosa ci sarà più avanti? Pare che quel figlio di puttana che ha scritto questo libro in qualche modo ti conosca... Salterà fuori ad un certo punto che è uno stregone del secolo passato... Schultz ascolta con cortese interesse. Non credi, domanda, che lo abbia scritto questo Jacob Flint? No, dice l'altro. Sarà anche figlio di uno zingaro, ma non mi pare abbia doti di veggente. Gli piacciono troppo le signore, a quanto dice, segno di interessi più che ragionevoli... C'è invece qualcosa di sinistro nella direzione in cui procede la lettura. Ma no, ma no, dice Schultz. Esita per un momento. Certo che, riprende, stanno accadendo cose, cose che non c'entrano... Non c'entrano con che cosa?, domanda il suo compagno. Ah non so, dice Schultz, con tutto il resto. Vorrebbe alzarsi, buttare il libro sul letto, uscire dalla camera e raggiungere la stanza dove la statua di cera siede e un istante dopo trovarsi davanti allo stesso viso, agli stessi occhi, allo stesso corpo che pochi istanti prima usciva di scena in qualche angolo buio delle pagine... Ma ecco ancora il treno che corre rumoroso e allegro come soltanto certi treni notturni riescono ad essere, ancora lo scompartimento dove Schultz e la donna si stanno guardando senza dir niente, nella stessa identica posizione di prima, ma un po' più vicini a quella cosa che deve succedere tra loro. Ecco è forse soprattutto l'imminenza di qualcosa che deve succedere che gliel'ha fatta venire in mente. Che cosa aspetti, amore mio? E tu che cosa aspetti? Non vorrei commettere degli errori. Proprio per il rispetto che ti porto e perché non siamo sull'Orient-Express vorrei dire una parola che metta a fuoco tutto, come un cannocchiale o un microscopio. Poterti comunque avere qui, subito, adesso mentre il treno corre e poi portarti via... Schultz riporta lo sguardo sul libro e riprende a leggere.

Lei uscì dalla sala e io rimasi per qualche tempo a bocca aperta, stordito. Mai nessuna donna mi aveva fatto quell'effetto. Tanto più che, pensavo, anche lei, sì anche lei, a giudicare dal suo modo di guardarmi, doveva aver sentito qualcosa nei miei confronti. Ad un certo momento dovetti scegliere se restare a bocca aperta indefinitamente o ritornare alla ragione. Tornai alla ragione. Suonai ancora qualcosa e guadagnai mezza ghinea. Poi sentii il bisogno di respirare un po' d'aria fresca e uscii. La "Taverna del Doge Loredan" era un cottage Tudor a due piani, tutto bianco, a parte le brune travature alle pareti, ed era così disposto: la parte anteriore era occupata dalla osteria, quella posteriore – ancora non lo sapevo ma lo avrei presto appurato – serviva da abitazione alla proprietaria, il piano superiore era riservato agli alloggi del personale di servizio. Alti alberi circondavano il cottage formando attorno ad esso una specie di boschetto. Presi a camminare fra gli alberi senza allontanarmi dalla taverna in uno strano incerto stato d'animo: volevo sì prendere una boccata d'aria, ma non riuscivo a staccarmi dal luogo dal quale ero appena uscito come se qualcosa di profondo mi trattenesse nei suoi pressi, un legame, un nodo che stava formandosi. Camminai piano girando attorno all'edificio finché mi trovai all'improvviso accanto alla finestra illuminata di una camera dalla quale, un po' rauca, ma dolce e sensuale usciva la voce di una donna che stava cantando la canzone da cui ero stato svegliato quel mattino in casa di Brian Cage: "Mastica fra te stessa qualche parolina, mescolandola con alcun sospiro...".

Avrà davvero qualcosa di erotico questa canzone?, domanda Paso Doble. Io non ci vedo nulla. Jacob deve essere un maniaco sessuale di quelli che vedono giarrettiere dappertutto, "Mastica fra te stessa qualche parolina, mescolandola con alcun sospiro...". Sembra uno di quei versi che il povero Silvestri ricavava prendendo una frase qua una frase là dai classici e mettendole assieme. Di erotico non ci vedo nulla... Io sì, dice Schultz. Mi fa venire in mente qualche cosa, attesa, desiderio, qualcosa da fare furtivamente e al buio... Mi fa venire in mente quella sera dell'estate scorsa quando ho sorpreso Maddalena nella sua terrazza tutta rannicchiata e gemente, masticante sospiri e paroline, la mano affondata nel segreto. Ne parlavo con lei proprio stasera... La sfacciata, dice Paso Doble, non ha altro di cui parlare? E sì che te ne andasti come se non avessi visto niente. Me ne andai, sì, dice Schultz, ma non come se non avessi visto niente. Le voltai garbatamente le spalle lasciando che le cose andassero per il loro verso. Io non c'entravo. C'era di mezzo un partner immaginario irresistibilmente più forte di me. Di colpo Schultz si mette a ridere. D'altra parte non volevo fare la fine di Salvagno, quel mio amico italo-americano. Non so se te ne ho mai parlato. Salvagno?, dice l'altro. Mai sentito nominare. Che fine ha fatto? Be', non proprio fine. Diciamo l'esperienza. Anche lui, a New York non qui a Venezia, da una finestra dirimpettaia aveva sorpreso una ragazza così come io ho sorpreso Maddalena. Certo si può perdere la testa in casi come questi e lui la perse. Corse da lei per offrirle i suoi servigi, le disse, ecco, sono qui, sono io, posso essere io colui al quale stai pensando. Lei invece chiamò la polizia. Schultz ride ancora piano. Forse stava pensando a un poliziotto, dice l'altro, forse all'intero corpo di polizia, non si sa mai con le ragazze d'oggi. Quando è successo tutto questo? Oh non so, dice Schultz, parecchi anni fa. Salvagno ne parlava, a parte l'arrivo della polizia, come uno dei grandi momenti magici della sua esistenza. E chissà, forse anche a lui, già composti, prodotti dalle circostanze vennero in mente gli stessi versi "Mastica fra te stessa qualche parolina...".

La finestra era aperta ma non del tutto, socchiusa. Mi fermai e mi trovai a guardare la camera dove lei, la donna che avevo visto poco prima, seminuda, il seno quasi totalmente esposto sotto una molle camicetta, si stava spogliando o vestendo, si stava insomma cambiando l'abito che aveva addosso per indossarne un altro, più elegante, addirittura splendido, appoggiato adesso, quasi graziosamente seduto su una poltrona come una persona vuota, senza corpo. Si sentì osservata e alzò lo sguardo e vide colui che la stava guardando apertamente avidamente e che, anzi, per vederla meglio, spingeva la finestra e la spalancava esponendo all'esterno l'intera stanza. Avevo dimenticato me stesso per essere soltanto quello sguardo così fortunato da posarsi su un oggetto tanto prezioso, da cogliere anzi di quell'oggetto il momento più prezioso. Lei non fece nulla per coprirsi, non mosse un passo per chiudere la finestra, ma rimase lì seminuda, forse anche con l'ombra del sesso che filtrava come una luce da sotto la trasparenza della sua camicia a farsi guardare e a guardare anche lei con gli occhi e i capezzoli e con tutto il corpo il ragazzo che la spiava. Ad un tratto mi trovai a cavalcioni della finestra, portato fin là sopra dalla forza del mio desiderio. Lei, allora, venne verso di me ma non per accogliermi, prima nella sua camera poi dentro se stessa, come la sua condotta finora mi aveva, credo legittimamente, fatto sperare, ma per respingermi sia pure con dolcezza, accarezzandomi il viso con la mano aperta e lasciandola lì sul viso per un lungo istante, ferma, un carezzevole rifiuto, un rinvio e una promessa. «No,» disse «non ora. Aspetta. Ti farò sapere io quando sarà il momento.» Sì, mi respinse con dolcezza e io mi ritrovai fuori davanti alla finestra che si chiuse, i sentimenti incerti fra la gioia e la frustrazione, gioia perché anche lei mi desiderava come io la desideravo, frustrazione perché non avevo potuto averla subito. Poco dopo la luce si spense e io mi allontanai barcollando e lentamente, respirando a fondo per placare la mia emozione, rientrai nella taverna. Qualcosa era cambiato nel frattempo. Un tanfo orribile, malsano, spesso, un fetore implacabile ammorbava l'aria come se nei pochi minuti in cui ero rimasto fuori i molti avventori si fossero liberati tutti assieme di sibilanti gas intestinali soffocati troppo a lungo, un odore anche dolciastro come se si fosse tentato di neutralizzare quei gas con un aspersorio riempito di costosi profumi francesi. Ricordai le parole di Viruela e capii che Fielding era arrivato. Infatti era lì, seduto al suo tavolo, un uomo alto magro brizzolato bellissimo, vestito con suprema eleganza, fine anche, il viso asciutto e duro ma con certe pieghe di antico avvilimento attorno alla bocca e agli occhi. Un bastone di ebano dal prezioso pomo d'argento, sibillino e autorevole come uno scettro, era appoggiato allo schienale della sedia sulla quale Fielding sedeva. Davanti a lui, a formare una affiatata raffinata coppia mondana c'era lei, quasi impossibilmente bella, lei che non mi degnò di uno sguardo quando le passai accanto e facendomi largo nella grande puzza raggiunsi il tavolo di Viruela.

«Dove diavolo sei stato?» mi chiese il capitano.

«A prendere una boccata d'aria... È quello Fielding?»

«Sì, è quello. Hai sentito che puzza, eh? Che ti avevo detto? Ma guai a chi si muove. Bisogna far finta di niente.»

«E lei che ci fa con lui?»

«Lei chi?»

«La donna. La padrona. È la sua amante?»

«E chi lo sa. Certi dicono di sì. Altri di no. In ogni modo Fielding è pazzo di lei. Ma a te che te ne importa? Perché mi fai tante domande?»

«Io l'amo.»

Viruela ebbe uno scatto. «Sta' zitto, imbecille. Vuoi farti ammazzare? Se Fielding ti sente dire una cosa simile non esci vivo da quella porta.»

«Non so nemmeno come si chiami.»

Aveva, mi spiegò Viruela, un buffo nome italiano. Nina Manfrin, vedova Binelli.

Schultz abbassa un poco il libro scoprendo un viso pensoso dalle cui profondità sale l'espressione sospesa, incerta di chi viene momentaneamente distratto da un ricordo. Nina Manfrin vedova Binelli. Quel nome, è chiaro, non gli dice niente. Ma, pensa Schultz, lui non ha mai saputo come la donna di cera si chiamasse. Lui la chiamava Rosa, Rosina, Pina, per rendere un po' ridicolo il suo mistero e in certi momenti di debolezza Enrichetta, citazione letteraria, Maria o Marta... L'espresso Zurigo-Venezia via Milano ricompare correndo implacabilmente nella notte. Dentro, nello scompartimento visto prima, Schultz e la donna ancora seduti l'uno di fronte all'altro potrebbero far pensare a due anime indecise, inibite, incapaci di agire e che adesso corrono veramente il rischio di sciupare per eccessiva riflessione l'occasione miracolosa, forse unica che gli si presenta (anche se in circostanze sono pronto a riconoscerlo un po' banali). Ma non è così. Intanto sono passati solo pochi minuti da quando li abbiamo visti l'ultima volta, lo sguardo dell'uno così preso da quello dell'altro. Inoltre hanno fatto un altro, forse definitivo, passo avanti, verso quello che deve succedere tra loro. Ad un tratto, pensa Schultz, le rivolsi la parola. «Vuole che, così, tanto per passare il tempo, le racconti la trama del film *I Lancieri del Bengala*?» «La prego» risponde la donna senza batter ciglio. «Ho sperato per tutto questo tempo che lei me lo chiedesse.» Schultz si alza, muove alcuni passi per lo scompartimento, guarda per un istante fuori non si sa se per vedere se qualcuno si avvicina o se per qualche altra ragione, poi si rivolge alla donna che lo sta guardando seria. Mio Dio come assomiglia alla sconosciuta attrice del film di Orson Welles quella che continua a passare su e giù, altera e senza ragione, per le strade di Ibiza piene di imbroglioni. Fake vuol dire inganno, truffa, qualcosa che sembra vera e non lo è, una moneta, un quadro falso, la statua di cera di una donna. Schultz lo sa e tuttavia corre coraggiosamente il rischio di esporsi davanti a qualcosa che non c'è. «Dunque,» dice «siamo in India. Due giovani ufficiali, Gary Cooper e Franchot Tone, vengono mandati dal colonnello Stone a riscattare un altro ufficiale che è stato fatto prigioniero da Mohamed Khan. Mi segue?» «Perfettamente. Lei è un narratore formidabile.» Il treno passa via e Schultz riprende la lettura. «Fu così che la conobbi» spiega come a se stesso. Ricomincia a leggere e si ritrova di fronte a Jacob che continua il suo racconto.

Io stavo a guardarli divorato dalla gelosia quando successe qualcosa di orribile: imprevisti laceranti sibilanti come due fulminee schioppettate nella notte, due neri corvi si infilarono nella finestra aperta della taverna, traguardo di un volo cominciato chissà dove, fecero un ampio giro nella sala volando sulle grandi ali e mentre una luce di furore si accendeva negli occhi di Fielding e Nina gridava, oh no, ancora loro, no!, e si alzava e correva a rifugiarsi a ridosso della parete della sala, i corvi calarono, anzi no non calarono, piombarono su Fielding e cominciarono a starnazzare attorno a lui come se volessero irriderlo, insultarlo. Fielding alzò un braccio per difendersi, poi afferrò il bastone dal prezioso, pesante pomo d'argento e si mise a fendere l'aria con colpi micidiali, senza tuttavia riuscire a colpire una sola volta i due pennuti, ma sfiorandoli appena... Feci per alzarmi, ma Viruela mi trattenne.

«Non ti muovere e non farci caso. Succede molto spesso. È l'odore di Fielding che attrae le bestie.» Uno stridulo gracchiare irriverente usciva dalle gole dei corvi che, ad un tratto, come soddisfatti della loro impresa, infilarono fischiando la finestra e svanirono nel buio, fuori. Alcune lunghe piume di corvo mulinarono ancora per qualche istante nella taverna dagli odori infami. Fielding ritornò al suo tavolo, si lasciò cadere sulla sedia, livido e affranto. Aveva gli occhi umidi di lacrime. Nina lo raggiunse, gli si sedette di fronte, lo guardò in viso e vedendo quell'umidore negli occhi gli prese una mano e gliela strinse. «No, Terry, no» disse. Lo attirò a sé, lo costrinse ad alzarsi e sempre tenendolo per mano lo guidò fuori dalla sala verso una porta che presumibilmente conduceva al suo appartamento, indifferente al fatto che tutti sapessero, che tutti immaginassero che cosa tra poco sarebbe accaduto di là. Li seguii con lo sguardo mentre un nodo mi si formava nella gola, un brivido mi passava per la nuca. Se lo portò via, capite? Davanti ai miei occhi portò nella sua camera quell'avvilito e maleodorante mostro e mi trafisse il cuore.

Qualcosa costringe Schultz a sospendere la lettura, qualcosa che potrebbe assomigliare al nodo alla gola, al brivido alla nuca e anche a quella trafittura al cuore di cui Jacob parla mentre Nina guida fino alla sua camera il bellissimo avvilito mostro. Gelosia? Romantic temptation, pensa Schultz in inglese, perché in italiano due parole come queste non potrebbe mai pensarle. Identificazione, identification con Jacob? Schultz non sa che cosa prova esattamente immaginando le cose che in quello stesso istante in una pagina forse non scritta del libro che sta leggendo, in una scena che prevedibilmente non sarà mostrata stanno accadendo: Fielding e la sua tragedia stesi sopra il corpo aperto di Nina disposta ad accogliere Fielding nel suo corpo; che lo accoglie anzi con la sua tragedia e, sopra la camera, attorno ai tetti della taverna i due corvi che ancora volano ridendo divertiti dalla loro impresa. Una pagina non scritta, una scena che non viene raccontata e che pure è lì; anche se non viene raccontata, dentro gli spazi di quel libro. È questo che lo affascina e che in certo modo lo commuove anche se tentazioni di altre più antiche commozioni cercano di salire confusamente a galla. Tentazioni o temptations? Commozione o commotions? Un caffè, dice Schultz, ho bisogno di un caffè. Ma non si alza. La lettura si articola dentro di lui, cresce, si dirama come una pianta, avanza come un veliero negli spazi della mente.

Poco dopo mi sembrò più dignitoso andarmene che restare lì ad aspettare il loro ritorno. Volevo che lei notasse la mia assenza, che si rendesse conto che me ne ero andato e che attribuisse a quella mia decisione il suo inequivocabilmente chiaro significato: sì, ferito, ferito a morte me ne ero andato per protestare contro un delitto, un assassinio... Era pur successo qualcosa fra noi due attraverso la finestra quando lei mi aveva accarezzato il viso e detto, detto?, sussurrato, "aspetta, non ora, ti farò sapere io quando". Era nato qualcosa che ci coinvolgeva tutti e due e che pretendeva giustamente, si aspettava giustamente, di essere rispettato da tutti e due e non ucciso in quel modo da lei. Me ne andai. A casa di Viruela, naturalmente, che era diventata la mia casa. Viruela dimostrò di avere quella notte una sensibilità inconsueta in un contrabbandiere. Che io mi fossi innamorato di Nina subito dopo averla vista non gli sembrò tanto una follia quanto un pericolo. Del resto egli stesso aveva, quindici anni prima, fatto esperienza di un grande amore per quella Molly Jackson divenuta ora oggetto del turpiloquio del suo pappagallo. Questa Molly, moglie di un borsaiolo incarcerato e borsaiola lei stessa, gli aveva spezzato il cuore in più punti quando, dopo essere stata la sua amante per qualche anno, lo aveva piantato per i più ricchi favori di un merciaio di Westminster, poi di un cavaliere di Mayfair, infine di un tory deputato al parlamento, sposato e padre di numerosi figli, un paio dei quali anch'essi sposati, dunque un uomo in età avanzata che le aveva comperato una casa sopra il mercato del pesce di Billingsgate dove lei intratteneva il suo amante e anche, pare, robusti garzoni della pescheria e non pochi eleganti impiegati di un vicino studio notarile. Quando suo marito era uscito di prigione lei, con la complicità del suo protettore, l'aveva fatto arrestare un'altra volta e condannare a vita per un delitto che non aveva commesso, così per toglierselo dai piedi. Quanto a Viruela era quasi morto per il dolore, dal quale si era liberato molto tempo più tardi miracolosamente dopo essere riuscito a insegnare al pappagallo quella domanda e quella risposta: «Ehi tu, conosci Molly Jackson? Be', è una gran puttana». Racconto tutto questo per spiegare che Viruela conosceva l'amore e quindi poteva capirmi. Lo preoccupava invece seriamente il fatto che anche lei, Nina, potesse avere dimostrato una certa inclinazione nei miei confronti, come anche lui fu portato a pensare dopo che gli ebbi raccontato quello che era accaduto davanti alla finestra e quello che lei mi aveva detto e la promessa che mi aveva fatto. Lo preoccupava perché, diceva, se Fielding fosse venuto a saperlo, se avesse capito che eravamo stati presi da desiderio reciproco, non avrebbe esitato un istante ad uccidermi. Io stesso, diceva, non avrei nemmeno avuto il tempo di accorgermene. Ora si pentiva, Viruela voglio dire, di avermi portato alla "Taverna del Doge Loredan" che era stata la tomba di numerose persone fra le quali un ufficiale dei dragoni, un cerusico, un avvocato di Bruton Lane, un abate italiano suonatore di flauto che, a ragione o a torto, si erano invaghiti di Nina. In tempi diversi, ma ciascuno nello stesso modo misterioso, erano tutti spariti senza lasciar tracce, non erano stati più trovati né vivi né morti. Benché mancassero le prove era certo che era stato Fielding a farli sparire. Fielding in persona o i suoi più fidati sicari. Ma lei, chiedevo a Viruela, lei Nina, sapeva? Accettava così passivamente di essere considerata proprietà di quell'uomo? Mi era sembrata così padrona di se stessa da escludere l'idea che potesse appartenere a qualcuno. Viruela alzava le spalle. Correva voce, diceva, che il marito di Nina, Ludovico Binelli, attore veneziano, morto un paio di anni prima, fosse nell'ultimo periodo della sua vita indebitato fino al collo e che Fielding, peraltro uomo di grande generosità ove decidesse di esserlo, l'avesse salvato dalla galera prestandogli, senza obbligo di restituzione, insomma regalandogli, la somma necessaria a tacitare i creditori. Di qui, diceva Viruela, era forse nato il senso di possesso che Fielding manifestava nei confronti di Nina e anche forse la disponibilità o la decisione di Nina di considerarsi proprietà di Fielding. Viruela mi suggerì di andarmene. Egli stesso mi avrebbe portato con la sua barca in Olanda dove aveva degli amici e dove, diceva, avrei potuto vivere più a lungo di quanto mi sarebbe stato consentito di vivere se fossi rimasto a Londra a ronzare attorno a Nina. Ma io preferivo morire. Era chiaro, e Viruela se ne rese subito conto, che io preferivo correre rischi mortali e anche morire pur di dar modo a quel qualcosa che era accaduto davanti alla finestra, di crescere, di espandersi, di scavalcare la finestra e di entrare in camera di lei. Che mi importava di Fielding? Il suo potere non mi faceva paura, al contrario, io disponevo di una certezza che mi dava forza e mi invitava a sfidarlo. Restai. E la sera dopo con il cuore in tumulto tornai alla "Taverna del Doge Loredan" a suonare il clavicembalo. Ma non vidi Nina quella sera né la vidi le sere successive. Lei semplicemente non comparve. Dov'era? Era lì chiusa in qualche angolo della taverna o se ne era andata, era stata invitata da Fielding in una delle sue case di campagna o nella sua residenza cittadina? Non c'era luce alla finestra della sua camera e la stessa finestra era chiusa. L'idea che fosse con Fielding mi torturava, come mi torturava qualcosa che stava accadendo dentro di me, un fenomeno che non riuscivo a controllare. Ho detto prima che avevo una certezza su cui poter contare. Ebbene questa certezza cominciava a svanire. Via via che i giorni passavano e Nina non compariva, il ricordo medesimo di quello che era accaduto davanti alla finestra si confondeva, si allontanava, si polverizzava fino al punto che io cominciavo a pensare che non fosse successo alcunché. Avete mai fatto esperienza di una certezza che si sfalda, che diventa possibile, poi appena probabile e infine, con un totale rovesciamento, improbabile e impossibile? Non è soltanto una incertezza della memoria, ma un buco che si apre a poco a poco nell'anima, si allarga e diventa una voragine dove, cadendo, si può perdere ogni identità. Ebbene io rischiavo di perdere ogni identità se Nina non fosse riapparsa e non mi avesse confermato con uno sguardo, un sorriso o forse anche con la sua sola presenza che quel giorno, quel primo giorno, era accaduto veramente qualcosa. Finché una sera rividi i corvi. Sì, una sera rividi i corvi. Era tardi e non era rimasto più nessuno alla "Taverna del Doge Loredan" dove i camerieri avevano già cominciato le pulizie notturne. Mi alzai dal tavolo accanto al quale ero rimasto seduto per ore ad aspettare inutilmente che Nina ricomparisse. Trattenersi ancora era tempo sprecato. Tra poco la taverna avrebbe chiuso le sue porte per la notte. Uscii e i corvi erano lì in fondo alla piazza, l'uno accanto all'altro, come in attesa di qualcuno. Li riconobbi subito. Non mi passò nemmeno per la testa che potessero non essere quelli che avevo visto avventarsi su Fielding, ma due corvi qualsiasi che fossero capitati o si fossero incontrati per caso nella piazza dove sorgeva la taverna. Seppi subito che erano loro. Lo seppi perché anche da lontano – si trovavano almeno a un centinaio di passi da me – veniva dalle loro ombre una sorta di feroce allegria, quel senso di divertita sussurrante ridente sospensione che devono provare due tagliaborse appostati all'angolo di una strada in attesa del passaggio di un ricco grasso mercante. Ora immobili ora saltellanti, quei due corvi avevano l'aria di godersela alle spalle di qualcuno che ancora non c'era ma che fra poco sarebbe arrivato. E se Fielding stava davvero per arrivare forse sarebbe arrivata anche Nina. Non si sentiva però alcun suono, alcun rumore di ruote o di passi che si avvicinassero né, tanto meno, si avvertiva nell'aria che era quella fresca e limpida di una notte autunnale di Londra, nemmeno l'ombra nemmeno il presagio del tremendo fetore che accompagnava Fielding ovunque andasse e che, presumibilmente, ne annunciava gli arrivi. Tuttavia i corvi erano lì e il fatto che fossero lì doveva significare qualcosa. Decisi di rimanere, di starmene nascosto dietro un albero o dietro un angolo della taverna ad aspettare gli eventi. Mi mossi per cercare un rifugio, ma ad un tratto i due corvi mi videro e, che devo dire?, si comportarono come se anch'essi mi avessero riconosciuto. Ecco. La voce corvo, consultata presso un qualsiasi dizionario, vi darà risposte vaghe e inesatte: uccello grosso, dirà, con un'apertura d'ali di più di un metro, di colore nero con riflessi azzurri, il becco forte e convesso, la coda diritta e tondeggiante, nidifica, dirà, in rupi inaccessibili e sugli alberi, si pasce di insetti e carnami. Si farà magari una distinzione fra le principali specie di corvo, fra l'imperiale, il reale, il maggiore e il comune e niente di più. Tutte sciocchezze. Io ritengo i corvi qualcosa di più di quel che appaiono essere nei dizionari o negli stessi trattati di ornitologia. Qualcosa di più anche se non saprei dire esattamente che cosa. Quel che fecero ne è la prova. Volarono bassi sulle grandi ali e planarono davanti a me. Ora erano davanti a me tutti e due, Dick e Severino come mi venne spontaneo chiamarli, il becco aperto dentro il quale si intravedevano le lingue scarlatte, i grandi occhi rotondi che mi guardavano benevolmente come se fossi un amico. Ho detto che il mio vero padre è uno zingaro e gli zingari, si sa, hanno doti che altri non hanno. Ebbene, io fino a quel momento ignoravo che mio padre avesse trasmesso anche a me quelle doti. Mi trovai di colpo e quasi a mia insaputa a farne uso. Voglio dire che mi misi a parlare con i corvi e che i corvi mi risposero. Un dialogo muto, si capisce, ma molto aperto, franco e sincero, da gentiluomini.

«Stanno venendo?» chiesi.

«Sì» risposero.

«Tutti e due?»

«Sì,sì.»

«E dove sono stati?»

«Dalle nostre parti, in Cornovaglia.»

«E che cosa sono andati a fare in Cornovaglia?»

Si misero a ridere ed io ebbi l'impressione, anzi la certezza, che uno di loro, Severino se non ricordo male, muovesse per qualche istante il corpo avanti e indietro in un inequivocabile moto osceno. Mi sentii morire.

«Ma lei,» chiesi balbettando «come può stargli accanto?» «Hai sentito che puzza, eh?» dissero i corvi. «Fa schifo anche a noi. Ma ci divertiamo tanto a saltargli addosso. Oh come ci divertiamo.»

«Come può stargli accanto?» ripetei.

Alzarono le spalle. «Per me è matta» disse uno di

loro. «Ed è una vergogna» disse l'altro «che una bella donna come lei si stenda al fianco di quel marciume.» Ragionavano nei miei stessi termini, seguivano un ordine di pensieri analogo al mio. Capii che erano miei amici naturali, miei complici, miei alleati e che potevo chiedere il loro aiuto.

«Come te la passi?» chiedeva intanto Dick.

«Ascoltate,» risposi «vedo che è nata una bella amicizia tra noi. Vi chiedo un aiuto che vi sarà restituito quando e dove lo riterrete opportuno.»

Continuarono a guardarmi con benevolenza, ma anche con un certo sospetto. «Di che si tratta?» chiesero.

«È tardi» dissi «e lei sarà stanca per il viaggio. È probabile che Fielding l'accompagni fino alla porta e poi la lasci. Non attaccatelo ora, vi prego. Rinviate il vostro agguato. Lasciate che Fielding si allontani e poi fate quello che vi pare. Se gli saltate addosso ora lei è capace di intenerirsi un'altra volta e di portarlo al sicuro nella sua camera.» Feci una pausa, poi aggiunsi: «Questa notte in quella camera voglio entrarci io».

Si guardarono per un lungo istante e in quello stesso istante l'aria che fino a quel momento era stata fresca e profumata da tutto il verde della piazza e dalle prime foglie gialle d'autunno cominciò, senza che nulla ne avesse preannunciato il mutamento, a guastarsi, a corrompersi come se un immenso intestino si fosse scaricato senza rumore accanto a noi. Fielding stava arrivando. E infatti, subito dopo, così come il tuono segue il lampo, si sentì il rumore di una carrozza che si avvicinava.

«Vi prego» implorai.

«Va bene,» dissero i corvi «va bene. Ma non ti perderemo di vista.»

Dick fece palpitare le ali e si sollevò da terra, disegnò un cerchio basso e frullante attorno a me e prese il volo. Severino invece mi diede le spalle e si avviò saltellando, poi si voltò di nuovo verso di me e disse in modo enigmatico: «Possiamo essere molto più pericolosi di quanto tu non creda. Oh se possiamo esserlo!». E volò via anche lui senza darmi altre spiegazioni.

La piazza attorno alla "Taverna del Doge Loredan" rimase deserta, immota, occupata soltanto da quel tremendo fetore che si faceva sempre più spesso e insieme, se possibile, unto, umido, una montagna di marciume invisibile. Mi sistemai dietro a un albero e subito dopo una carrozza irruppe nella piazzetta trascinata da quattro cavalli che correvano impazziti come per sfuggire al tanfo che li accompagnava e guidata da un frenetico cocchiere che si teneva in piedi a cassetta certamente per cercare in alto un'aria più respirabile. La carrozza si fermò davanti alla porta della taverna e Nina ne discese assieme a Fielding. Ah, come mi batteva il cuore a rivederla dopo tutti quei giorni di attesa e quelle notti durante le quali, stremato, avevo quasi cominciato a dubitare della sua stessa esistenza! Fielding intanto le prendeva una mano e si curvava un poco per deporvi un bacio soave. Ah, come sarebbe stato pericoloso per me quel gentiluomo alto elegante bellissimo e potente se non avesse avuto quella imperfezione che neutralizzava le sue doti. Ringraziavo il cielo per aver scelto il suo corpo come sede di una cloaca cosmica. Ringraziavo il cielo anche se nel caso di Nina quella cloaca sembrava non avere grande importanza perché lei si comportava come se non la avvertisse. Fielding la seguì con lo sguardo mentre entrava nella taverna poi risalì sulla carrozza e riprese la strada dalla quale era venuto. Ignoro in quale punto della città i corvi lo abbiano attaccato né so che cosa esattamente sia successo. Del resto non era quello che mi importava in quel momento. Nina era rientrata. Mi diressi furtivamente verso la finestra della sua camera ancora buia e chiusa. Mi appoggiai con le spalle al muro e attesi. Non dovetti aspettare a lungo. Pochi minuti dopo la finestra si aprì e la luce ancora debole di un candelabro appena acceso raggiunse la strada. Pensai per un istante che in qualche modo lei dovesse sapere che ero lì e che mi chiamasse, che mi dicesse, vieni, il momento è arrivato. Ma niente accadde. Mi spostai cautamente e guardai nella camera. Era deserta e la porta si stava chiudendo. Nina ne era appena uscita. Non stetti lì a domandarmi che cosa dovevo fare. Mi ritrovai di colpo a cavalcioni della finestra nella stessa posizione in cui mi ero trovato molti giorni prima trascinato dalla forza del mio desiderio a completare quell'atto che molti giorni prima avevo iniziato e che era rimasto sospeso dentro di me e di cui mi sentivo mutilato. Ecco, ero entrato. Via via che crescevano le fiammelle delle candele da poco accese illuminavano la camera scoprendola davanti ai miei occhi: il canterano, il trumeau, il letto ampio come una terra promessa, poltrone, sedie, belletti e ciprie sulla toilette, e profumi, una presenza femminile così avviluppante da fare di quel luogo non la camera di una donna, ma qualcosa di più profondo, l'emblema di una umida calda penetrabile profondità. Chiusi la finestra alle mie spalle per restare prigioniero di quella profondità. Non tremavo, non ero agitato, avevo la quiete disposta a correre qualsiasi rischio di chi ha finalmente agito dopo molti giorni passivi. Avevo per la prima volta la sensazione di essere arrivato a casa mia, non so se mi spiego.

Schultz fa un cenno con la testa mentre il treno fa nuovamente irruzione uscendo dal profondo buio notturno di prima nel pallore della laguna veneziana.

Ti spieghi benissimo, pensa Schultz. Soltanto il pudore connaturato al suo carattere di personaggio postromantico lo trattiene dal rivedere se stesso nello scompartimento del treno, al posto di prima, ma ora con la donna dal cappotto di cammello seduta accanto a lui, la testa brunodorata appoggiata alla sua spalla, la coscia destra di lui che brucia al contatto della coscia sinistra di lei. Anche il ricordo di questo momento della sua vita deve essere trattato con delicatezza. Non è una qualsiasi avventura ferroviaria la sua, ma qualcosa da cui un uomo può uscire esaltato o distrutto, qualcosa anche che in certo modo ricorda grandi precedenti storico-letterari, ad esempio l'incontro di Casanova con Enrichetta. O peggio: in fondo il racconto del film *I Lancieri del Bengala* è stato per loro quello che la lettura degli amori di Ginevra e Lancillotto è stato per Paolo e Francesca. Casanova, Dante, il regista Henry Hathaway, nomi che mettono Schultz in imbarazzo. Ma conferma che si sono innamorati e che, almeno per ora, il loro amore ha tutta l'aria di voler durare. «Verrai con me?» domanda Schultz. «Sì» risponde lei. «Non hai nessuno che ti aspetta?» domanda ancora lui, l'estrema domanda che può farle, oltre a quella nulla. «Io non ti darò nessuna spiegazione» dice lei misteriosa come Enrichetta. E forse come Enrichetta se non ha qualcuno che l'aspetta ha qualcuno che la insegue. Mah.

Adesso mi sarei potuto sedere su una poltrona, avrei potuto stendermi sul letto, spogliarmi, infilarmi sotto le lenzuola, in modo da farmi trovare già pronto quando Nina fosse rientrata. Ma non ero del tutto sicuro che fosse quella la strada migliore da seguire. Come avrebbe reagito Nina? Le avevo già fatto violenza entrando come un ladro nella sua camera senza aspettare di essere chiamato. Farmi trovare a letto poteva avere risultati incerti fra i quali forse il più probabile quello di essere cacciato fuori in malo modo. Chissà. Meglio aspettare così, vestito, in piedi accanto alla finestra chiusa, con le spalle appoggiate alla finestra e le braccia allargate di chi vuol farsi perdonare ma anche di chi si sente crocefisso e farle capire subito, quando fosse rientrata, che era stata lei a crocefiggermi. Immaginavo che Nina rientrasse con tutto il suo splendore e mi vedesse con le spalle appoggiate alla finestra e non dimostrasse sorpresa, ma che il suo cuore si mettesse a battere con forsennata allegria perché anche per lei quel gesto cominciato molti giorni prima e poi sospeso adesso si era concluso. Ci guardavamo in silenzio per lunghi istanti. Battute preliminari, che cosa fai qui?, non hai saputo aspettare, o come sei entrato?, passavano sul viso di lei come ombre appena percettibili, passavano e rimanevano inespresse perché mai lei avrebbe potuto pronunciarle. Io le dicevo: "Signora, mai nella mia vita ho compiuto nei confronti di una donna un solo gesto che non fosse da lei, magari segretamente, desiderato. Voglia il cielo che io non abbia sbagliato questa volta e proprio con voi, la donna che non so se più amo o più desidero. Mi aspettavate vero? Ditemi che mi aspettavate. Ditemi che fra poco giaceremo assieme su quel vostro letto nudi e felici oppure io mi butterò davanti ai vostri occhi da quella finestra dalla quale sono appena entrato...". "Siamo al pianterreno, lo hai dimenticato?" diceva lei. "No, me ne ricordo bene. Ed è solo per questo che sarei disposto a buttarmi. Non che io ami me stesso così profondamente, ma mi considero vostra proprietà e ho il più grande rispetto per tutto ciò che vi appartiene." Ma Nina, in realtà, non era entrata, non rientrava, cosa stava facendo? Erano, mi domandavo, l'ironia, un po' di umorismo oxfordiano, una garbata presa in giro dei miei sentimenti e del mio desiderio la chiave giusta da usare con lei? L'avrei fatta sorridere, forse, ma un sorriso suscitato da una battuta ironica non avrebbe, provocando eventuali risposte ironiche di lei, orientato il nostro colloquio e tutto quello che lo avrebbe seguito, appunto verso l'ironia, il garbo, il minuetto galante? Eravamo andati molto più in là del minuetto galante la prima volta che ci eravamo incontrati, anzi lo avevamo scavalcato per parlare subito il linguaggio della passione e del desiderio. Ed era da lì, dalla passione e dal desiderio e non da più indietro che io dovevo riprendere contatto con lei. Ad un tratto capii quello che dovevo fare. Riaprii la finestra e mi collocai nella stessa identica posizione in cui mi ero trovato molti giorni prima, a mezza via fra la camera e la strada, perché lei mi ritrovasse nello stesso punto in cui era avvenuto il primo contatto. Così che quando Nina rientrò seminuda perché di là, oltre quella porta era andata a spogliarsi e anche era andata presumibilmente a fare, mio Dio, mio Dio, la pipì prima di mettersi a letto, e mi vide a cavalcioni della finestra capì tutto, sì capì tutto, lo vidi subito sì che quasi non era necessario che le dicessi quello che non potei evitare di dirle: «Signora. Sono più di tre settimane che mi tenete così a cavalcioni di questa finestra. Non ne posso più. Abbiate la bontà di farmi scendere. Il gonfiore che mi ha portato qui sta diventando intollerabile. Esploderò forse assieme a lui da un momento all'altro». Nina cominciò a ridere, sommessamente dapprima, poi sempre più forte una risata felice uscì dalla sua gola. «Vedo che ridete, signora» le dissi.

«Vieni,» disse lei «vieni dentro presto.»

Ecco questo era il punto. Dovevo farla ridere e non sorridere. Perché la risata è molto più vicina alla passione di quanto non lo sia il sorriso. Entrai nella camera e chiusi la finestra alle mie spalle. Poi mentre Nina spegneva con una certa fretta le fiammelle del candelabro non potei fare a meno di avvicinarmi a lei e di sfilarle dall'alto in basso la camicia da notte così che, via via che le candele si spegnevano, compariva, a mantenere nella camera una strana luce, il corpo nudo di lei più luminoso e dorato di tutti i candelabri del mondo.

Nella camera degli ospiti della palazzina la statua di cera della donna con il cappotto di cammello continua a sorridere a qualcuno. L'inquilino è inginocchiato accanto a lei con la testa appoggiata alle sue gambe quasi in atteggiamento di preghiera. Ah dunque non è vero, non è del tutto vero che adesso la detesti! Quanti anni sono passati, dice, da quando sei entrata in questa casa? C'ero anch'io su quel treno ad ascoltare le sciocchezze che Schultz ti raccontava, mentre ben altro io ti avrei detto se appena appena avessi avuto il sopravvento su di lui, in ben altro modo ti avrei parlato e tu altre cose mi avresti risposto e quanto diversa sarebbe stata la nostra storia da quella che c'è stata tra voi due. Ecco che cosa mi tormenta, che cosa mi soffoca. Essere quello che quel maledetto marinaio della marina mercantile non è stato, avere a che fare con tutto quello che non ha fatto, essere qualcosa che non c'è e tuttavia avere una esistenza! Potrai mai capirmi? Potrà mai capire qualcuno lo sforzo che comporta un esercizio intellettuale come il mio? Ecco perché lo infastidisco, gli nascondo le chiavi, la patente, il manoscritto. Ecco perché lo accompagno ovunque vada, anche dentro la sua memoria stessa. Perdio. L'anima gli si indurisce via via che riepiloga le sue ragioni. Ora non si lamenta più. Si alza, si raddrizza dignitosamente come chi, dopo un momento di debolezza, si vergogna di averlo avuto. Perdio, dice, anche dentro la sua memoria. E ritorna verso la camera di Schultz da dove non si sa bene quando sia uscito.

Jacob è entrato nel corpo di Nina e il grido di lei esce dal libro che Schultz tiene in mano, irrompe nella camera, si gonfia, urta contro le pareti, rimbalza, esplode, si frantuma in un salto d'acque, una cascata di suoni in cui lamento e riso si confondono. Ah Nina, Nina, grida Jacob dalle profondità in cui è arrivato, umidore della vedova Binelli, torrente in piena, pozza segreta della "Taverna del Doge Loredan", foresta pluviale, spiaggia tropicale, vento giamaicano, ciclone sui caraibi, laguna dei mari del sud! Un orgasmo geografico, osserva Schultz, o forse cosmico, di quel tipo di cui vanno parlando certi moderni pensatori che probabilmente possono soltanto immaginarlo. Lui invece, modestia a parte, ha provato questo ed altro, qualcosa oltre i cui confini non si può andare...

Esagerato, dice l'altro entrando in camera e infilandosi senza batter ciglio nella memoria di Schultz. Sempre esagerato. C'ero anch'io, ripeto, a bordo di quel treno. Assieme a Schultz e alla donna dal cappotto di cammello scende dal treno che è appena arrivato alla stazione di Venezia. (Se ci sono treni che arrivano a Venezia all'alba è l'alba, se non ce ne sono è ancora notte.) Lei non si accorge che c'è un altro assieme a loro e cammina al fianco di Schultz sotto la pensilina con la testa un po' abbassata, il corpo stranamente raccolto come se avesse freddo. Ma non ha freddo. «Sono venuta» dice ad un tratto e ride con gli occhi d'oro. «Poco fa, mentre il treno arrivava, poco fa, mentre stavo tutta curva e ripiegata e il treno ha avuto quel sussulto prima di fermarsi, sono stata io, ero io, sono io, sto venendo ancora.»

Schultz la sorregge con un braccio mentre lei si ferma, appoggia la testa alla sua spalla e viene ancora con lunghi fremiti del corpo, trattenendo il grido che preme e urla dentro la sua bocca. Un piccolo agente della Polfer, nome enigmatico, la guarda e sospira. Non sa quel che sta succedendo in lei ma, qualunque cosa sia, da poliziotto ne intuisce la portata. Capisci cosa voglio dire?, domanda Schultz. In piena stazione, davanti a un agente della Polfer e avere il coraggio di dirlo apertamente e fare di me, all'improvviso, il suo partner assoluto, quello sotteso, immaginato, quello che non si trova mai in nessun letto, ma che è sempre lì, presente-assente, in ogni coppia che si abbraccia. Ma fammi il piacere va', dice l'altro camminando assieme a loro verso l'uscita della stazione. Schultz sorride. E in ogni modo, domanda l'altro, credi che il merito sia tuo? Tu che c'entri, dice Schultz. Rispondi, ti ho fatto una domanda. Oh no, dice Schultz, non sono così stupido da credere che il merito sia mio. Il merito è di ciò che rimane fuori, tutte le volte fuori, escluso dalla frequentazione abituale dell'amore, qualcosa che rimane fuori e che si accumula, si accumula, si accumula e rimane lì in attesa o in agguato, fino a esplodere in qualsiasi posto, anche in mezzo a una stazione ferroviaria, facendo di colui che per caso incontri, io tu un altro è assolutamente indifferente, l'assoluto partner. Il caso ha voluto che ci fossi io in quel momento. E tu, domanda l'altro, e tu?, con estrema cattiveria, ti è successa la stessa cosa? Schultz arrossisce. Pensa ai fatti tuoi, dice. E, uscito dalla stazione con la donna sottobraccio, si ritrova davanti al libro che tiene in mano.

Vi ho fatto sentire solo le grida di Nina nel momento del piacere, ma c'è dell'altro. Qualcosa che non avete sentito e che non potrete sentire fino in fondo, ma di cui però questa storia non può fare a meno perché mette a fuoco il più profondo carattere di Nina e spiega anche la reticenza, forse l'evasività, con cui Nina viene presentata e le ragioni per cui parla così poco e quasi sempre attraverso me... Dovrò quindi raccontarla questa cosa anche se mi imbarazza. Nina parlava male. Non nel senso che non sapesse esprimersi perché, nonostante fosse di estrazione popolare, aveva avuto una buona educazione, ma perché il suo linguaggio, soprattutto nei momenti di maggior abbandono amoroso, era così sboccato che riprodurlo qui mi è impossibile. Era il suo nel campo del linguaggio sessuale il turpiloquio più fantastico che avessi mai sentito non soltanto in bocca a una signora, ma anche in bocche più naturalmente portate al turpiloquio. Tremende parolacce in varie lingue e in vari dialetti – aveva viaggiato molto nonostante fosse ancora piuttosto giovane – soprattutto nel suo dialetto veneziano uscivano avide scoppiettanti allegre e urlanti dalle sue labbra. Non solo chiamava il membro maschile e la vagina con il loro vero nome, ma anche con mille altri nomi che inventava sul momento, metafore a volte anche eleganti, ma dal contenuto, come dire?, così esposto da fare a pezzi il garbo della forma. Insomma parlava con il corpo, la vulva, la vagina, la figa, la mona, la concha, la cunt, la fritola, la Bernarda, il culo, i capezzoli, il pelo pubico, la bocca e facendo all'amore faceva all'amore non soltanto con queste parti ma anche con le parole che le rappresentavano. Il risultato era sconvolgente. Provocava tali scariche da restarne fulminati. E nello stesso tempo assicurava all'amplesso riprese eccezionali. Perché ogni parola da lei pronunciata riaccendeva i corpi scaricati come se ogni parola avesse l'effetto magico di far rivivere la cosa quando si fosse spenta. La chiamava la cosa, le parlava, finché questa non le dava una risposta.

Facendo all'amore con lei si aveva l'impressione di raggiungere quella assoluta totalità cui ogni persona aspira quasi sempre inutilmente. Niente di simile mi era mai accaduto prima nemmeno nei miei rapporti più felici. Nina. Più tardi quando non si poteva chiedere più nulla ai corpi ormai appagati, il linguaggio selvaggiamente erotico di Nina subiva una trasformazione progressiva: pur senza cambiare contenuto si addolciva, diventava carezzevole, ricco di diminutivi allegri e teneri come coglioncino mio, uccelletto mio e di cosucce commestibili come croccantino e marzapane torroncino e sorbetto e così via. Ma ero io che aprivo le pagine più segrete del suo dizionario o esprimersi in quel modo era una sua abitudine? Anche Fielding aveva sentito quella scarica verbale, quella pioggia alluvionale di parole? Questo era il punto. Perché se, in fondo, potevo capire come Fielding così scisso, così separato, così tenuto lontano da ogni possibilità totalizzante potesse aver perso la testa per lei e aver ucciso per lei non ero certamente disposto a condividere con lui quella esperienza travolgente. Quella esperienza era mia, doveva essere mia. La sola idea che qualcuno o molti potessero aver sentito quello che io avevo sentito mi lacerava l'anima. Dovevo chiarire al più presto, subito, quello che c'era stato fra lei e Fielding, quello che c'era, quello che erano l'uno per l'altra. Perché, riflettevo, se anche Fielding come purtroppo era probabile, aveva sentito quello che io avevo sentito, non c'era al mondo abbastanza spazio per tutti e due, uno dei due doveva morire e io avrei fatto in modo che a morire fosse lui. Ero geloso. Sì, certo, ero geloso. Ma consideravo e considero la gelosia un sentimento altamente rispettabile, di tipo religioso. Il geloso, il geloso profondo, malato, quello abitualmente disprezzato da chi gli sta attorno, il geloso la cui tragedia fa ridere e non il solito marito tradito interessato soltanto alla difesa dell'onore come era il caso di Jeremy Trenthan il doganiere da me ucciso e causa prima anche se indiretta di questa storia, il geloso vero, dicevo, quello che la passione rende folle e paonazzo è un uomo che ha conosciuto l'assoluto e non vuole rinunciarvi né dividerlo con altri. Una persona quindi altamente stimabile anche se forse un po' egoista, di sentimenti fini, abituato a vivere a livelli non convenzionali, potenzialmente un santo o un assassino. Nina stava dormendo e fu con il più grande rispetto di me stesso che la svegliai e le chiesi che cosa ci fosse fra lei e Fielding.

«Come hai detto?» chiese lei.

«Che cosa è Fielding per te?» ripetei.

Vi fu una lunga pausa. Poi lei disse: «Va all'inferno... E mi hai svegliata per questo?»

«Devo saperlo,» le dissi «non posso più aspettare. Sono giorni che me lo chiedo.»

Si passò lentamente una mano sul viso, sulla testa, poi l'affondò nei lunghi folti pesanti capelli. «In questo momento,» disse «non mi viene in mente niente...»

«Niente?»

«Sì, niente...Tranne forse una cosa... one thing.»

«Che cosa?»

«Oh non credo che ti interesserebbe...»

«Ma sì,» dissi «tutto ciò che ti riguarda mi interessa.» Alzò le spalle. «L'unica cosa che mi venga in mente è quanto io sia fortunata ad avere i capelli così belli, pesanti, da ricca...»

«Così come?» chiesi perplesso.

«Così belli,» ripeté lei «pesanti, da ricca.»

«Che c'entra questo?» domandai.

«Oh c'entra... Sì che c'entra. It's important you know, avere i capelli da ricchi...»

«Ci sono anche capelli da poveri?»

«Certo che ci sono... Tu non li hai mai visti, vero?, i capelli dei poveri... sono empty, vuoti, senza peso... non arrivano alle spalle... cominciano ad arricciarsi... qui, quasi alla base... stentano a crescere e se riescono a crescere... crescono senza misura, di qua e di là, come le ortiche o le erbe incolte... Facci caso. I capelli... il pelo... ogni tipo di pelo... anche quello della cunt, you know e quello attorno al cock dei ricchi... if you know what I mean... sono diversi da quelli dei poveri... e io, pur essendo nata se non proprio povera nemmeno ricca... ho sempre avuto pelo e capelli dei ricchi, anche qui, attorno alla mona, you know, ho il pelo... come hai potuto vedere, così lungo e così soffice, non twisted, if you know what I mean, che neanche la moglie del principe reggente ce l'ha uguale.»

«Non hai risposto alla mia domanda» dissi.

«E non intendo neppure rispondere» disse lei.

«Io devo sapere...»

«Tu non devi sapere un bloody cazzo.».

«Sono giorni e giorni che me lo chiedo.»

«Continua a chiedertelo ancora per un po'.» Ma non era irritata. Parlava con un tono fra l'affettuoso e l'ironico ma anche, in certo modo, stanco come se già prima in altre occasioni, si fosse trovata a dover rispondere a domande come quelle che io le ponevo e a dare magari le stesse identiche risposte. Dava anche l'impressione che il suo stato, quello stato, non dovesse durare a lungo. Io invece mi sentivo inquieto, in qualche modo riportato dall'atteggiamento di lei a una nuova condizione di incertezza e anche a una certa lirica goffaggine.

«Del resto,» mi sorpresi a dire «posso bene immaginare che cosa è Fielding per te. Il tuo amante, uno dei tuoi amanti.»

«Yes, sure,» disse lei continuando a parlare mezzo in

inglese mezzo in italiano «one of my amanti. The one che me lo mette behind e anche davanti.»

«Anche lui ti ha sentita,» dissi «ti ha sentita... ha origliato alle tue porte e ha sentito tutti i tuoi suoni... Io lo odio. Potrei ucciderlo con le mie mani.»

«È più facile che sia lui a uccidere te.»

«Credi? Io non ne sarei così sicuro.»

«Su vieni qui profumato» disse lei con dolcezza.

«Profumato?» gridai. «Mi hai chiamato profumato? E lui come lo chiami? Putredine, putrescenza, marcimento, putrilagine? Come puoi stargli vicino? Che cosa c'è di corrotto in te perché tu possa giacere con quella corruzione?»

Vi fu una lunga pausa. «Quanti anni hai?» lei chiese.

«Venti» risposi.

«Su, va' avanti... Ti lascerò dire sciocchezze ancora per un poco. Io ne ho trenta...»

A questo punto è forse meglio che Schultz sospenda per un momento la lettura e che faccia qualche cosa, come sistemare il cuscino alle sue spalle o mettere in ordine il copriletto che si è arrugato sotto il suo corpo steso. L'altro ne approfitta subito per fare anche lui qualcosa. Allunga una mano verso i sigaretti ne tira fuori uno e se lo infila in bocca. Dove sono i fiammiferi?, domanda. Schultz si guarda attorno. Che ne so io? Fino a poco fa erano qui, accanto ai sigaretti. Li avrai nascosti tu come fai sempre. Oh no, dice l'altro curvandosi e raccogliendo la scatola di fiammiferi da terra, non ho mai nascosto un fiammifero in vita mia. Non sono ancora caduto così in basso. Sono altre le cose che mi tentano. Si accende il sigaretto e tira una lunga boccata. Si sta bene qui, sospira. Schultz risolleva il libro ma l'altro gli mette una mano sul polso e glielo abbassa. Aspetta, dice. Si potrebbe andar più d'accordo noi due. A quali condizioni?, domanda Schultz. Aspetta, ripete Paso Doble. Poi, parafrasando una antica eleganza dice: Cercherei di riacquistarmi l'amicizia tua, metterei studio e diligenza, porrei cura, procaccerei con ogni studio e ogni affetto di meritarmi il dono, impiegherei ogni mia cura e industria nel riacquistare il possesso della tua grazia, per rimettermi presso te quel grado d'amore donde sono caduto, a fine che tu mi restituisca la tua benevolenza, tu mi riponga nel pristino luogo del tuo cuore. A quali condizioni, domanda ancora Schultz. Le sai meglio di me le condizioni dice l'altro cambiando tono. Telefona a Berengo.

E l'avvocato Berengo ce lo siamo dimenticati? Niente affatto. È tempo comunque di tornare a lui sia pure brevemente. Anche lui sta passando una notte insonne. In calle degli Avvocati dove abita e ha il famoso studio di cui, assieme a Bardella, è il titolare, c'è una sola luce accesa, quella della sua camera. Berengo, in vestaglia, una cosa lunga fino ai piedi che non contribuisce certo a snellire la sua figura, passeggia inquieto per la camera sedendosi di tanto in tanto a riposare su una poltrona Frau. Pensa a Schultz. Poveri, miti concetti, Schultz. Un passo indietro con il piede sinistro e due con il destro. Neanche avessi ancora i calzoni corti e portassi i capelli tagliati alla maschietta. Meglio allora fare il commesso in un negozio di articoli sportivi o starsene a casa a leggere la Gazzetta. Si conoscesse almeno la loro essenza. Si potesse adoperarli seriamente e non lasciarsi più trarre in inganno mentre li si adopera, da apparenze. Ma è proprio questo il punto, caro Schultz. Proprio considerando le cose in tal modo ci si accorge come tali forme possano rendersi indipendenti dal loro contenuto. Come s'usa a Parigi e non, diciamo, a Mestre. Si siede, si rialza, riprende a camminare, snoda la cintura della vestaglia e torna ad annodarla. C'è uno specchio appeso a una parete. Berengo vi si guarda e la sua immagine sembra colpirlo in piena fronte. Nello stesso momento, ma lontano, in un altro punto della città, Schultz riprende sorridendo la lettura.

Tornammo a parlare di Fielding qualche sera dopo quando ci incontrammo di nuovo nella sua camera a rinnovare l'evento cosmico scaturito dall'incontro dei nostri corpi. Lei, Nina, confermando le ansie di Viruela, mi obbligò a rispettare certe regole, certe precauzioni perché le spie che Fielding aveva sicuramente alla taverna non si rendessero conto che c'era qualcosa fra noi due e non andassero a riferirlo al loro principale. Non che, per ciò che lo riguardava, Nina fosse preoccupata. Al contrario. Si comportava come se si sentisse invulnerabile o meglio, era così padrona di se stessa, così d'accordo con se stessa, da non avvertire il senso di pericolo o da essere indifferente al rischio personale. Ma la preoccupava quello che poteva succedere a me se Fielding avesse scoperto che, fra la donna che considerava sua e il giovane suonatore di clavicembalo, c'era stato quello che c'era stato. La preoccupava anche che io vivessi in un perenne stato di gonfiore di cui chiunque, in qualsiasi momento, poteva accorgersi. La preoccupava ma anche la faceva ridere, l'idea di una turgidezza così sfacciata e che io non facessi nulla per nasconderla. Insomma si divertiva, era felice, eccitata e grata della mia presenza. Quando il suo sguardo calava su di me subito si metteva a ridere. Quando per qualche motivo ci trovavamo l'uno accanto all'altro, in mezzo ai fumi la penombra le voci della taverna, la sua mano sfiorava il mio architrave per controllarne la consistenza e lo spessore. E ancora si metteva a ridere. E, sia detto en passant, non ho mai conosciuto una persona che sapesse ridere così bene e volentieri come lei. Insomma quello che mi preme sottolineare è questo: se lei mi manteneva in uno stato di turgore io avevo acceso le sue giornate e reso rapinoso il ricordo di una notte. Così che, quando ci ritrovammo, sapendo che anche lei dipendeva da me così come io dipendevo da lei, potei tornare sull'argomento Fielding. E lei accettò di parlarne. Per una volta sola, disse. Dopo non avrebbe più parlato di lui né accettato che ne parlassi io. Se non stavo ai patti potevo anche andarmene, subito, all'istante. Dunque si trattava di questo. Intanto Fielding l'amava come nessun uomo l'aveva mai amata... Ovviamente cercai di interromperla a questo punto dicendole che non era vero, che io l'amavo quanto e più di Fielding e che avrei saputo dimostrarglielo. Ma lei alzò le spalle e mi disse di star zitto. Fielding, aggiunse, aveva fatto per lei più di quanto qualsiasi altro uomo avesse fatto mai e mai potesse fare. Che fosse un criminale importava poco. Del resto se era un criminale lo era allo stesso modo in cui lo erano stati Jack Sheppard e Dick Turpin, i grassatori del secolo scorso diventati tali a causa di sfortunate circostanze e comunque considerati eroi popolari perché avevano passato l'esistenza a derubare i ricchi e a dividere il bottino con i poveri. Fielding avrebbe avuto tutte le qualità dell'eroe popolare, ma non era mai potuto diventarlo per le stesse ragioni per le quali era invece, diventato un fuorilegge. Uno che puzza come una montagna di merda, disse Nina, non aveva molte scelte. O viveva nascosto e impaurito come un topo o conquistava il mondo per essere in grado di comperarsi i profumi di Francia più costosi. Fielding aveva conquistato il mondo, almeno quello fuori della legge, cominciando a contrabbandare in Inghilterra i profumi d'oltre Manica. Il suo primo viaggio in terra francese lo aveva fatto a nove anni, da solo, con una barca costruitagli da suo padre, un carpentiere, dopo che questi, con le lacrime agli occhi, gli aveva detto, figlio non so che cosa tu abbia, di che male tu soffra, so soltanto che qui non puoi vivere senza diventare il ludibrio del paese, vai e sistemati in mare aperto dove ci sono grandi venti. Potevo immaginare, diceva Nina, la barca, un guscio di noce di pochi metri, guidata da un bambino di nove anni, affrontare la Manica in tempesta! Potevo immaginare la Manica in rivolta, gli stessi pesci domandarsi che cosa diavolo stesse succedendo, i gabbiani fuggire lontano, volare verso il sud, al passaggio della barca e lui, il bambino, al timone e alla vela? Ma, aggiungeva, si trattava di un fanciullo eccezionale niente affatto disposto ad accettare passivamente lo stato in cui la crudeltà della natura lo aveva messo, ma al contrario, pronto a battersi con tutte le sue forze per cambiarlo. Non intendeva seguire il consiglio di suo padre e vivere per sempre in mare aperto. Voleva andare in Francia che sapeva essere terra da sempre capace di manipolare, produrre, comporre acque spiriti olii aromi profumati, esalazioni a volte talmente forti da scongiurare anche il cattivo odore più tenace. Non la farò troppo lunga su questo punto della vita di Fielding. Non la farò troppo lunga anche perché quell'immagine del fanciullo in barca che inteneriva tanto Nina a me allora dava soltanto fastidio irritazione e ripugnanza: in quel piccolo mostro che fuggiva io vedevo soltanto l'uomo che sarebbe diventato più tardi, il rivale, il nemico, colui che se fosse affogato nella Manica in tempesta come era lecito aspettarsi da un marinaio della sua età, non avrebbe avuto l'occasione più tardi, di incontrare Nina né, tanto meno, di sentire i suoi gridi d'amore. Non mi soffermerò quindi più del necessario sulle avventure di quel piccolo demonio; dirò soltanto che arrivò in Francia, penetrò nottetempo in una fabbrica di profumi di Calais, si immerse in una vasca piena di essenze fragranti dove lo trovarono la mattina dopo i coniugi Vittell, proprietari della ditta. Aggiungerò che, invece di consegnarlo alla polizia e di accusarlo di ingresso illegale nel paese, effrazione, scasso, indebito uso di profumi come sarebbe stato loro dovere, i proprietari della fabbrica, vedendo il bambino immerso in quel bagno aromatico e ascoltata la sua storia, si intenerirono, si commossero, cominciarono a interessarsi a lui anche dal punto di vista professionale, in certo modo lo adottarono, lo impiegarono per i loro esperimenti e decisero di fare qualcosa per curarlo. Insomma, intenerisci qua intenerisci là, Fielding riuscì nonostante tutto a farsi strada dai margini del mondo che lo aveva rifiutato di nuovo verso il centro. Quando i coniugi Vittell si resero conto come fosse impossibile combattere l'odore che si portava addosso lo aiutarono a mettere in piedi, a organizzare una rete di contrabbando di profumi fra Francia e Inghilterra costituita da bambini e ragazzetti quasi tutti deficienti, malati, storpi, cenciosi, abbandonati, che finirono per essere le prime fondamenta, i primi elementi di sostegno, le strutture portanti dell'impero che Fielding avrebbe costruito nel futuro fuori della legge. Fielding gli aveva dato un ruolo, una funzione, una prospettiva e questo era più che sufficiente per assicurargli la gratitudine e la devozione di quel piccolo esercito di disgraziati. Un paio di quei bambini deficienti, raccontava Nina, crescendo accanto a Fielding avevano sviluppato intelligenze eccezionali e ora occupavano posti di grande rilievo nell'organizzazione, parlavano più lingue, suonavano strumenti, componevano versi e madrigali. Come non ammirare, diceva Nina, un fanciullo e quindi l'uomo venuto fuori dal fanciullo che aveva saputo reagire alle proprie sfortunate circostanze personali alleandosi con disgraziati come lui e assicurando a se stesso e anche agli altri, posizioni sociali meno umilianti, anzi addirittura prestigiose? E chi ero io, diceva quasi irritata rivolgendosi a me, signorino figlio di un conte – non era vero che io fossi figlio di un conte ma lei decise dal quel momento che lo ero e cominciò a chiamarmi con quel titolo, conte di qua conte di là, ecco che arriva il conte, affettuosamente ma con una punta di disprezzo e di ironia – chi ero io, diceva, che avevo avuto la fortuna di nascere con le carni profumate, i capelli e il pelo pubico da ricco, io spadaccino da camera, clavicembalista da tè delle cinque, con tutte le signore amiche di mia madre sedute attorno ad ascoltarmi, con quell'aria da scoregge soffocate che dovevano sicuramente avere le signore amiche di mia madre e quelle puttane, disse, delle loro figlie, tutte invece segretamente, silenziosamente scoreggianti, chi ero io insomma per guardare Fielding dall'alto al basso? Credevo forse perché avevo ucciso un doganiere di avere, secondo i criteri di valutazione propri del loro mondo, quello suo e di Fielding voglio dire, qualche merito? Non avevo nessun merito ed ero anche un coglione e un mona. Certo Fielding puzzava, eccome. Lei era la prima a riconoscerlo. Non aveva mai potuto fermarsi davanti alla finestra di una donna ed essere invitato ad entrare come era accaduto a me. Tutte le finestre si chiudevano al suo passaggio. Anche le peggiori prostitute si turavano il naso, fuggivano lontano, rifiutavano sistemazioni signorili e dignitose che lui avrebbe potuto offrirgli in eleganti garçonnières sugli embankment del Tamigi o addirittura in palazzi di Belgravia o Mayfair. Soltanto lei riusciva a stargli accanto. Perché così aveva deciso. Potevo capire come riuscisse a stargli accanto soltanto perché così aveva deciso? Certo le era penosa la frequenza dei suoi incontri con lui. Ma non poi tanto. Comunque non ne ricavava granché ed era per questo che, pur essendo l'amante di Fielding, pur andando a letto con lui, pur apprezzandolo e stimandolo cercava il suo piacere altrove. Dove? Presso il chirurgo di cui mi aveva parlato Viruela e l'abate italiano suonatore di flauto e l'ufficiale dei dragoni e forse parecchi altri fino a me che ero l'ultimo, almeno per ora, della lista. Ma non dovevo credere che i suoi potessero essere davvero chiamati tradimenti, commessi in segreto, pavidi e nascosti di cui doversi vergognare. Niente affatto. Fielding sapeva tutto. Capiva che lei potesse tradirlo e del resto era stata lei stessa a dirgli fin dall'inizio della loro relazione che sarebbe andata anche con altri. Fielding accettava le sue, chiamiamole così, distrazioni: sì, le accettava, ma nello stesso tempo – e qui diventava evidente la profonda insanabile contraddizione in cui viveva – nello stesso tempo, ripeto, non poteva sopportare le persone con le quali Nina lo tradiva. Non tollerava la loro esistenza, il pensiero stesso che potessero esserci, avere una vita che si incrociava con quella di Nina, che potessero ronzare attorno alla "Taverna del Doge Loredan", entrare e uscirne come se avessero il diritto di farlo e, soprattutto, non tollerava che puzzassero meno di lui. Così le toglieva di mezzo. Spaventava a morte queste persone obbligandole a lasciare il paese o più semplicemente le uccideva. Non che Nina andasse a raccontargli chi erano i suoi amanti né che glieli presentasse personalmente. Ma lui finiva sempre per scoprirli grazie alle numerose spie operanti nella taverna, uomini alle sue dipendenze o camerieri. La sorte di queste persone, gli amanti di Nina voglio dire, dipendeva dal grado di antipatia, avversione, ripugnanza che suscitavano in lui. Non c'era alcun dubbio ad esempio che il cerusico fosse stato buttato nel Tamigi. L'abate italiano era ritornato precipitosamente nel continente dove aveva fatto sparire le sue tracce. Al capitano dei dragoni, un uomo molto alto, addirittura più alto di Fielding che tuttavia misurava sei piedi e due pollici, erano state spezzate le gambe e c'era chi giurava di averlo visto semisdraiato su una carriola spinta dal suo attendente, chiedere la carità in vari punti di Londra. C'era stato fra gli amanti di Nina anche un ornitologo, un certo Peters, figura assai nota nel mondo scientifico, uno dei maggiori studiosi di corvi dell'epoca, bell'uomo, diceva Nina, sulla cinquantina, cui Fielding aveva fracassato a colpi di bastone lo studio e bruciato un trattato che stava scrivendo da venticinque anni sui suoi alati preferiti, un volume di settemila pagine che avrebbe detta la parola definitiva su questi amabili e misteriosi volatili ed era da allora, aggiungeva Nina, che i due corvi seguivano Fielding o meglio, secondo il mio punto di vista, era proprio dal volume in fiamme che erano venuti fuori all'improvviso, unici superstiti della strage, i due corvi cui io avevo dato il nome di Dick e Severino che, ora lo capivo, per vendetta personale oltre che per il tremendo odore di Fielding, perché non potevano perdonare a Fielding di averli privati per sempre di quella dignità culturale che il libro di Peters gli avrebbe certamente assicurato se non fosse stato distrutto, avevano praticamente dedicato la loro vita a combatterlo. E Peters come era finito? Era finito molto male. La sorpresa, l'orrore, il dolore, tornando a casa, di scoprire che il manoscritto cui aveva lavorato per più di metà della sua esistenza era stato dato alle fiamme ed era quel mucchio di cenere ancora calda nel caminetto, lo aveva paralizzato totalmente nello spirito e nel corpo privandolo anche della memoria e dell'uso della parola. Ora viveva con sua madre in un cottage dello Yorkshire. Nina andava a trovarlo qualche volta ma del brillante uomo di scienza e di mondo che era stato un tempo non era rimasto più nulla. Quasi stentava a riconoscere la donna che aveva amato... Tutto questo, devo confessarlo, mi lasciava molto perplesso. Ma lei, non potevo fare a meno di domandarmi, come poteva lei, Nina, accettare senza far nulla, senza dir nulla, che Fielding facesse a pezzi i suoi amanti? Non che io lamentassi la loro scomparsa. Al contrario. Ero felice di scoprire che erano rimasti pochi e smemorati testimoni del processo detonante attraverso il quale Nina raggiungeva il suo umidore più profondo, ma diavolo!, non c'era di che rimanere perplessi di fronte al sospetto che una donna come lei avesse accettato più passivamente del dovuto quella sorta di forsennato tiro a segno? Per quanto poco valessero – e non c'era ombra di dubbio che invece valessero qualcosa – quegli uomini distrutti da Fielding erano pur sempre uomini che lei aveva amato. Presi il coraggio a due mani e lo dissi a Nina, timoroso tuttavia che la sua risposta potesse darmi una immagine di lei diversa da quella che ormai mi ero fatto e anche di scoprire nelle pieghe del mio carattere qualcosa di pusillanime che mi impedisse di prendere posizione di fronte a quello che lei mi avrebbe detto ove mi fosse sembrato insoddisfacente ed evasivo. Tale era la mia paura di perderla. Ma Nina non mi mancò. Mi lanciò uno strano sguardo incerto fra la sorpresa e l'irritazione. Non aveva reagito? Eccome se aveva reagito! Dopo la scomparsa del cerusico aveva sparato addosso a Fielding un paio di colpi di pistola e se non lo aveva colpito lo si doveva soltanto alla sua scarsa dimestichezza con le armi. Dopo la fuga dell'abate italiano aveva percosso Fielding con il suo stesso bastone lasciandolo a terra privo di sensi. Dopo che Fielding aveva spezzato in modo irreparabile le gambe del capitano dei dragoni gli aveva strappato, con una pinza da dentista mentre stava a letto e dormiva, l'unghia dell'alluce destro lasciandolo zoppicante per un paio di mesi. E così via. Ma tale era l'amore che Fielding provava per lei, tale la sua umiltà nel chiederle perdono e così convincenti le sue promesse di non torcere più un capello a nessuno, che lei aveva sempre finito per assolverlo. Pur sapendo nel fondo che nessuna di quelle promesse sarebbe stata mantenuta e che il furore di lui si sarebbe riacceso con tutte le conseguenze prevedibili quando l'avesse scoperta fra le braccia di un nuovo amante. Quanto ai disgraziati alla cui rovina aveva indirettamente contribuito lei non li aveva mai amati davvero. Li aveva usati per il suo piacere. Lei, naturalmente come sempre accade in personaggi come lei, nella sua vita aveva amato soltanto una persona che non era né il capitano né il chirurgo né Fielding né l'uomo che aveva sposato di cui parleremo più tardi né me, ma un certo Bertotto, un calzolaio veneziano che abitava e aveva bottega nella parrocchia di San Pantalon, dietro un famoso campo di Venezia chiamato Santa Margherita dove il padre di Nina, Domenico Manfrin, possedeva una modesta locanda.

C'è mai stata una locanda a Santa Margherita? Lo sguardo di Schultz si stacca dal libro, esce dalla camera da letto, scende le scale, attraversa il pesante portone del cortile e si avvia rapido verso il campo menzionato nel libro. Vi arriva in meno di un istante, incuriosito. Si guarda attorno. Si muove piano attraverso il campo lasciando, come l'uomo invisibile, inspiegabili tracce sulla neve. Si lascia dietro il vecchio cinema, scivola davanti a quello nuovo, sfiora le facciate delle case, si volta di qua e di là, a destra a guardare il negozio di giocattoli, le finestre di un paio di persone conosciute, la strada che conduce al rio Nuovo e al piazzale Roma, a sinistra una calle senza uscita e poi ancora avanti fino al grande slargo che da una parte porta ai Carmini e alle Zattere dall'altra all'Accademia. Poco dopo torna indietro a riferire che non ci sono locande da quelle parti ma che niente esclude che ve ne siano state un tempo. Si riabbassa poi sul libro e riprende la lettura al punto in cui l'ha interrotta poco prima.

Questo Bertotto, diceva Nina, era un uomo di bellezza rara, una bellezza piuttosto insolita, difficile a trovarsi, nella corporazione dei calzolai che per lo più è formata da persone piuttosto insignificanti dal punto di vista fisico. Bruno di capelli e di pelle, grigio di occhi, alto e atletico, sarebbe stato più naturale incontrarlo in un palazzo patrizio sul Canal Grande o in un elegante ufficio dell'amministrazione piuttosto che in una bottega di calzolaio a San Pantalon. Invece no e non basta. Per qualche sua oscurità mai chiarita, forse per qualche sua segreta paura, Bertotto non era mai andato oltre i confini della parrocchia dove era nato, non conosceva altri orizzonti oltre a quelli delle case e delle strade che lo circondavano e, nella stessa Venezia, c'era tutto un territorio di strade, palazzi, ponti, calli, canali, giardini pensili, portici, sottoportici, conventi, chiese, fondamenta, che gli era rimasto sempre sconosciuto. Si diceva addirittura, raccontava Nina, che una volta un gruppo di amici, più per affetto che per voglia di scherzare, incapaci di capire questa sua mancanza di curiosità nei confronti del mondo, avessero cercato di trascinarlo fino a San Marco parlandogli delle meraviglie della basilica e del palazzo ducale come se, invece di trovarsi quasi a portata di sguardo e comunque a pochi minuti di strada, fossero lontane come i templi dell'India e della Cina. Ah la piazza, dicevano, con la sua grande scacchiera di marmo! Ah le procuratie dove passeggiavano i dogi! Ah il campanile! Ah la loggetta del Sansovino! E così via. Ma Bertotto, arrivato ai confini della parrocchia si era rifiutato di uscirne, di andare avanti, di penetrare, anche se in compagnia di guide sicure e affettuose, la sconosciuta giungla di pietra e acqua che si apriva davanti a lui. Aveva addirittura minacciato di picchiare i suoi amici se avessero tentato di forzarlo. Aveva forse paura? Mah! Aveva forse fatto un voto che imponeva, diciamo così, di non viaggiare? Neppure all'interno della sua città? Mah! Si comportava comunque come se per lui un terribile ignoto cominciasse a due passi. Bertotto era felice nel suo piccolo mondo, con le sue scarpe da aggiustare, i suoi chiodi, i suoi martelli e pinze, fibbie, pantofole, lacci, tacchi e stivaloni. Il suo universo era quello e non voleva conoscerne altri. Di lui Nina si era innamorata perdutamente a quindici anni, la prima volta che l'aveva visto, quando era entrata nella sua bottega per farsi aggiustare il tacco scollato di una scarpetta. Era rimasta a bocca aperta a guardarlo. Non aveva mai visto un uomo così bello, così gentile. Con un paio di colpi bene assestati di martello e un po' di colla Bertotto le aveva aggiustato la scarpetta ma, invece di restituirgliela, aveva suggerito che gliela lasciasse in osservazione per qualche giorno perché, aveva detto, il glutine impiegato per aggiustarla era un prodotto nuovo sulla cui efficacia, lui personalmente, nutriva qualche dubbio. Lei, Nina, aveva interpretato quel discorso non come una prova della serietà professionale di Bertotto, ma come un messaggio diretto a lei, come se Bertotto, adducendo quel pretesto tecnico, avesse voluto timidamente dirle, ritorna, non vorrei perderti di vista, voglio vederti ancora. E di qui erano cominciati i guai, l'equivoco che avrebbe condizionato tutta la vita futura di Nina. Perché Bertotto – Nina se ne rese conto dopo un anno di inutili speranze e una dozzina di scarpe fracassate o sventrate apposta per poter rivedere il bel calzolaio – non aveva voluto dirle assolutamente niente di più di quanto le aveva detto, non aveva inteso trasmetterle alcun timido messaggio, ma soltanto darle una informazione tecnica relativa alla scarpa. La scoperta che Bertotto non solo non l'aveva amata a prima vista come era accaduto a lei guardandolo, ma nemmeno dopo, nemmeno dopo averla vista tante volte e che a differenza di lei non aveva fatto esperienza dei giorni di agonia che intercorrevano fra una visita e l'altra alla bottega, fra la riparazione di una scarpa e la consegna della medesima, l'aveva sconvolta e gettata nel più cupo sconforto.

Di colpo, anche se non c'è un evidente nesso logico con quello che sta leggendo, ma così, di colpo, all'improvviso, Schultz avverte che cosa è, che cosa rappresenta per lui e in questa storia la statua di cera della donna. Lo avverte o forse lo capisce chiaramente anche se per il solito pudore tarda ad accettare quel che sente, ad ammettere che la statua della donna con il cappotto di cammello è forse la sua vita rimasta congelata attorno a una esperienza. Posa il libro e sospira serio in volto. Non che ci sia qualcosa di male nel restare congelati. Anzi. C'è qualcosa di estremamente dignitoso nel congelo, qualcosa di antico e nobile ma che trova poco credito quando si vive nelle immediate vicinanze del presente. In più si sente troppo spesso il bisogno di scaldarsi, di mettersi a saltellare sulle gambe sbattendo le braccia attorno al corpo. Ecco, forse è per questo, pensa Schultz, che ricorro così spesso, anche se non so con quali risultati, all'ironia. Oh l'ironia, dice subito l'altro che adesso sembra apprezzare le pause più della lettura, l'ironia ha fatto anche lei il suo tempo. Non puoi star lì ad usarla tutto il giorno... Si alza, comincia elegantemente a muoversi per la camera, infila le mani in tasca. E poi, continua, l'ironia non è che mancanza di coraggio. Bisogna essere quello che si è senza mediazioni. Personalmente ho sempre detestato chi fa finta di essere diverso. Guarda ad esempio me. Amo la danza come mi piacerebbe dimostrare se me ne lasciassi il tempo. Mi piace e questo non l'ho mai detto, da quando ho visto quell'attore inglese, Rex Harrison, quell'attore che tra l'altro mi assomiglia, danzare da solo in quel film di cui non ricordo il titolo. *Masquerade*? suggerisce Schultz. Sì, ecco, *Masquerade*. Ah è quindi per colpa sua, ride Schultz, che te ne vai in giro per la casa ballando come Carla Fracci? Guarda un po' come si spiegano certe cose. Si capisce, dice l'altro. Io ho il coraggio delle mie azioni. Tu invece hai sempre il bisogno di nasconderti dietro qualche cosa. Torna a sedere sul letto a gambe incrociate accanto a Schultz. C'è un lungo istante di silenzio quieto. Rex Harrison appoggia la schiena alla parete assaporandolo. Eppure, dice, si potrebbe andar più d'accordo noi due... Non tirarmi fuori Berengo un'altra volta, scatta quasi Schultz. Ne ho abbastanza. No, spiega l'altro. Non è a Berengo che sto pensando anche se sarebbe mio e tuo dovere... Non è a lui che penso, ma a me stesso, a quel simpatico giovanotto stagionato costretto a starti accanto non si sa bene perché. Schultz riprende il libro in mano. E che pensavi di te stesso?, domanda. L'altro esita per un breve istante. Vorrei, sussurra, essere io e non tu, l'eroe di questa storia.

Ma che dire di me? La gelosia e una sorta di vischioso agglutinamento con le emozioni di Nina mi fecero vivere quasi da testimone quei lontani giorni penosi. Cominciai a vedere la bottega di Bertotto a San Pantalon e, attraverso i vetri, l'alta figura di Bertotto seduto su una bassa seggiola e circondato da scarpe sfondate. Potenti, allegri colpi di martello venivano dall'interno mentre fuori Nina, sedicenne, con uno scialle nero che le copriva la testa e le spalle se ne stava appoggiata, come inchiodata, a piangere, a qualche distanza dalla porta in modo che Bertotto, da dentro, non potesse vederla. Così con lo scialle in testa Nina sembrava una madonna pagana, bellissima, egoista e sensuale che piangeva per i propri dolori, per tutte le cose non avvenute, tutto quello che non era accaduto e non accadeva, la Madonna del Bertotto Perduto. Vedevo questa orribile scena senza parole animata soltanto dai felici colpi di martello di Bertotto e dal pianto silenzioso di Nina: che però cessava di colpo in modo del tutto imprevisto, come se Nina si fosse ad un tratto accorta, non tanto dell'inutilità di piangere, quanto che il pianto non si addiceva a un personaggio come il suo o all'immagine che aveva di se stessa. E ora Nina si ricomponeva, le lacrime si asciugavano, gli occhi brunodorati assumevano la luce dignitosa di chi, almeno per il momento, accetta la propria sconfitta, il viso diventava duro, il corpo si schiodava dalla calzoleria e Nina si allontanava coraggiosamente dal caldo cuore di San Pantalon palpitante di colpi di martello verso regioni taciturne e gelate. Una sera di non ricordo più quale anno vi fu una grande festa mascherata in campo Santa Margherita il cui ampio spazio favoriva i raduni popolari. Nina, naturalmente, vi partecipò sia perché amava le feste popolari e non voleva perdere un'occasione come quella (in realtà, nonostante il dolore, non voleva perdere nulla di ciò che la vita poteva offrirle) sia perché sperava di trovarvi Bertotto. In fin dei conti il campo Santa Margherita si trovava a due passi dalla casa dove Bertotto abitava, quindi lo si poteva considerare compreso nei confini di quella ristretta geografia entro la quale il calzolaio aveva deciso di muoversi o meglio, oltre la quale aveva deciso di non avventurarsi mai. Ma Bertotto non c'era. Non c'era fra gli uomini a viso scoperto né, a giudicarli dalla statura di qualche pollice inferiore a quella di lui, fra coloro che portavano la maschera né, figuriamoci, fra i pagliacci i giullari e gli acrobati. Chi credeva di essere quel figlio di un cane per considerare immeritevole del suo interesse una celebrazione che, se non avveniva sotto i suoi occhi, era sicuramente a portata delle sue orecchie? Quale mistero lo rendeva insensibile a qualsiasi cosa che fosse estranea all'arte della calzatura? Le prime tremende parolacce dettate dal furore e dal desiderio cominciarono a uscire dalle labbra di Nina. Era una notte umida e molto calda. I corpi sudati ed eccitati esplodevano dentro i pur leggeri vestiti. Prima che la festa cominciasse, mentre nel campo si accendevano fanali di carta, quei lumi chiamati a Venezia "Baloni" che in fogli dipinti si mettono alle finestre o in altre parti in occasioni di fuochi di allegrezza e gli organizzatori della festa li sollevavano in alto con le pertiche e li attaccavano a fili invisibili che attraversavano il campo da una parte all'altra, globi rossi gialli azzurri verdi scarlatti e altri fatti di pieghe multicolorate a costituire una intera rete di luci sospesa sopra il campo e ai baldacchini impalcature e bancarelle e la gente accorreva e i musici si disponevano a suonare le furlane di una volta o nuovi balli e uomini e donne davano inizio a scambi di galanterie e sorrisi e risatine e si levavano i primi rossi sussurri di desiderio, Nina era stesa sul suo letto a sognare le mani di Bertotto che la accarezzavano. Nessuno l'aveva mai toccata Nina, finora, tranne quelle mani immaginarie che esploravano il suo corpo ricavandone dei suoni, dei gemiti che dovevano essere il primo segnale, le prime note di una monodia ancora sconosciuta e lontana, immersa nel profondo, ma che il suo corpo poteva produrre. La Mona, pensò Nina, la Mona, la Mona. E subito una decisione repentina la portò ad alzarsi dal letto, ad allontanare da sé quelle mani che non c'erano e a correre fuori, in campo, dove la festa stava cominciando, a vedere se quelle mani erano lì, magari disposte a toccare una volta tanto, qualcosa di diverso da una scarpa. Ma come ho detto Bertotto non c'era. E poiché non c'era, Nina decise freddamente di mandare all'inferno lui, la sua bottega e tutto quanto lo riguardava. Quella sera si sarebbe data a qualcuno. Ora, subito, qualcuno quella sera stessa. Il caso volle che si trattasse di Ludovico Binelli. Sul quale vale forse la pena di dire due parole senza perdere di vista il fatto che sto parlando a nome di Nina e che non devo adulterare il suo racconto filtrandolo attraverso la scarsa simpatia che provo per quest'uomo. Era Ludovico Binelli un giovanotto scapestrato molto noto in città, di gradevole aspetto, attore della compagnia di teatro di San Benedetto, specializzato in commedie a soggetto e nell'improvvisare versi scurrili contro chicchessia, la cui ambizione più nobile era di ridar vita dopo secoli di silenzio a quella che a Venezia veniva chiamata "La Compagnia della Calza", ma il cui vero mestiere era l'imbroglio. Sue vittime erano per lo più persone di passaggio, stranieri che egli avvicinava e ai quali raccontava di essere molto introdotto nelle case dei patrizi veneziani, di conoscere bene la moglie di quel procuratore, di quel cavaliere o di quel conte e di sapere per certo che questa o quella gentildonna dal nome prestigioso, avendo perduto patrimoni nelle case da gioco e non volendo farlo sapere al marito, era disposta a concedere i propri favori a chiunque fosse disposto a pagarli purché fosse straniero e gentiluomo. Era un mestiere sicuro. Chi infatti arrivando in una città straniera saprebbe rifiutare l'offerta di andare a letto con la moglie di un alto funzionario del luogo, di un nobile, di un importante magistrato o addirittura del principe? L'imbroglio, ovviamente, consisteva nel fatto che le signore con le quali Ludovico Binelli aveva dimestichezza non erano mogli di nessuno né, tanto meno, gentildonne, ma allegre puttane locali che ben volentieri si prestavano a questa commedia degli errori perché, recitata al buio a bordo di complici gondole, raramente veniva scoperta. Era del resto un gioco antico a Venezia, che si praticava fin dagli albori della città, a prova dello scarso rispetto che i veneziani nutrivano anche allora nei confronti dei loro amministratori e che, nel caso di Ludovico Binelli, assumeva carattere di recupero, storico e culturale. Perché oltre alla "Compagnia della Calza", Binelli si era messo in testa di resuscitare anche altri antichi costumi. Detto én passant, non ho la più pallida idea di che cosa sia questa "Compagnia della Calza" che si trovava in cima alle ambizioni di Binelli. Mi sono spesso proposto di domandarlo a Nina ma sopraffatto ad ogni incontro da ben altre e più profonde curiosità mi sono sempre dimenticato di farlo.

Schultz posa il libro sul letto e si alza. Stira le lunghe braccia e si passa con forza una mano dietro il collo. Guarda l'ora: mancano pochi minuti alle due ma, stranamente, lui che nottambulo non è mai stato, non ha sonno. Che ne dici?, domanda l'altro che è sempre lì con lui, di fare una pausa e di scambiare quattro chiacchiere con me? Hum, fa Schultz, non abbiamo da dirci molte cose. Si avvicina piano a uno degli scaffali della libreria dove, messi in fila l'uno accanto all'altro e anche l'uno sopra l'altro in più scansie, si trovano i libri di storia e costumi veneziani pubblicati dalla Schultz tipografo-editore e da altre case concorrenti. Ricordi, domanda Schultz, che cos'è la "Compagnia della Calza"? Vagamente, dice l'altro. Se non sbaglio così veniva chiamato un gruppo di buontemponi aristocratici di non so quale secolo. Già, dice Schultz, ma qui devono esserci indicazioni più precise. Non che, pensa Schultz, sia importante sapere a quell'ora della notte che cosa la "Compagnia della Calza" esattamente sia. Ma Jacob gli ha comunicato in qualche modo la sua curiosità insoddisfatta. Alza lo sguardo sui libri sopra la sua testa. Non gli è difficile trovare in alto a destra fra la *Storia dei Dogi* e quella del *Libertinaggio* il *Dizionario del Dialetto Veneziano*, del Boerio, il libro che sta cercando. Certo, pensa Schultz, che passare in questo modo da un libro all'altro non deve far molto bene alla salute della mente. Finirò per confondermi le idee, forse per non sapere più dove mi trovo. Apre il volume ed ecco, a pagina 120, trova un breve capitolo dedicato al tema che lo incuriosisce.

> COMPAGNIA DE LA CALZA: dicevasi ad una famosa brigata o società di gozzoviglianti che, al principio del secolo XV, fu istituita in questa città e sussisté per quasi duecento anni, numerosissima, composta soltanto di patrizi con qualche forestiere distinto o di sangue principesco. Essa era divisa in Camere che chiamavansi dé Cortesi, dé Sempiterni, dé Floridi, degli Accesi, dé Pavoni, degli Eterei e dei Reali. Regolata ancora da apposito statuto, tra molti ordinamenti fatti per la sua disciplina, era decretato che accadendo ad alcuno dé socii di maritarsi, tutti i suoi compagni dovessero portare per tre giorni la veste di scarlato e lo Sposo quella di seta, sotto pena di ducati 25; ch'egli poi fosse obbligato a fare due pasti a trombe e pifferi, uno in casa sua, l'altro in quella della sposa; e che dopo il secondo pasto lo Sposo dovesse fare una festa o commedia che dicevasi volgarmente Momaria, in cui spendesse più di 30 ducati oltre al pasto, in pena di ducati 50 per ciascuna volta. All'occasione poi di intervenire alle nozze, tutti i

compagni dovevano per insegna portare a parte destra della metà della coscia sino al piede una calza distinta di varii colori e anche tessuta d'oro o d'argento o di gioie guernita; ed erano le calze di una camera differenti da quelle dell'altra. Di questa famosa compagnia parlano diversi scrittori di cose venete, tra i quali il Doge Foscarini sulla *Letteratura Veneziana* e l'abate Bernardo Giustiniano nelle *Istorie Cronologiche degli Ordini Militari.*

Schultz rimette il libro al suo posto, infila le mani in tasca e muove qualche passo per la camera. La "Compagnia della Calza", pensa. È stato il suo scrupolo di editore a spingerlo ad accertarsi che cosa esattamente fosse, una verifica della lettura destinata a diventare una nota a piè di pagina. Pensa davvero di pubblicare il libro? Schultz non lo sa. Se lo chiede per la prima volta. Non è però da escludere che, forse senza accorgersene, abbia finora letto il libro con l'ottica di chi potrebbe pubblicarlo. Perché no dopo tutto? Gli sembra piuttosto buono, pieno zeppo, teso, svelto, carnoso come i libri di una volta. Il titolo? Be', il titolo non dovrebbe essere difficile trovarlo. Anzi è già trovato, è lì è LA TAVERNA DEL DOGE LOREDAN, perché se questo libro ha mai avuto un titolo doveva essere LA TAVERNA DEL DOGE LOREDAN, cuore di quel che sta accadendo, punto franco, luogo di incontri mitici. Non dovrebbe avere problemi di diritti, ma anche se ne avesse non sarebbe quello il punto... Il punto è, pensa Schultz, che pubblicarlo così come si presenta, senza tener conto degli strani effetti che ha avuto su di lui, delle analogie che ha con la sua vita, gli sembra uno spreco inutile, una scelta che forse snatura la sostanza stessa di ciò che sta leggendo. Dovrebbe, pensa, scrivere una specie di diario di quella notte, il rinvenimento del libro, la chiamata di Baffi, l'incontro con suo padre, il ritorno a casa, l'eterno battibecco con il suo compagno, la "Compagnia della Calza" e infilarli lì, dove più si adattino, tra una pagina e l'altra oppure là dove si aprono le pause... Ne verrebbe fuori qualcosa di insolito, un libro in cui lui, Schultz, diventa personaggio della storia che sta leggendo e in certo modo anche il coautore... Guarda, dice Paso Doble, che un libro come quello che tu intendi, pubblicato dalla ditta Schultz non lo leggerà nessuno. Non hai mercato per libri come questo. Da te nessuno se lo aspetta, il tuo pubblico è abituato ad altre puttanate. Uscisse presso qualche grossa casa milanese potrei anche capirlo. Ma non qui. Oh non qui. Te l'ho detto tante volte. Se proprio non vuoi occuparti di quello che a me interessa devi pubblicare un libretto d'opera, il libretto d'opera del maestro Cesare Mascagni. È qui da un pezzo bello e pronto e tu non lo hai ancora degnato di uno sguardo. Ha anche il vantaggio che Mascagni magari lo prendono per il suo omonimo quello di "mamma quel vino è generoso...". Mascagni mi assicura che i libretti d'opera adesso vanno a ruba come dei best-sellers... La gente li canta per le strade, li recita in famiglia, è un nuovo gioco, il padre fa una parte, la madre un'altra, i figli pure, le zie le nonne i vicini di casa fanno il coro, ognuno se li musica come gli pare e piace... Perché, domanda Schultz interrompendolo, non vai a dar via i ciap? Ecco una espressione milanese che mi piace, osserva l'altro. La forma, voglio dire, non tanto il contenuto. Io sono qui, prosegue Schultz, occupato a fare sofisticate riflessioni e tu mi vieni fuori con il libretto d'opera di Cesare Mascagni. Un'opera altamente meritoria, dice l'altro. Un lavoro socialmente utile... Ne avrei d'altra parte il diritto, dice Schultz riprendendo il filo del suo discorso interno. Se questo libro in certo modo mi riguarda, in certo modo mi appartiene e posso fare di lui quello che voglio. Ritorna a stendersi sul letto e riprende a leggere.

Ma riprendiamo il discorso sul carattere e sul mestiere di Binelli per dire che, almeno una volta, il gioco non gli era riuscito. Preso alle strette dal bisogno di danaro aveva imprudentemente avvicinato in contrada S. Alvise il primo gentiluomo dall'aspetto forestiero che gli era capitato a tiro e gli aveva ripetuto la storiella della nobildonna in difficoltà economiche e disposta a risolverle saltando, diciamo, il fosso. Il caso, il demonio, il padreterno o forse tutti e tre assieme avevano voluto, probabilmente ridendo come forsennati e dandosi grandi manate sulle spalle, che quel gentiluomo d'aspetto forestiero non soltanto fosse un patrizio veneziano, ma che la raffinata signora propostagli da Binelli fosse addirittura sua moglie. Anche Nina rideva forte mentre mi raccontava quell'episodio. Ludovico Binelli era finito in prigione non so per quanto tempo e ora, da poco rilasciato, ciondolava per il campo Santa Margherita vestito da pagliaccio. Ecco, posso vedere Nina, anche se non la conosco ancora, disegnare tra la folla la trama che la porta verso Binelli Ludovico. Il cuore mi batte forte di furore e gelosia. Ma tant'è. Devo accettare quello che sta accadendo se non altro perché è già accaduto. Molte mani la toccano. Molte braccia tentano di fermarla. Potrebbero essere due qualsiasi di quelle braccia quelle che tra poco la stringeranno, potrebbe essere una di quelle mani che tra poco accarezzerà il suo corpo nudo... Ma il disegno non è ancora completato, lei sta cercando mani e occhi complici e ridenti... Ah, Nina, Nina! Anch'io a Chatham e altrove, in altri villaggi vicini a quello dove sono nato o nella stessa Londra prima che mi accadesse di incontrare Rosalynd Trenthan e di ammazzarne il marito, amavo visitare affollati luoghi popolari e cercare occhi ridenti che diventano immediatamente complici quando si posano sui tuoi, bocche che già tutto dicono senza bisogno di parlare, sensi in attesa del mio arrivo, dolcezze e umidità segretamente predisposte! Ma che io avessi questa abitudine non significava necessariamente che fossi disposto ad accettarla in te! È dunque con estremo dolore che assisto a questa scena e la racconto. Ad un tratto Nina si trova una mano imprigionata da un'altra mano grande e forte. Si ferma. Aspetta qualche istante prima di alzare lo sguardo e di vedere a chi appartenga quella mano. Il contatto è gradevole. Ha l'asciuttezza, l'esperienza e l'allegria che Nina sta cercando. «Di chi è questa mano?» domanda. Poi alza lo sguardo e si trova davanti al viso di ridente mascalzone di Binelli Ludovico. «Mia» dice lui e non si sa di quale mano parli, se quella sua o quella di lei. «E questa mano di chi è?» domanda. «Mia» risponde lei. Basta, si sono capiti e approvati. Lui vorrebbe invitarla a mangiare del pesce fritto, delle frittelle, delle canocchie di zucchero filato. Ma lei ha fretta e, come farà con me e, ahimè, con chiunque altro, brucia i tempi lunghi. «No,» dice «sono io che a mangiar ti invito la mia frittella calda.» E lo guarda con occhi da duello. «Ah» esclama Binelli a bocca aperta mentre lei incurante di chi possa vederla gli afferra con la mano il membro che, sotto i pantaloni, appena lei ha pronunciato quella frase, ha raggiunto la sua massima misura. Dove vanno adesso? A casa sua Binelli non può portarla: c'è sempre troppa gente. A casa di una delle puttane sue amiche non gli sembra il caso. I musici intanto continuano a suonare, la gente canta, corre, balla, si insegue e gioca. Binelli si guarda attorno e, ad un tratto, vede dove può portarla. In mezzo al campo, alto e turrito, ancora coperto da una tenda perché lo spettacolo è previsto per qualche ora dopo, c'è il castelletto del teatro dei burattini che appartiene a un amico di Binelli e per il quale lui, Binelli, attore, quella sera deve lavorare. Ed è là che lo sconsiderato la fa entrare incurante del rischio cui la espone. Ecco, adesso sono dentro il castelletto fra Arlecchini, Facanape, Fracurradi, Rosaure e Colombine e Binelli e Nina, come presi da una febbre, si strappano le vesti e cercano ed espongono le parti più segrete e sfonda l'uno l'altra con la propria spada, inchiodandosi, inforcandosi, forcellandosi... Basta, taglio corto. La scena mi fa troppo male. Cercherò di arrivare alla fine al più presto senza piangere né ridere anche se finisce in modo tragicomico. Per Nina è la prima volta. Dai gemiti che venivano dal suo corpo quando sognava le mani accarezzanti di Bertotto Nina poteva aver avuto un presentimento vago degli scoppi orchestrali, della lunga detonazione musicale che ne sarebbe uscita quando qualcuno l'avesse posseduta veramente. Ma non poteva certo prevederne la portata. Il suo urlo (ma è un errore definirlo urlo: non c'è ancora parola per quel suono) di gioia di piacere e liberazione, quella cosa che sarebbe poi diventata la causa della mia felicità e del mio tormento e le convulse reazioni di Binelli sono infatti tali che la piazza attorno ammutolisce, Facanape Fracurradi e Arlecchini precipitano dai loro sostegni, il castelletto trema, barcolla, oscilla per pochi istanti prima di rovesciarsi a terra e di scoprire i due amanti ignudi, scalcianti e ancora ignari di quello che sta accadendo, davanti agli occhi della folla.

Ha ragione, dice Schultz, tornando ad abbassare il libro. Sulle labbra riaffiora il sorriso divertito comparso tante volte e poi scomparso durante la lettura. Chi ha ragione?, domanda l'altro. Lui Jacob. Ha ragione a far che cosa? A dire, risponde Schultz, che non c'è parola per quel suono. Grido, gemito, urlo sono parole improprie, inadeguate. E quelle tecniche, ammesso che ci siano, sono ancora peggio. Mah... Ti piacerebbe, eh?, dice l'altro, dare un nome a quella cosa? Essere ricordato se non per altri meriti come l'editore che ha dato un nome a quella cosa? Ma sì, dice Schultz, perché no? Hai qualche idea da suggerirmi? L'altro riflette un poco. La Voce della Mona, dice poi. Schultz scoppia in una risata. Non è male, osserva, ma fa ridere. Andrebbe bene in un contesto comico e poi non è un nome... Riprende il libro e cerca ancora la frase di Jacob. "Ma non poteva certo prevederne la portata. Il suo urlo..." Ecco, dice, prova a sostituire il suo urlo con la Voce della Mona e ti vien subito da ridere. L'altro alza le spalle. E che male c'è se ti vien da ridere, dice. Da' qua, fammi leggere. "La Voce della Mona", legge l'inquilino "quella voce che sarebbe poi diventata la causa della mia felicità e del mio tormento..." Io lo trovo molto bello. È vero, dice Schultz, suona molto bene. Ma è all'onomatopea che sto pensando. Ah, dice l'altro, se è così non ne vieni fuori. Ogni Mona ha la sua propria voce, produce suoni diversi dalle altre. C'è un lungo momento di silenzio. A cosa stai pensando? Schultz esita a rispondere. Non so, dice poi, è come se non fossi io a pensare. Piega la gamba sinistra e l'appoggia sulla destra all'altezza del ginocchio. Per un istante rimane immobile a guardare la punta della scarpa di camoscio. Gli sono sempre piaciute le scarpe di camoscio con la para sotto, i lacci color testa di moro, gli piace la gentilezza con cui la calza di seta emerge dalla braga di velluto e si infila nella scarpa. Non so, ripete poi. È come se qualcuno insinuasse nei miei pensieri possibili varianti, possibili sviluppi di quel che sto leggendo. E poi queste pause, io che interrompo la lettura, questi dialoghi con te, la "Compagnia della Calza", la Voce della Mona, il momento di respiro che comportano, le scarpe di camoscio, lo spostamento di interessi vorranno pur dire qualche cosa. Cosa dovrebbero voler dire?, domanda l'altro. Ma sì, dice Schultz continuando a guardar la scarpa e mettendo un braccio dietro il collo, ma sì, assomigliano un po' troppo a un processo narrativo perché non abbia qualche sospetto. Le pause... Ecco. E se considerassimo le pause... No, tu considera pure quel che vuoi, scatta Paso Doble, io non considero proprio niente, il che mi ricorda quella battuta del teatro inglese in cui un tale, tanto per fare un esempio dice "Take for instance the working class..." e l'altro gli risponde: "No, you take it, I don't want it". E se considerassi, riprende Schultz paziente, le pause della lettura di questo libro come facenti parte del libro stesso, come se fossero dentro, non fuori del libro, create apposta non da chi sta leggendo, ma dallo stesso nostro misterioso autore per inserire nel libro il tempo di Schultz, tipografo-editore? Ah, dice l'altro, nostalgia delle cose di una volta, dolcezza dei silenzi fra marito e moglie, rimpianto degli uomini stanchi ed affamati e anche magari del Nano Zaccaria! Quella era la strada, amico. Che te ne fai di tutto questo? Prova a pensare, continua Schultz senza dargli retta, che uno scrittore stia scrivendo un libro su un tale che legge un libro... Di tanto in tanto, per evitare confusioni il personaggio che legge sarà costretto dall'autore a sospendere la lettura, a ritornare a se stesso, a pensare per un momento ai fatti suoi, magari all'espresso Zurigo-Venezia via Milano, alla statua di cera di una donna, alle proprie scarpe di camoscio. Insomma esattamente quello che sto facendo io. Esattamente quello che fa chiunque legga un libro, dice l'altro. Già, conferma Schultz, ma a maggior ragione chi legga questo libro sulla cui natura misteriosa siamo un po' tutti d'accordo. Pensa, ho lasciato Nina giovinetta lì, in campo Santa Margherita, nuda, con le gambe incrociate sulla schiena di Binelli, il castello dei burattini che crolla esponendola alla folla, in un momento carico di eventi futuri, pieno zeppo, perché è chiaro che dopo quel che è successo Nina non potrà più essere la stessa e forse partirà per Londra per congiungersi a quell'altra Nina più matura che abbiamo conosciuto prima... Eppure. Schultz si interrompe per un attimo come se volesse mettere a fuoco meglio l'oscura logica del suo discorso e tuttavia con l'aria di chi non crede una parola di quel che dice. Eppure, riprende poi, ecco che a questo punto invece di accelerare la lettura e vedere quello che succede dopo, mi fermo, metto da parte il libro, comincio a parlare d'altro e tu tiri fuori la Voce della Mona e si lascia tutto il resto in sospeso. Esattamente come la tecnica narrativa richiede quando si raccontano due storie parallele. È come se anch'io facessi parte del libro che sto leggendo e l'autore si servisse di me per creare una sorta di suspense... Paso Doble gli lancia uno sguardo divertito. E io?, domanda. Chi sarei io in questo caso? Schultz riflette per qualche attimo. Oh tu, dice, non dovrebbe essere difficile trovarti un ruolo. Il tuo compito potrebbe essere quello di evitare la monotonia del monologo interiore. Potresti essere l'espediente letterario che trasforma il monologo in dialogo... L'altro si mette a ridere. Espediente sarai tu, dice. Nessun riguardo per il mio passato, eh? Eppure di cose ne ho fatte tante anch'io. Il tuo miglior nemico. Fitta nel fianco. Faro. Riflettore. Sudato e stanco sotto terribili lampade ad arco. Mette una mano sulla testa di Schultz e gli tasta la fronte e la nuca. Da che parte ce l'hai, domanda citando il grande autore, il bernoccolo della conoscenza?

Non racconterò nei particolari lo scandalo che ne seguì, la fretta con cui i due amanti raccolsero le loro vesti e fuggirono sotto le risate, gli sberleffi, i lazzi, le sguaiataggini della folla. Dirò soltanto che l'episodio arrivò, si fa per dire, agli orecchi delle gazzette di Venezia e che la novella sparsa per tutta la città, diede da dire all'intero popolo e che non si udì altro che parlare di lei con riso e con lussuria, sui ponti, nelle osterie, attorno alle fontane dove si radunava la gente a prender acqua, sicché Nina in pochi giorni fu segnata a dito come una puttana... Nina, amore mio. Segnata a dito come una puttana. Io ti avrei difesa piantando la mia spada in gola a chiunque di te avesse riso o negli occhi di chi ti avesse lanciato uno sguardo men che rispettoso. Ma allora ignoravo la tua esistenza e, poco più che un bambino, ero forse occupato a Chatham a sollevare le gonne delle mie cugine o a spiare nei bagni delle serve. Basta. Nina, prima derisa e poi abbandonata anche da suo padre da sua madre da tutta la sua famiglia tranne che da suo fratello di cui avrò occasione di parlare più tardi, fu costretta a lasciare la città e a cercare un luogo dove ritrovare se stessa e ricominciare a vivere. Se ne andò sola, ma Binelli, cui forse non mancavano sentimenti onesti, appena saputo della sua partenza, la inseguì e la raggiunse. Padova, Ravenna, Ferrara, Parma, Livorno, Genova, di qui l'imbarco per la Spagna, Barcellona, Cordoba, Madrid se non ricordo male, poi Tolosa, Lione, Parigi e infine Londra. Come quei due abbiano vissuto in quegli anni di vagabondaggio lo sa soltanto Iddio. Qualcuno potrebbe avanzar l'ipotesi che abbiano vissuto lei facendo la puttana lui il suo ruffiano. Ma non lo credo. No. E non lo dico perché il suo passato mi spaventa. Vendere il proprio corpo non è da lei. Regalarlo sì, ma non venderlo. Darlo in prestito, magari barattarlo, ma per denaro mai. È vero che lei non ama parlare di quegli anni si potrebbe pensare per imbarazzo o per vergogna. Ma, ripeto, non lo credo. Lei è quel tipo di donna capace di confondere anche gli astrologi. Ci sono tante cose di cui non parla. Conosco bene i suoi silenzi anche se non ho mai capito bene che cosa vogliano dire.

Già, pensa Schultz. Neppure io li ho mai capiti. C'era molto silenzio dietro a lei, un grumo di silenzio probabilmente pieno di cose urlanti. Ma lei, quali che fossero, non ne parlava, le portava con sé con molta dignità, forse anche ne rideva se no non avrebbe avuto quegli occhi. Stava fuggendo da qualcuno? Qualcuno la seguiva? "Io non ti darò nessuna spiegazione, amore mio." Ma sale assieme a lui sul vaporetto che, all'uscita della stazione, sembra aspettarli all'imbarcadero. Restano sul ponte all'aperto, accanto alla cabina del pilota nonostante il freddo. Non c'è nessuno a bordo tranne il pilota, un marinaio e un uomo alto con un cappotto scuro e lunghi capelli bianchi, in piedi a prua con una mano posata alla murata. A quell'ora Venezia è pallida, nebbiosa e i vaporetti che la attraversano sembrano navigare in mezzo a palazzi alla deriva come navi fantasma negli oceani. Quello, pensa Schultz, il vaporetto voglio dire, aveva il numero 172, un numero banale, senza storia che non figura nella cabala né nei libri del destino. Ma, stranamente, a pilotarlo, è Renato Levorato, suo compagno di corso all'Istituto Nautico che ha scelto la navigazione lagunare invece di quella degli oceani. Quanto al marinaio è il figlio della Johnson, soprannome esotico di una puttana ora passata a miglior vita che trent'anni prima è stata l'amante di un ufficiale americano. Ora il figlio della Johnson guarda con gli occhi fuori della testa il viso di fiaba sudamericana della donna con il cappotto di cammello. «Renato,» domanda Schultz «mi porti a fare un giro?» «Un giro?» dice Levorato. «Sto smontando. Questo è il mio ultimo viaggio.» «Qualche anno fa,» dice

Schultz con aria casuale, mentre il battello si stacca dall'imbarcadero «ero a Siviglia, a bordo di un autobus pieno di gente.» «Ah, sì?» dice Levorato. «Io a Siviglia non ci sono mai stato.» «A una fermata» continua Schultz «sale una bellissima ragazza, alta, mora, di gamba lunga, con gli occhi azzurri, la pelle di pesca profumata. L'autobus viene preso come da una vampata, il suo cuore si mette a battere forte. La ragazza infila la mano nella borsetta, cerca i soldi per prendere il biglietto, ma il guidatore dice: «No, lei non paga». «Come?» grida Levorato cui le vibrazioni del battello hanno portato via l'ultima battuta. «Cos'è che dice il guidatore?» «Lei non paga» ripete Schultz. «Perché?» domanda la ragazza. «Perché è troppo bella» dice il guidatore. Lei, la ragazza si mette a ridere e ringrazia. «Anzi» grida l'uomo continuando a tenere il volante in mano, ma voltandosi verso i passeggeri «se lei mi dice dove abita e se i signori sono d'accordo l'accompagnamo tutti a casa.» E dirotta l'autobus per portare a casa la ragazza. La donna dal cappotto di cammello ride piano, passa un braccio attorno alla schiena di Schultz e lo stringe forte; ma il silenzio, pensa Schultz, era ancora lì dietro a lei, alle sue spalle, interesse massiccio e impenetrabile. «Ho capito,» dice Levorato «dove volete che vi porti?» Dà un colpo di acceleratore mentre Schultz riprende la lettura.

Piuttosto da certi accenni, da certe cose venute fuori casualmente, sarei portato a dire che Nina e Ludovico si guadagnarono da vivere, un po' recitando nelle piazze, un po' come venditori ambulanti , di quelli che portano le proprie botteghe addosso, con la merceria in un cassetto di legno sostenuto al collo da una cinghia e, dentro il cassetto, collane di perle false, specchietti, pettinini, spille, ditali, forbicette e forse anche Arlecchini di legno ed altre marionette a ricordo dell'avventura che li aveva messi e tenuti assieme. Nei momenti in cui il mio fantasticare su di lei prende pieghe rovinose non escludo che Binelli abbia tentato di usarla allo stesso modo in cui aveva usato le puttane veneziane sue amiche, spacciandola cioè per gran signora, moglie di gran signore, disposta a darsi a qualche forestiero per pagare i debiti di gioco; ma questa ipotesi urta contro la conoscenza del carattere di Nina capace di resistere a dieci Binelli messi assieme e anche contro una certa resistenza da parte mia a credere che Binelli avendo conosciuto, diciamo, il suo umidore fosse disposto a farlo provare ad altri. In Francia si sposarono. Non so perché lei lo fece. Non lo so davvero. Anche questo è uno dei capitoli della sua vita rimasti nel silenzio. Lei, quando glielo chiesi, alzò le spalle, un gesto che poteva voler dire qualsiasi cosa e che non costituisce una risposta. Non aveva comunque dimenticato Bertotto. Il suo cuore batteva ancora in sincronia con i colpi di martello che venivano dalla bottega di San Pantalon e l'amore e il feroce innamorato risentimento che aveva provato per la natura scontrosa e impenetrabile di quell'uomo si era, con il passare del tempo, stemperato in tenerezza e struggimento. A volte Nina si sorprendeva con un martello in mano a battere le suole di una scarpa per ricavarne gli stessi suoni che aveva amato e a vedere se stessa accanto alla vetrina di Bertotto con lo scialle in testa in attesa che accadesse qualche cosa. Forse per questo si era sposata. Perché qualcosa accadesse. Non che in Francia in quell'epoca non accadesse niente. Al contrario. Accadeva di tutto. Ma questi accadimenti collettivi pomposi gloriosi e nefasti riguardavano soltanto indirettamente la sua storia personale che era fatta di altre cose. Ad esempio, il vino. In Francia i coniugi Binelli scoprirono infatti il vino: il Borgogna, il Beaujolais, il Claret, il Macon, il Bordeaux Rouge, il Saint Emilion, ma soprattutto scoprirono quanto gli inglesi, pur sempre in conflitto con la Francia, fossero interessati al vino di quel paese tormentato e cominciarono a contrabbandarlo. (I contrabbandieri, devo ammetterlo, sono uomini ai quali un giorno il tempo dovrà rendere giustizia. La loro grandezza consiste nel fatto che assicurano la continuità e l'amicizia della vita interpopolare nonostante il comportamento scandaloso dei governi.) Fu così che la storia di Nina finì per incrociare prima quella di Viruela che fornì la sua barca per i carichi di botti inviati oltre Manica, poi quella di Fielding che dal primitivo contrabbando di profumi era ormai diventato il grande controllore di ogni traffico clandestino fra l'Inghilterra e il continente. Inutile raccontare nei particolari quello che accadde negli anni immediatamente successivi, la nascita della taverna che Binelli aveva voluto chiamare del Doge Loredan, perché si era spesso servito con fortuna di questo nome quando spacciava le sue puttane per signore di gran casata, la morte di Binelli, la scoperta che Binelli aveva lasciato grossi debiti di gioco, il probabile ma mai accertato intervento di Fielding per sanarli. Torniamo invece al punto in cui io, per raccontare la storia di Nina, ho dovuto interrompere il racconto della mia storia con lei, le settimane in cui ci possedemmo come forsennati, nella sua camera o in cantina o in piedi di notte, contro un albero della strada, fra le botti del magazzino di Viruela, in qualsiasi momento fossimo presi dal desiderio e potessimo soddisfarlo senza eccessivo rischio. Ma come era inevitabile, nonostante astuzie sotterfugi stratagemmi e frequenti monete d'oro passate da Nina alle spie di Fielding, tutto quel piacere vissuto di nascosto, tutti quei gemiti, quei toccamenti, quelle occhiate non poterono restare segreti a lungo. Fielding venne a sapere che Nina aveva un amante profumato e giovane. Ed ecco quel che fece. Lo racconto così come me lo raccontò più tardi Viruela che venne a saperlo dai servitori di Fielding che ne furono diretti testimoni. Immaginate la grande sala d'ingresso del palazzo di Fielding. È una sala squisitamente arredata di mobili preziosi, quadri d'autore comprese un paio di opere del grande William Blake, candelabri di vetri di Murano, tappeti di Persia, cuscini di seta mandarina, un grande acquario ospitante pesci colorati scelti fra i più eleganti e aristocratici, una fontana collegata a segrete tubature della casa dalla quale spruzza verso il soffitto scanalato uno zampillo perenne di profumi, una grande scala di marmo balaustrata che porta alle sale del piano superiore protetta da due armature guerresche di capitani di ventura secondo una moda presa a prestito dalle famiglie di gran nome e scudi alle pareti e canapè e tavoli di mogano coperti di cristalli e molte altre cose preziosissime. Dal piano di sopra vengono suoni demenziali, rumori di vetri infranti, tonfi, crepitii di mobili sfondati, fragori metallici, fendenti e mazzate come se un randello impazzito si fosse messo a colpire e a fare a pezzi tutto quello che incontra, a frantumare tutto ciò che è compatto, a provocare il crollodi tutto ciò che è appeso. Poi Fielding compare in cima alla scala roteando il bastone il cui pomo d'argento micidiale si abbatte come una clava sul marmo della balaustra incrinandolo, sulla testa di una armatura che si stacca dal corpo come una palla e, mentre il guerriero decapitato crolla con gemiti di ferro, colui che il bastone impugna discende le scale continuando a colpire parete balaustra e gradini finché raggiunge la sala dove la clava d'argento precipita ed esplode sui tavoli coperti di cristalli, sul grande acquario che vomita nella stanza acque in tempesta e pesci tropicali, sull'alabastro della fontana che geme di pena, sui candelabri di Murano che diventano polvere di vetro, ruvido vento, scricchiolio sotto i piedi dell'uomo che, continuando a dar mazzate a sinistra e a destra si dirige verso la porta di uscita, la apre e scompare nella strada. Dalla quale continueranno a venire per lunghi istanti, ancora vicini poi sempre più lontani i suoni del suo furore. Mentre tutto questo accadeva, Nina ed io nella cantina della taverna, in mezzo a grappoli di salami, prosciutti affumicati e stoccafissi e scaffali di bottiglie polverose e botti accatastate, ci stavamo amando. La cantina guardava la strada attraverso una bassa finestra inferriata e fu da quella finestra che, precedendo il suo odore, arrivò fino a noi il suono martellante e forsennato del bastone di Fielding, lontano dapprima, senza nome e privo di minaccia come un qualsiasi suono cittadino, ma che andò assumendo la propria specificità, i propri contenuti di disperazione e furore via via che si avvicinava. Poi di colpo l'aria marcì. Nina alzò la testa e si staccò da me con un gemito.

«È lui» disse.

Sapevo a chi si riferiva ma finsi di non aver capito.

«Lui chi?»

«Fielding. Non senti?... Non star lì con l'affare fuori, mettilo dentro e sparisci.»

«Se è lui voglio aspettarlo» dissi coraggiosamente.

«Non hai più tempo di uscire» disse Nina. «Devi nasconderti.»

«Nascondermi? Un gentiluomo non si nasconde mai.»

«Qui non sei fra gentiluomini ma fra assassini.»

«Sono anch'io un assassino se è per questo» risposi.

«Sai che cosa ti farà se ti trova qui con me? Ti sfonderà gli occhi con quel suo bastone maledetto.»

«Mi credi incapace di difendermi?»

Lei mi schiaffeggiò con violenza. «Sì, povero imbecille.»

Poi mi spinse verso l'ombra della cantina. «Laggiù in fondo, c'è uno stanzino, un ripostiglio. Chiuditi dentro e restaci... Qualsiasi cosa tu senta non muoverti. A me non farà nulla... Manderò qualcuno a dirti quando potrai uscire.»

Ancora stordito per lo schiaffo feci quello che mi diceva, mi infilai in uno stanzino buio e chiusi la porta alle mie spalle. Nina rimase appoggiata alla botte che fino a pochi istanti prima aveva sostenuto le spinte del mio corpo che entrava nel suo. Sentii la porta della cantina che si apriva, poi i passi di Fielding e infine la sua voce, le sue parole, le parole di Nina. Riporto il loro dialogo così come lo ricordo.

«È vero?»

«Sì.»

«È quel ragazzo?»

«Che importa chi è?»

«È quel ragazzo lo so. Lo ami?»

«Non farmi ridere.»

«Non ti domanderò se ami me.»

«No. Meglio di no.»

«Dov'è ora?»

«Se ne è andato poco fa.»

«No che non se ne è andato. Nessuno lo ha visto uscire. È ancora qui.»

«Sono stufa, Terry. Non ti lascerò fare altri danni.»

«Nessun danno che io possa fare sarà paragonabile a quelli che io continuamente subisco.»

Seguì una lunga pausa. Poi Fielding se ne uscì con una battuta imprevista.

«Ho scritto una poesia questa notte.»

«Una poesia?»

«Oh, una cosa da poco. Quattro o cinque versi senza alcuna pretesa letteraria... Del resto non sono neppure del tutto sicuro di essere stato io a scriverli...»

«Che vuoi dire?»

«Forse la poesia è nata da sola, da un sogno che ho fatto questa notte...»

«Un sogno?»

«Un sogno. Stavo attraversando con la mia carrozza una regione sconosciuta. La guardavo dal finestrino. Era una regione montagnosa, rocciosa, invernale, coperta dalla neve. Ad un tratto, in fondo, in qualche punto del paesaggio vidi un lago gelato, sul quale, dalle montagne vicine, precipitavano torrenti che il freddo aveva ghiacciato, cascate di acqua pietrificata. Conoscevo quel lago pur senza averlo mai visto, lo conoscevo pur senza saperne il nome. Gridai al cocchiere di fermare i cavalli e rimasi a guardare quel lago per qualche minuto... Certo che lo conoscevo quel lago. Quel lago ero io, era la mia anima...»

«Oh Dio.»

«...e io potevo vederla per la prima volta in tutta la sua desolazione. L'orrore di quel riconoscimento mi svegliò e subito, nella mia mente, non so come, sono affiorate parole dapprima confuse, che da sole poi, senza che io le guidassi, sono andate via via prendendo una forma, pochi versi, la poesia appunto... Mi domando se tu abbia la bontà di ascoltarla.»

«Avanti.»

Fielding tossì, inquieto, imbarazzato, commosso. «*Ho avuto molto freddo, mamma, questa notte/freddo lungo il torso nudo del mio corpo./Scaldami qualche volta con il tuo fiato, belva madre/ e non lasciarmi solo fuori della tana.*»

«?»

«È tanto brutta?»

«Cosa vuoi che ne sappia io se è bella o brutta. Non sono in grado di giudicarla.»

«Può darsi. Ma sei certamente in grado di dirmi l'effetto che ha avuto su di te.»

«Oh questo sì. Ma non ti piacerà, Terry.»

«Perché?»

«C'è qualcosa di immondo in questi versi. Immondo come la pietà che tu hai per te stesso.»

Fielding rise piano. «Non c'è niente che non sia immondo in me, a parte il mio bell'aspetto.»

«Io non sono più disposta a lasciarmi commuovere. Adesso anche le poesie. Sono stufa. Ognuno è quello che è e anch'io sono quella che sono. Voglio tornare a essere quella che sono e farmelo mettere davanti e di dietro da chi mi pare senza che tu debba venir qui tutte le volte a ricattarmi con la puzza di merda, i corvi che ti perseguitano, le belve-madri, e i laghi gelati. E adesso fuori di qui che non riesco più a respirare.»

«Non vuoi vedermi più?»

«Appunto. Non voglio vederti più.»

«Sei pronta ad affrontarne le conseguenze?»

«Io vado in culo alle conseguenze.»

«Perché pensi che non ce ne saranno, a parte naturalmente l'uccisione di quel ragazzo. Non sono mai stato un uomo meschino io, ma sono pronto a diventarlo. Se tu sei stanca di fingere di essere un'altra io sono stanco di non poter arrivare fino in fondo... Le mie reazioni da questo momento saranno pari alla crudeltà delle ferite che ricevo. Mostrare disgusto per la pietà che ho per me stesso è qualcosa che non avresti dovuto fare. Ma in certo modo, non so, ti sono grato per averlo fatto. Questo giustificherà tutto il resto. Ho davanti a me la possibilità di commettere un male infinito come è infinita la mia pena... Tu sei stata qualcosa che mi aiutava ad accettarmi e a controllarmi. Ora che non ci sei più, la belva immonda che è dentro di me è libera di uscire dalla gabbia... Di' al ragazzo di venir fuori dal buco dove è andato a nascondersi. Non gli farò niente per adesso. Ma gli riserberò una fine più crudele di quella di essere ucciso a colpi di bastone come un topo.»

Si udì un rumore di passi, i passi di Fielding che, voltate le spalle a Nina, cominciava a salire la scala della cantina, poi la voce di Nina che diceva «Terry, oh Terry» e i passi di lei che lo seguivano, la porta della cantina che si chiudeva. Non udii più nulla. Ma, lo confesso, quello che avevo sentito era bastato a farmi paura. Non era soltanto paura per la fine crudele che sembrava essermi riservata, ma qualcosa di più profondo e complesso. Avevo sentito la voce di una mostruosità, avevo sentito un mostro parlare, esprimersi, spiegare le sue ragioni. Avevo paura di quel sussurro e anche paura di capirlo, di averne pietà, di doverlo subire anch'io come un ricatto. Ma avevo soprattutto paura di quel «Terry, oh Terry» che Nina aveva gridato mentre Fielding se ne andava e del rumore dei passi di lei che sembravano volerlo seguire. Era un suono dolente, implorante, il suono di un pentimento che pareva smentire le parole dure, esasperate e sì, anche crudeli che Nina aveva detto poco prima. Quel grido di Nina e il suono dei suoi passi affannosi, frettolosi, volevano dire una sola cosa: erano l'inizio di un discorso che avrebbe portato Nina a ricongiungersi con Fielding, ad accettarlo di nuovo nella sua vita, così pensavo confusamente ma con pena profonda, così come ogni vita è costretta ad accettare la propria morte. Mi sentivo molto confuso, incerto sul da farsi. Cosa sarebbe successo ora? Cosa stava già succedendo? E io che cosa avrei fatto? Ero incapace di agire ma giustificavo la mia passività con una considerazione che forse non era soltanto un pretesto. Nina mi aveva detto di non muovermi di lì finché non avesse mandato qualcuno a chiamarmi. Rimasi nello stanzino e un po' alla volta, quasi senza accorgermene, scivolai nel sonno. Mi svegliai qualche ora più tardi di soprassalto. Nessuno era venuto a cercarmi. Ero stato dimenticato o Nina era stata impedita da Fielding di comunicare con me? Era forse successo mentre dormivo qualche cosa di tragico, qualcosa che neppure osavo immaginare? Uscii dal ripostiglio e attraversai di corsa la cantina dirigendomi verso l'uscita. Era quasi l'alba. La taverna era deserta, clienti e camerieri a giornata se ne erano andati da tempo e la porta era chiusa, sbarrata. Raggiunsi correndo la porta dell'appartamento abitato da Nina e irruppi nella sua camera senza tener conto delle conseguenze. Anche la camera di Nina era deserta, quieta, ma si avvertivano ancora nell'aria solitamente profumata per il solo fatto di essere l'aria della camera di lei, le tracce del tremendo fetore di Fielding. Dunque Fielding era stato lì, lei ve lo aveva portato, quello che temevo si era avverato. Stavo pensando a tutto questo quando accadde qualcosa di orribile. Sentii venire un fruscio da qualche angolo della camera, una specie di soffio, poi ad un tratto vidi spuntare da sotto il letto, prima la testa poi il corpo intero di un mostruoso animale, metà gatto, metà topo, gonfio, flaccido, totalmente sprovvisto di pelo a parte le irsute sopracciglia e i baffi metallici, la bocca aperta dalla quale, attraverso denti aguzzi come chiodi, usciva il fiato pestilenziale che ammorbava l'aria, il fiato di Fielding. La bestia mi guardava come ridendo e, in certo modo, come se fosse stata lì sotto il letto ad aspettarmi. Di colpo capii che cos'era. Era la belva immonda che Fielding portava dentro di sé e di cui aveva parlato in cantina durante il suo breve ed agitato colloquio con Nina, la stessa belva che aveva promesso di mettere in libertà e che io avevo scambiato per una metafora, ma che invece esisteva realmente. Fielding l'aveva lasciata lì per me. Sapendo che quando fossi uscito dal mio nascondiglio sarei corso in camera di Nina mi aveva preparato un agguato. Ora capivo che cosa aveva voluto dire quando aveva promesso di riservarmi una fine più orribile di quella di essere ucciso a bastonate come un topo. Ero paralizzato dal terrore. Ad un tratto la metafora – chiamerò così quell'animale mostruoso perché non sono mai riuscito a capire che cosa fosse e quindi a saperne il nome – soffiò e fu quel soffio, quel vento marcito che usciva dal suo corpo che mi fece recuperare il dominio di me stesso. Arretrai e prima che la belva potesse balzarmi addosso uscii dalla camera chiudendone violentemente la porta massiccia. Non potevano essere passati che pochi istanti, sicuramente meno di un minuto, da quando ero entrato in camera di Nina, eppure ne uscivo stremato e tremante come se quella esperienza fosse durata chissà quanto. Mi fermai per riprendere fiato con la schiena appoggiata alla parete del corridoio ma con la mente e il cuore ancora davanti alla bestia rimasta al di là della porta quando, ad un tratto, sentii altri soffi e altri fruscii di corpi umidi e flaccidi provenienti da altri punti della taverna e subito dopo, da molte parti, dall'estremità del lungo corridoio, dall'ombra, da dietro la scala che portava al piano superiore e alla soffitta, vidi avanzare verso di me altre bestie uguali a quella che avevo lasciato alle spalle, un intero branco di metafore soffianti, striscianti e tutte ugualmente emananti lo stesso tremendo fetore. Questa volta reagii prima che la paura mi facesse di nuovo diventare di pietra. Presi a correre per la scala, scavalcai con un balzo una bestia che tentava di bloccarne l'accesso, salii i gradini a quattro a quattro, scardinai con una spallata la porta che dava alla soffitta, attraversai quel vano polveroso e ingombro di oggetti massicci fino all'abbaino, lo aprii, uscii dalla finestra, scivolai sui tetti e mi lasciai cadere da tre o quattro metri di altezza verso la strada dove arrivai miracolosamente incolume. Non mi fermai ma ripresi a correre come un pazzo per le vie del quartiere verso la casa di Viruela.

Guarda, dice l'inquilino allungando una mano e posandola sulla pagina che Schultz sta leggendo, guarda che se quelle bestie ricompaiono io me ne vado finché non hai finito. Buon viaggio, dice Schultz spostando il libro, sentirò la tua mancanza, ma non occorre che tu mi faccia avere tue notizie. Ah, sì?, ribatte l'altro, e con chi parlerai se ti vengo a mancare io? Schultz alza le spalle. Starò zitto, dice, sento bisogno di un poco di silenzio. Se c'è una cosa che mi fa orrore, continua l'altro, è l'orrore stesso. Non sono in grado di affrontarlo. È più forte della mia curiosità di sapere come questa storia va a finire. E non venirmi a dire che c'è più orrore fuori che dentro questo libro. Lo so fin troppo bene. Non per niente ho frequentato per tanti anni la nobildonna Bragadin che su queste cose la sapeva lunga. Inutile che io cercassi di esorcizzarlo, l'orrore voglio dire, con un bel discorso ragionevole. Lei si metteva a ridere. Caro amico, diceva e così grossa com'era e con quel viso da ex pugilatore che si ritrovava, le sue parole avevano un suono ancora più orribile, caro amico, la ragione è il tranquillante più potente che l'industria farmaceutica abbia mai prodotto. Altro che Noan, Ansiolin, Quanil o Perequil. Ma di fronte a certe cose non serve a niente e dà spesso risultati intossicanti. La bestia di cui parliamo è in cielo e in terra, dietro i bravi ragazzi come lei, cambia colore come un camaleonte, cambia faccia, ma è sempre lì a farci compagnia. È qui anche quando crediamo che se ne sia andata. Si è soltanto nascosta sotto il letto e si diverte un mondo ad aspettare il momento in cui tornerà fuori... Una farfalla o un altro insetto immondo la spiava attraverso la finestra chiusa. Se lei si spostava in un'altra stanza, la farfalla la seguiva e compariva davanti all'altro vetro. Madonna santa. La vita, diceva la povera vecchia, è la sede di un esperimento cosmico, oppure, precisava, comico, o meglio e qui disegnava una parentesi fra la o e la m, co(s)mico. Figurarsi se queste cose non le so... Ma non mi vanno, non le voglio e quindi non tirarmi fuori... Io non tiro fuori proprio niente, dice Schultz, stai parlando a vanvera. Nemmeno per idea, riprende l'altro. Il fatto è che le farfalle, le metafore, i buchi neri e un po' di altre cose mi fanno proprio orrore soprattutto a quest'ora della notte... Be', dice Schultz, a me era la nobildonna Bragadin a farmi orrore. Al suo confronto le metafore diventano graziosi animaletti da tenere sulle ginocchia e da accarezzare contropelo. Scoiattoli, criceti, cagnolini... Eppure nonostante tutto continua l'altro, era una gran donna dalla quale eravamo un po' tutti affascinati. Compreso il povero Silvestri che le leggeva i suoi versi rubati ad altri. Grande lettrice di Henry James che, da bambina, aveva conosciuto di persona. Ne vedremo delle belle, diceva, ma non ricordo a che proposito. Ne vedremo delle belle... Ma Schultz non lo ascolta più...

Quando arrivai a casa svegliai Viruela e gli raccontai quello che era accaduto. Questa volta il capitano non si mostrò molto comprensivo. Ebbe uno scatto di furore e per un momento pensai che volesse cacciarmi via e abbandonarmi al mio destino. Non mi aveva forse messo sull'avviso? Non mi aveva forse detto che non dovevo avvicinarmi a Nina? Non mi aveva forse fatto capire chiaramente quanto fosse pericoloso mettersi sulla strada di Fielding? Adesso qualunque cosa mi fosse accaduta me la sarei meritata, non avrei potuto prendermela che con me stesso. Era fuori di sé, ma quando, come unico argomento a mia difesa, ribadii che amavo Nina e che forse anche lei mi amava, si calmò di colpo. Già, disse, già. Borbottò qualcosa sulla forza dell'amore, si alzò dal letto e cominciò a vestirsi dicendo che quantunque avesse imparato a volermi bene come un figlio e gli dispiacesse vedermi andar via non era più il caso che continuasse a ospitarmi. Ormai tutti sapevano che ero un suo protetto e quindi la sua casa non poteva più considerarsi sicura. Non aveva però Viruela il proposito di abbandonarmi a me stesso. Mi portò infatti in casa di un sordomuto dai capelli rossi, un borsaiolo di origine francese chiamato Supplice, non so bene se perché questo era il suo vero nome o perché la sua vita era un supplizio per chi lo frequentava. Il guaio di questo sordomuto era che ignorava o fingeva di ignorare di esserlo e pretendeva di poter sentire e parlare. Orribili suoni, balbettii incomprensibili uscivano dalle sue labbra e interpretarli era una incomparabile quanto inutile fatica. Supplice era anche analfabeta e quindi la nostra impossibilità di comunicare era davvero senza scampo. Tuttavia sarebbe potuta essere una incomunicabilità tollerabile se entrambi l'avessimo accettata. Ma dei due l'unico disposto ad accettarla ero io. Lui no. Non ci pensava neppure e quindi parlava e parlava tutto il santo giorno senza che io potessi capire una parola di quello che diceva. Suppongo che presumesse anche di raccontare delle storielle divertenti perché di tanto in tanto, scoppiava a ridere e chiaramente si aspettava che io facessi altrettanto. Un vero supplizio, una tortura tanto più grande in quanto sofferta da un'anima, la mia, già ampiamente torturata. Non sapevo infatti più niente di Nina, ignoravo che cosa fosse accaduto di lei, se le bestie che avevano invaso la taverna fossero ancora lì o se Fielding le avesse richiamate presso di sé. Supplice non poteva aiutarmi a sapere e nemmeno Viruela che, forse per evitare di mettere sulle mie tracce chi mi stava cercando, non si era più fatto vedere dal giorno in cui mi aveva portato nel nuovo rifugio. Nina mi mancava orribilmente, il mio corpo senza il suo si sentiva mutilato. Il mio sesso era come un segugio impazzito che continuasse a fiutare la preda senza riuscire a trovarla. Guaiva, languiva, si guardava attorno, ululava, mi trascinava in tutte le direzioni. Invano cercavo di calmarlo con mani carezzevoli. Lui voleva Nina, l'umido e caldo rifugio di lei, solo quello avrebbe calmato i suoi latrati. Un giorno, o meglio una notte, mi fece alzare di scatto, mi trascinò di prepotenza verso una scala della casa che dava a un abbaino e, senza darmi il tempo di chiedergli dove diavolo volesse portarmi, mi condusse a forza sui tetti davanti sotto e sopra la città addormentata con poche luci accese qua e là e un grande buio attorno. Ma lì, sul tetto, da vaghe forme familiari di case, alberi, camini, mi resi conto con sorpresa che la casa di Supplice era assai più vicina alla "Taverna del Doge Loredan" di quanto avessi mai potuto pensare e che, volendo, avrei potuto raggiungerla dall'alto saltando da un tetto all'altro senza bisogno di scendere in strada. Non persi tempo a riflettere. Trascinato dalla forza del mio desiderio mi lasciai cadere sul tetto della casa vicina, mi arrampicai fino al tetto della casa successiva, mi aggrappai ai rami di un albero, camminai come un equilibrista sul muro di un giardino, attraversai una finestra entrai come un ladro in una camera dove due amanti dormivano, ne uscii da un'altra finestra, saltai su un altro tetto e così, di salto in salto, di ramo in ramo, di tetto in tetto raggiunsi i tetti della taverna. Mi resi subito conto che qualcosa doveva essere successo. Risate sguaiate, rumore di vetri infranti, voci rissose e ubriache venivano dall'interno. Erano suoni diversi dai soliti. Mi spiego. Nelle settimane passate alla taverna avevo potuto constatare che gli avventori abituali e anche quelli occasionali, benché manigoldi e furfanti, dovevano assoggettarsi a certe regole di comportamento stabilite da Nina o forse tacitamente imposte dalla sua sola presenza. Il fatto che lei usasse un linguaggio, per così dire, spregiudicato non autorizzava chi frequentava la taverna a fare altrettanto. Al contrario. Non so perché ma nessun episodio disdicevole era mai accaduto nel locale almeno davanti ai miei occhi. Ladri, contrabbandieri, borsaioli si comportavano tutti con la discrezione di raffinati gentiluomini riuniti in un club. Parlavano sì, ma non così ad alta voce; ridevano certo, ma non sguaiatamente. Adesso invece, a giudicare dai suoni che ne venivano la taverna sembrava occupata da un branco di cialtroni avvinazzati come se tutte le regole che ne avevano dettato la condotta fossero andate in frantumi. La "Taverna del Doge Loredan" era in preda all'anarchia. Qualcosa dunque doveva essere successo, qualcosa che ignoravo e dovevo scoprire. Mi avvicinai all'abbaino attraverso il quale pochi giorni prima ero uscito per sfuggire alle metafore e ne spinsi i battenti deciso ad entrare. Tremavo perché non sapevo se le bestie fossero ancora lì nascoste nel buio della soffitta né se qualche altro agguato mi aspettasse. Tremavo ma il sentimento più forte non era la paura ma un desiderio profondo e dolente che dava coraggio alla mia mano disarmata. Entrai nella soffitta e pochi istanti dopo discendevo le scale che portavano al cuore della taverna. Nessuna traccia delle bestie di Fielding, nessun pericolo che lievitasse nell'ombra, ma altri segni invece del disordine e dell'abbandono in cui la taverna pareva precipitata: tracce di sudiciume nei corridoi, impronte di mani unte sulle pareti e un odore di cibi che appesantiva l'aria come se le cucine fossero in qualche modo straripate e avessero invaso anche quella parte dell'edificio fino a qualche tempo prima gelosamente separato dal resto. Cominciai a farmi un'idea di quel che era successo. Quel disordine poteva essere spiegato in un solo modo: Nina se ne era andata, la taverna era in mano a servi infedeli e negligenti, erano finite le ragioni che imponevano agli avventori un contegno dignitoso. Con il cuore in gola, poiché di tutte le possibilità quella mi pareva la più nefasta, irruppi nella camera di Nina. La polvere sui mobili, gli armadi vuoti, l'assenza sotto la specchiera di profumi e belletti, confermarono i miei sospetti. Nina non era più lì, se ne era andata. Restai per qualche minuto immobile, senza fiato, la mente e il cuore confusi da mille congetture. Dove poteva essere andata? Si era rappacificata con Fielding ed era con lui nel suo palazzo o in una delle sue case di campagna? E perché se ne era andata senza dirmi niente, senza neppure tentare di mettersi in contatto con me? Per quel che lei ne sapeva potevo essere ancora chiuso lì nel ripostiglio della cantina in attesa che lei mi mandasse a chiamare! E quando se ne era andata? Quella stessa sera? Sarebbe tornata? Insomma mille domande, l'ultima delle quali era forse quella di cui più desideravo e temevo la risposta perché qualcosa mi diceva che Nina non sarebbe tornata mai più. C'era infatti un che di definitivo in tutto ciò che era sparito dalla camera di Nina e nel silenzio risentito delle cose che vi erano rimaste, così come nel chiasso che continuava a venire dalla sala c'era la prova che nessuno degli avventori temeva che la padrona potesse tornare da un momento all'altro. Uscii dalla camera di Nina e mi avviai cautamente lungo il corridoio. C'era fra il personale di cucina una giovane sguattera di nome Betty che mi aveva sempre guardato con simpatia e che forse si era anche abbandonata a più di qualche pensierino su di me. Era dolce e mite, una persona di cui potevo fidarmi. Se fossi riuscito a parlare con lei avrei potuto chiederle notizie di Nina e con ogni probabilità anche riceverne. Ma non mi fidavo a irrompere in cucina. C'era il rischio che uno dei cuochi o dei camerieri fosse una spia di Fielding o che, a conoscenza del fatto che Fielding mi aveva condannato a morte, uno dei cuochi o dei camerieri, per pura malevolenza nei miei confronti o per guadagnarsi i favori di Fielding, avvisasse i suoi uomini della mia presenza nella taverna. Non andai quindi in cucina, ma entrai di soppiatto nella camera di Betty e mi disposi ad aspettare il suo arrivo. Arrivò forse un'ora o due dopo, non so, e quasi svenne quando mi vide. La presi fra le braccia, era tenera e leggera, e a questo punto successe qualcosa la cui responsabilità va attribuita soltanto al gonfiore che dalla casa del sordomuto dai capelli rossi mi aveva portato fin lì attraverso tetti e giardini, un gonfiore di cui Betty dovette accorgersi quando la presi fra le braccia, perché ci trovammo di colpo sul letto, avvinghiati l'uno all'altro, l'uno dentro il corpo dell'altra, il mio a cercar conforto alla mancanza di Nina, il suo ad assaporare il corpo del bel giovanotto aristocratico amante della sua padrona.

Il vaporetto 172 trasformato in battello da diporto esce dal Canal Grande, doppia la punta della Dogana ed entra nel canale della Giudecca. Che cosa glielo abbia riportato alla memoria Schultz non saprebbe dirlo. Forse il gonfiore cui Jacob accenna, forse l'oscuro desiderio di dare un certo ordine ai ricordi via via che tendono a infilarsi nella sua lettura. C'è molto vento in quel punto di Venezia e l'acqua del canale è molto mossa. Renato Levorato, che non ha voluto essere da meno dell'autista di Siviglia, tiene il timone soddisfatto e di tanto in tanto lancia uno sguardo irresistibile alla donna dal cappotto di cammello appoggiata alla murata accanto a Schultz. Anche il marinaio figlio della Johnson ha l'aria di non volerla perdere di vista. Mai, dice, mai passeggera più bella ha messo piede a bordo di questa barca. Questa notte, aggiunge, resterà nella storia della compagnia di navigazione lagunare. Ne passasse pure il presidente o l'ispettore non troverebbe nulla a che ridire, capirebbe perché il battello ha cambiato rotta e sta facendo una specie di crociera. Dove volete andare? Nei Caraibi? A Casablanca? A Istanbul? Basta dirlo. Siamo qui per questo. La Giudecca avvolta nella nebbia con poche luci accese qua e là è un'isola selvaggia, San Giorgio riposa quieto dopo aver ucciso il drago. Il vaporetto infila rapido la stretta canaletta che divide le due isole, passaggio proibito ai battelli di quella stazza, passa davanti a Cipriani, che Dio benedica la sua cucina, irrompe in quella parte di laguna che è nascosta alla città. Lei, la donna dal cappotto di cammello, ha sul viso la luce grigliata della lampada che dà luce alla cabina, il bavero del cappotto sollevato attorno al collo, i capelli, oh i capelli, se soltanto ci fosse il modo di descriverli. Guardandola Schultz si rende conto per la prima volta da quando l'ha incontrata in treno, di averla già incontrata prima. Sì certamente è lei, non può essere che lei, anche se era vestita in altro modo, all'aeroporto di Parigi in attesa di un aereo diretto in Tunisia... Ma quando mai, domanda Paso Doble, quando mai? È la prima volta che la sento questa storia. Lui era appena arrivato dall'America del sud dopo essere stato costretto a sbarcare dal "Ramona" alla Caienna per un principio di setticemia che per poco non lo ammazza. Non so quanti milioni di unità di penicillina aveva dovuto prendere per fermare l'infezione. Il medico, figlio di un negro e di una gitana, che lo aveva preso in cura lo aveva dissuaso dal raggiungere la nave a Rio e a tornarsene in Europa. Così lui era partito, con il sangue ancora mezzo avvelenato e i piedi gonfi che non ce la facevano ad entrare nelle scarpe e che non sopportavano neppure le pantofole, portando con sé un grande arco e un po' di frecce comperati a un vecchio ex galeotto che vendeva roba india agli stranieri di passaggio. E lì, all'aeroporto di Parigi, c'era lei, non ancora la donna dal cappotto di cammello, ma con tutte le condizioni per poterlo diventare. Vedendolo zoppicante e scalzo e con quell'armamentario in mano si era messa a ridere. Perché ride?, lui le aveva chiesto. «Pour ce truc là» lei aveva detto. «Butin de guerre surement.» Poi l'altoparlante aveva chiamato il volo non so cosa diretto a Tunisi e lei si era alzata. «C'est dommage» aveva detto. «Au revoir, mon capitaine.» Era francese?, domanda Paso Doble. Ne aveva tutta l'aria, dice Schultz. Ma lei, continua l'altro, la donna dal cappotto di cammello, non era francese, aveva tutta l'aria di essere italiana. E che vuol dire?, domanda Schultz. Ti lasci sempre impressionare dalla prima stupidata che ti viene in mente. Poteva essere l'uno e l'altro, poteva aver cambiato nazionalità... Comunque ci innamorammo subito tutti e due e fu per questo che ci fu facile innamorarci di nuovo quando ci incontrammo un'altra volta... Sambo e aperto l'occhio, il nostro Schultz, dice Paso Doble. Sambo e aperto l'occhio, tanto per citare un'altra volta la nobildonna Bragadin cui il genio non mancava. Non se ne lascia scappare una anche se adesso salta fuori che è la stessa. Certo che ne ha fatti di giri la donna dal cappotto di cammello. Tunisi, Venezia, Zurigo venendo chissà da dove. E questo sotto i tuoi occhi. Figurarsi poi dove andava quando tu non c'eri. In giro per il mondo come un piccione viaggiatore.

Che ci andava a fare poi in Tunisia? Glielo hai chiesto? No, dice Schultz, non ne ho avuto il tempo. Mi è venuto in mente adesso che era la stessa donna. Ma che vuol dire sambo e aperto l'occhio? "Sambo e aperto l'occhio" e "ti sto guardando amore mio" era quel che la nobildonna Bragadin chiamava suo marito le cui tresche amorose erano conosciute in tutto il Veneto. Ecco qua, diceva vedendolo arrivare, "ti sto guardando amore mio". Lui diventava rosso dalla bile, paonazzo. Era una gran donna. Domandalo a Berengo che ne sa qualcosa. Invaghito. Innamorato. Ma lei conduceva una triplice, quadruplice esistenza... Si interrompe. Senti un po', dice, prendiamoci una mezz'oretta di riposo, beviamoci qualcosa. Al diavolo il libro e chi l'ha scritto. Aspetta, dice Schultz. Ancora un poco. Voglio vedere che succede adesso.

Ringraziai il cielo per avermi mandato Betty e per averla trovata disposta, da un lato ad alleviare l'intollerabile desiderio che mi tormentava da giorni, dall'altro a darmi notizie di Nina. Infatti compiuta la prima funzione passò alla seconda. Mi disse subito che Nina era scomparsa e che, essendo contemporaneamente a lei scomparso anch'io, tutti credevano che fosse fuggita con me. Fielding mi aveva condannato a morte e i suoi uomini mi stavano dando la caccia. Mi stava di nuovo dando la caccia anche la polizia alla quale Fielding aveva fatto pervenire la soffiata che l'uccisore del doganiere Jeremy Trenthan, scomparso subito dopo il duello, aveva trovato rifugio presso capitan Viruela ed era stato assunto alla "Taverna del Doge Loredan" dove, per qualche settimana, aveva suonato il clavicembalo. Viruela era stato interrogato a lungo sia da Fielding che dalla polizia e sarebbe sicuramente stato ucciso dall'uno o messo in prigione dall'altra se non avesse avuto l'accortezza di rinnegarmi, di mostrarsi infuriato e scandalizzato per gli orribili crimini che avevo commesso e se non avesse giurato di avermi cacciato in malo modo non appena scoperto quale serpente velenoso si era portato in casa. Ah, Viruela, Viruela! Fui felice di sapere che era riuscito a cavarsela senza tradirmi. Perché, nessuno essendo venuto a cercarmi a casa di Supplice, era chiaro che il capitano non mi aveva tradito così come era chiaro che sistemandomi presso il borsaiolo sordomuto e analfabeta aveva voluto premunirsi contro il pericolo di una delazione. Viruela aveva continuato a proteggermi a distanza e meritava tutta la mia gratitudine. Come me la cavai con Betty? Me la cavai con la dignità di sempre, con la consueta franchezza. Del resto quello che c'era stato fra noi non l'aveva tratta in inganno. Ci sono dei personaggi che meriterebbero di più dalla vita ma che, non so, il destino ha relegato in ruoli secondari di mediatori, tramiti, messaggeri, go between fra l'uno e l'altro dei ruoli principali. Betty sapeva di essere uno di questi personaggi e non pretendeva di avere una parte diversa. In ogni modo Betty non aveva idea di dove Nina fosse finita.

Vado a fare quattro passi. L'inquilino costringe Schultz a interrompere la lettura. Sono stufo. Schultz alza lo sguardo su di lui. Fuori? No, non fuori. Qui, su e giù per la casa. Mi è anche venuta fame. Anche a me, dice Schultz. Posa il libro, cambia posizione e mette i piedi a terra. Che ore sono? Sono le due e quarantacinque, l'ora in cui finiva il suo turno di guardia sul "Ramona". Vuoi che faccia quattro spaghetti?, domanda l'altro. Schultz riporta lo sguardo su di lui senza rispondere. Non guardarmi con quell'aria da Timeo Danaos, dice l'altro. Li vuoi o non li vuoi? Ma sì, fa Schultz alzandosi e sgranchendo il lungo corpo. Anche se, aggiunge, tutta questa gentilezza non mi piace. Sono sicuro che nasconde qualche cosa. Io nascondo sempre qualche cosa, risponde l'altro. Il guaio è che non sempre so che cosa sia. Come li vuoi? Al pomodoro o all'aglio e olio? All'aglio e olio, dice Schultz. Ti chiamo quando è pronto, dice Paso Doble uscendo dalla camera. Schultz muove qualche passo per la stanza, sposta la tenda che copre la finestra e guarda fuori. Al di là dei vetri, al di là del canale che scorre sotto, le case di fronte quasi non si vedono tranne per la linea bianca della neve che ne rivela i tetti. Ha ripetuto quasi senza accorgersene il primo gesto da lei fatto appena entrata in quella camera. Prima ancora di togliersi il cappotto è andata alla finestra, ne ha scostato la cortina e ha guardato fuori. Nevicava anche allora? No, non nevicava ed era quasi giorno, la città si stava risvegliando. Lui con le mani in tasca, le spalle appoggiate alla porta chiusa, la guarda. In barba ai sorrisi di ironia – di pochi eventuali critici non ha mai visto una donna così bella. La sua presenza in quella camera gli dà qualcosa che assomiglia molto a una ontologica certezza. Non ha commesso un solo errore da quando l'ha incontrata, è stato, finora, all'altezza del miracolo, non solo ma (forse) non potrà neanche più sbagliare. Lei è venuta, è ancora umida, quella storia cominciata con uno sguardo ha scatenato un desiderio subitaneo incapace di aspettare. Quale che sia la sua altra storia, quella che rimane oscura, non può valere quanto la storia di quello sguardo. Enrichetta. È allora che gli viene in mente il nome di Enrichetta. Lei sussulta e si volta. Perché Enrichetta?, domanda. Schultz sorride senza muoversi. Tutte le donne che si incontrano come io ho incontrato te si chiamano Enrichetta. Ne hai incontrate molte? Qualche volta si chiamano anche Nina, aggiunge adesso Schultz. Ne hai incontrate molte? No, non molte e nessuna in questo modo. Io non so, dice lei, come si chiamano gli uomini che si incontrano come io ho incontrato te. Si chiamano tutti Schultz, dice Schultz. Non possono chiamarsi altro. Nel nome un treno espresso che parte dalla stazione di Zurigo, uno scompartimento vuoto, una donna con un cappotto di cammello. Si chiamano tutti Schultz. Lei si toglie il cappotto e lo appoggia alla poltrona, passa una mano dalle lunghe dita su una collana di perle, non importa se vere o false, che porta attorno al collo e, come invitandolo, ma senza imbarazzo, anzi con un sorriso coraggioso e aperto, guarda verso Schultz, di cui se è stato facile finora improvvisare le battute e dargli garbo e ironia è assai difficile descrivere i movimenti senza correre il rischio di farlo apparire compiaciuto o goffo come appaiono abitualmente compiaciuti e goffi i tipografi editori ex capitani della marina mercantile quando fanno la parte di amorosi. È questo l'unico motivo per cui è rimasto fermo fino ad ora con la schiena a ridosso della porta. Il rischio che corre a muoversi è molto grosso. Non può, come Jacob, affidarsi soltanto al proprio sesso per andarle incontro: personaggio più consapevole e complesso e anche più maturo, proprio nel senso dell'età, gli si chiede altro, magari un gesto da grande attore, una trovata di regia, una sorpresa teatrale... Posso comunque assicurarti, dice ad un tratto Schultz preparandosi il terreno, che anche se ti sembro così svagato e fuori della storia, ho sempre votato per il partito comunista. Ne ero certa, dice lei con gratitudine, ma che ne pensano i Lancieri del Bengala? I Lancieri del Bengala, dice Schultz staccandosi dalla porta e andando verso di lei, i Lancieri del Bengala, ripete, ci hanno uniti e soltanto i Lancieri del Bengala potranno separarci. O forse questa frase sarebbe stato meglio che la dicesse lei? Lei, comunque, com'è giusto, non ride, questa volta non deve ridere, ridono troppo queste donne, neanche lei ha commesso finora un solo sbaglio tranne forse proprio l'aver riso una volta più del necessario a bordo del 172 guidato da Renato Levorato e invece di ridere come ci si aspetterebbe fa un cenno con la testa come a dire, no nemmeno loro, nemmeno i Lancieri, poi guardandolo sgancia la collana che tiene al collo, il primo bottone della camicetta e del vestito sotto i quali il suo corpo aspetta. Adesso sono entrambi sul letto, l'uno dentro l'altra e le grida di lei, ma non si possono davvero chiamare grida, come non si possono chiamare, come suggerisce Paso Doble, la Voce della Mona, sono del tutto uguali a quelle uscite molte pagine indietro dal libro di Jacob e il letto è il letto di una locanda settecentesca del ducato di Parma e quello veneto londinese di Nina e attorno un muro un pavimento un materasso di un appartamento parigino del quartiere di Passy e lei è Enrichetta Nina e molte altre e tutte le donne che si incontrano in un certo modo... Gli spaghetti sono in tavola, grida dalla cucina Paso Doble. Schultz si riscuote, ma deve essere un moto impercettibile, esce dalla camera, attraversa il salone adesso illuminato e raggiunge la cucina dove Paso Doble, con un grembiule legato ai fianchi, sta versando su due piatti di spaghetti della salsa al pomodoro. Perché deve essere impercettibile il moto di Schultz quando lo chiama il suo inquilino? Perché non deve poi apparire così romantico né perduto nel ricordo. Non ti avevo detto di farli all'aglio e olio?, domanda Schultz mettendosi a sedere. Non c'è aglio in casa, dice l'altro e, anche se ci fosse li avrei fatti comunque al pomodoro. E perché mai?, ribatte Schultz. Così, per farti un piccolo dispetto. Ho sentito di colpo rinascere l'antica ostilità. Dov'è il formaggio grana?, dice Schultz senza dargli retta. Il grana non mi piace grattugiarlo, risponde l'altro. Detesto il verbo grattugiare, la grattugia come oggetto e la parola stessa. Io gli spaghetti li mangio senza. Se vuoi il formaggio lo grattugi tu. Potevi almeno metterlo in tavola, dice Schultz tornando ad alzarsi. Ah no, non sono il tuo servo, dice l'altro. Se io sono il tuo espediente tu sei il mio. Nessuna condizione di sudditanza da parte mia. Siamo pari. Hum, fa Schultz aprendo il frigorifero e tirandone fuori il formaggio parmigiano e la grattugia (è vero che è una parola orribile), hum, questo è da vedere. Fino ad ora sono io ad avere il sopravvento su di te, sono io che ti determino nonostante il gran daffare che ti dai per rompermi le scatole. L'altro fa una risatina stridula che non si capisce bene che cosa voglia dire. Lentamente arrotola gli spaghetti attorno alla forchetta e se li infila in bocca. Senti questa salsa, dice cominciando a masticare. E che cottura al dente! Roba da Harry's bar. Schultz grattugia (questo verbo è davvero ripugnante) il parmigiano direttamente sopra il piatto, poi si rimette a sedere e attacca a forchettare. La cucina, a parte il grande frigorifero e un paio di termosifoni, è rimasta tale e quale a come doveva essere al tempo dei primi Schultz: c'è ancora il focolare (altra parola orribile), il camino dal quale, agganciata a una catena pende una grossa pentola di rame e appesi alla napa (parola molto bella anche se poco usata e piuttosto dialettale) e tutto attorno ai muri e sopra una grande madia, piatti, pignatte, pentoloni e altri arnesi di rame fra i più belli. Il tavolo è di quercia con zampe poderose, la stufa di ferro, spenta da chissà quanti anni, sembra una locomotiva conservata in un deposito delle ferrovie. La cucina insomma è di quelle che non esistono più se non in vecchie fotografie e nella memoria dei più vecchi. Schultz versa con aria assorta del vino nel suo bicchiere e in quello dell'uomo che gli siede accanto. Fanno proprio una bella coppia. È da vedere, dice Schultz. È da vedere cosa?, domanda l'altro. Si diventa pari soltanto quando ci si divide e ciascuno se ne va per i fatti suoi. Credi che sia possibile?, domanda Paso Doble. Succede, a volte può succedere. A Londra, per esempio, continua Schultz, qualche anno fa ho conosciuto una ragazza di Treviso. O meglio ho incontrato una ragazza di Treviso che conoscevo già. Quale ragazza di Treviso?, domanda l'altro. Io non me la ricordo. Se non te la ricordi sono affari tuoi, dice Schultz. Del resto nella gestione della ditta Schultz non è esattamente la memoria la parte che ti spetta. Eppure ricordo molte cose, dice l'altro, ma proprio non mi viene in mente nessuna ragazza di Treviso. Come si chiamava? Elena. Si chiamava Elena non so cosa, era figlia di un notaio e a Londra ci era andata per imparar l'inglese e anche per sfuggire a una certa situazione personale. Questa ragazza era uno strano caso. A Treviso era balbuziente, una di quelle balbuzie implacabili, senza scampo. Di quelle che, oltre a tutto, fanno anche morir dalle risate. Davvero non me la ricordo, dice l'altro. Bene, quando questa Elena comincia a parlare inglese si accorge che non balbetta più, al contrario, le parole le scorrono via leggere fluide eleganti senza impaccio come se la sua lingua, intesa come organo, non avesse più alcun problema. Continua invece a balbettare in italiano, solo in italiano. E come mai?, domanda l'altro incuriosito. Be', dice Schultz, non dovrebbe essere difficile capirlo per nessuno, te compreso e quindi è inutile spiegarlo. Già, dice Paso Doble, si capisce. La situazione personale, continua Schultz, cui aveva cercato di sfuggire andando a Londra, era un amore infelice per un avvocato di Mogliano. Sai come sono gli avvocati di Mogliano, superbi, pieni di se stessi, dei balbuzienti non vogliono saperne nulla. E questo avvocato, quello di cui Elena è innamorata, non è migliore degli altri. Più di una volta le si è messo a ridere in faccia mentre lei tentava di dirgli qualche cosa. B-B-B-Be lui giù a ridere. Così lei è fuggita a Londra. Ma adesso, a Londra, adesso che sa l'inglese, Elena è diventata un'altra persona, anzi due persone uguali ma distinte per quel tanto che la prima continua a balbettare sia pure solo in italiano, la seconda no, sia pure in inglese solamente. Bene, continua Schultz, la seconda, quella che parla speditamente inglese, ora che si sente sicura di se stessa decide, un po' come il conte di Montecristo, di tornare a casa a vendicarsi dell'avvocato che ha riso di lei; l'altra invece ha paura, non ne vuol sapere, ha trovato a Londra un buon lavoro e anche un bravo ragazzo al quale la sua balbuzie non fa ridere, anzi fa molta tenerezza. Discutono, litigano finché decidono di separarsi per sempre, di andare ciascuna per la propria strada. Una parte, l'altra resta. Mi dicono che adesso si sono sposate tutte e due. Chi lo dice?, domanda l'altro. Oh così, risponde Schultz, una voce che ho sentita in giro... C'è una lunga pausa. Cosa vuoi che ti dica, osserva l'altro. Mi sembra un caso inventato da un surrealista di buona famiglia. Perché di buona famiglia?, domanda Schultz. Ma sì, di chi vorrebbe, si sforza, fa fatica, ma non riesce ad arrivare fino in fondo. Non è il solo caso che conosco. So di un altro caso più complesso. Quello di Scarpa e Scarpis. Una volta erano la stessa persona poi si son divisi. È successo a Buenos Aires, città piena di magie. Ed è un caso molto interessante, per certi versi affascinante, che dovrebbe dar da pensare a molti pensatori. Lo racconto? Ma sì, dice l'altro, se non è una storia lunga. Si alza, prende i piatti vuoti, li mette l'uno sopra l'altro assieme alle forchette e va verso il lavello. Ti ascolto, dice poi aprendo l'acqua. Scarpa, attacca Schultz, ma subito si interrompe. Ti spiace, domanda, se racconto al presente?, mi riesce meglio. Racconta come vuoi, dice l'altro cominciando a lavar la pentola. Scarpa, ricomincia Schultz, è un giovanotto veneziano senza arte né parte, figlio di un postino licenziato dalle poste perché sorpreso ad aprir le lettere degli utenti, non stupido, ma di educazione molto povera, sotto il livello elementare. Il padre o il figlio?, domanda Paso Doble. Il figlio, dice Schultz, anche se non mi risulta che il padre avesse ricevuto una educazione superiore. Dunque il figlio. A mala pena sa leggere e scrivere e sa esprimersi soltanto in dialetto e anche in modo molto grossolano, volgare, rumoroso. Insomma come utente della lingua fa proprio schifo. Ma è un bel ragazzo e ha qualche pretesa di eleganza. Un giorno, non sto ad indagare dove ha trovato i soldi, Scarpa compera un vestito nuovo ed emigra in Argentina. Qui, per una serie di circostanze fortunate viene presto a contatto con un ambiente piuttosto raffinato e impara un castigliano se non perfetto, discreto, accettabile, comunque di livello assai superiore a quello del suo italiano. Hanno tutti a che vedere con le lingue i casi che racconti, dice l'altro che ha finito di lavare i piatti e che ora si sta slacciando la cintura del grembiule. Prima l'inglese, adesso lo spagnolo. È vero, ammette Schultz. Ma sono due lingue egemoni, buona parte di quel che accade da queste parti accade in inglese o in castigliano. Vado avanti? Vai avanti, dice l'altro mettendosi a sedere. Dunque, dopo qualche anno Scarpa si è sistemato bene, importa scarpe dall'Italia, ha messo su un negozio e ha cambiato nome o meglio, perseguendo un progetto globale di raffinamento, ha ritoccato il proprio nome aggiungendovi una S. Adesso si chiama Scarpis. Ha amici nella media e nella grossa borghesia e può agevolmente fingere davanti al pubblico locale di essere un altro, di avere un'altra storia. Evita gli italiani dai quali potrebbe essere smascherato nel momento stesso in cui dovesse aprir la bocca per parlare nella comune lingua, sacrifica il suo modo di essere di una volta in nome di quello nuovo. Ma un giorno, durante un ricevimento all'ambasciata svizzera litiga con un tale, questione di donne pare, non si è mai saputo bene. Durante il litigio Scarpis perde il controllo di se stesso e Scarpa, tenuto buono per tanto tempo, represso, soffocato, ne approfitta per saltar fuori. Il risultato è una scenata disgustosa: parolacce bestemmie maledizioni coinvolgenti madri e morti, la Baia del Re, Castello, Santa Marta, la Giudecca tutta la cultura dei postacci frequentati da Scarpa prima di emigrare si rovescia nei saloni svizzeri davanti a belle signore e a diplomatici. Quando Scarpis se ne accorge è troppo tardi. Lo mettono alla porta assieme a Scarpa e qui, fuori, in strada, il litigio continua, ma adesso tra di loro. Scarpis è così incazzato con Scarpa per la figuraccia che gli ha fatto fare che non vuol più saperne di lui. Lo caccia via. Gli dà un po' di soldi e lo spedisce in Italia. Che si arrangi. Quanto a lui vende il negozio e si trasferisce a Cordoba. Gli è andata bene. Adesso ha una catena di botteghe che attraversa l'Argentina. È diventato miliardario. E questo è quanto, conclude Schultz. Paso Doble si mette a ridere. E l'altro?, domanda, Scarpa?, come è finito? Schultz ci pensa su per un momento. Pare sia a Roma, dice poi. Neanche a lui è andata male. Fa lo scrittore. È uno di quegli scrittori selvaggi sempre incazzati di cui si parla tanto in questi tempi. Leggevo l'altro giorno sul giornale che un regista, non ricordo quale, sta per girare un film ricavato da un suo racconto... L'altro ride ancora. Sì, sì, dice, di buona famiglia ma non privo di talento. Sei tu che dovresti fare lo scrittore. Non so, risponde Schultz alzandosi e sistemando la sedia accanto al tavolo. Non è che mi manchi, diciamo, la materia. Ma non sono sicuro di saperla usare bene... Dove vai?, domanda l'altro. Dove vuoi che vada? Voglio finire il libro questa notte. Si avvia verso la porta. Perché proprio questa notte?, domanda l'altro alzandosi anche lui. Non puoi continuare domattina? Non ho sonno, dice Schultz, non ho sonno e mi diverto. Sono anche curioso di sapere dov'è finita Nina.

Escono dalla cucina e mentre attraversano la casa diretti alla camera da letto torniamo a Berengo brevemente. La luce dell'appartamento in calle degli Avvocati è sempre accesa. L'avvocato è ancora alzato, nel senso che non è ancora andato a letto. Sta ancora facendo quello che lo abbiamo visto fare molte pagine più indietro: siede su una poltrona, si alza, passeggia per la camera, torna a sedere. Principii, idee, forze, pensa. Lo scandalo e la rivolta sono un momento della trasformazione antropologica in atto chissà da quando. Con ciò non si vuol dire, caro Schultz, che essi pervengano davvero a una piena trasparenza e che noi sappiamo se si debba, in ultima analisi, supporre una sola forza o molte forze e quante. Neppure io dimentico me stesso, caro amico. Non posso impunemente rimanere sospeso nell'aria come un palloncino colorato. Roseo sì, ma non tanto ingenuo da non rendermi conto del compito che è proprio a qualsiasi logica obbiettiva. Andiamo, andiamo. Se in un momento di debolezza dovessi, poniamo, commettere degli errori in questo senso, non mi passerebbe nemmeno per la testa l'idea di dare di essi la colpa, diciamo, alla sorella di mia madre o giù di lì per il modo in cui, arrogantemente, sprezzantemente mi trattava quando ero bambino. Occorre dunque una distinzione sistematica delle competenze. Del resto sono certo che entrambi ricordiamo con simpatia sua zia Amelia Schultz che, pur essendo di origine tedesca e portando il suo nome e frequentando le migliori famiglie, possedeva e gestiva, sublime esempio, qui a Venezia, una stalla, anzi l'ultima stalla di Venezia, con una dozzina di vacche, non so quanti maiali e anche un toro. Né potremo mai dimenticare che quella stessa zia, a ottanta anni o giù di lì, andava a fare il bagno nel canale di San Giobbe. Eleganti tuffi dal ponte dei Tre Archi... Tirar fuori una lanterna con cappuccio rosso e mandare un po' di luce negli angoli bui. È questo il punto di cui si dovrebbe discutere con pazienza e dignità qui nel mio studio. Mah... Si alza dalla poltrona, spegne la luce, lascia cadere la vestaglia e si infila a letto. Adesso la calle degli Avvocati è tutta buia.

Intanto Schultz e Paso Doble rientrano in camera da letto. Ti spiace se metto un po' di musica?, domanda Paso Doble. Niene affatto, dice Schultz, ci stavo pensando anch'io. Ma se hai intenzione di ballare fallo da un'altra parte. L'altro si avvicina allo scaffale della libreria dove è sistemato il giradischi. Accanto, chiusi ciascuno nella propria custodia di cartone e appoggiati l'uno all'altro ci sono dischi a centinaia, un intero universo musicale addormentato. Dopo il telefono e la televisione, dice l'inquilino, è il disco che più mi sgomenta di tutte le diavolerie moderne. Già, dice Schultz, riprendendo il proprio posto sul letto, la schiena un po' sollevata, le spalle appoggiate al cuscino. Dove sono i sigari? Io li ho lasciati lì, dice l'altro tirando fuori dalla fila un disco doppio ricoperto da una elegante copertina. Schultz si guarda attorno. Sì, dice, sono qui; e allunga una mano verso il pacchetto che sta sul pavimento accanto al letto. Cosa metti?, domanda poi. *La Stravaganza*, dice l'altro, concerti consacrati a Sua Eccellenza il signor Vettor Delfino, nobile veneto, da don Antonio Vivaldi musico di violino e maestro dé concerti del Pio Ospitale della Pietà di Venetia, opera quarta. Chi fosse questo Vettor Delfino non ne ho idea. Vivaldi ne parla come di un eccellentissimo. Senti qua. Apre la custodia e legge alcune righe della prefazione: «Eccellenza, è costumanza quando si ardisce presentare al pubblico il frutto del proprio lavoro, raccomandarlo a un personaggio illustre affinché questi sia l'usbergo contro le malignità dei malevolenti e la severità malintenzionata dei critici. Ma quale difesa più sicura potrei augurare ai miei lavori di quella offerta da Sua Eccellenza? Dopo aver dato la prova più inconfutabile delle vostre qualità davvero incontestabili in qualsiasi campo, avete manifestato una competenza senza alcun dubbio suprema nell'ambito della musica...». Eccetera, eccetera. Dopo di ciò, aggiunge estraendo il disco dalla custodia e sistemandolo sul giradischi, uno si aspetta chissà cosa da questo Vettor Delfino. Invece niente. Mai più sentito nominare. Ma forse, conclude dopo una breve pausa, è colpa mia. So, dice Schultz, di un Pietro Delfino musico e poeta che attorno alla fine del '600 compose una serenata a Paolina Mocenigo, bella donna, e dedicò tributi canori a Francesco Morosini. Vettor non lo conosco.

La musica comincia a uscire festosa, frettolosa, come un prigioniero liberato. Quello che mi sorprende, dice l'altro, è che questa cosa nera, piatta, fragile e anche brutta da vedere possa contenere due ore di concerto scritto più di duecentocinquant'anni fa e tutta la storia, la fatica, i mal di testa, le ore di insonnia passate a studiare del violinista Piero Toso e degli altri solisti veneti... Già, ripete Schultz dal letto. Ora non più, aggiunge, ma per molto tempo i dischi a me hanno dato un senso di colpa e di rimorso. L'altro gli lancia uno sguardo incuriosito. Colpa? Ma sì. Da bambino mi divertivo a tirarli nel canale così come si fa con le pietre piatte, per vederli slittare sull'acqua, fare grandi balzi, slittare ancora e poi andare a picco o infrangersi contro i primi ostacoli. Chissà quanti violinisti, suonatori di trombone, direttori d'orchestra, cantanti, interi cori ho fatto affogare in questo modo. Vere e proprie stragi. L'acqua che entra attraverso le falle e invade gli spazi nascosti dentro i dischi, gli orchestrali che cercano di mettere in mare le scialuppe, S.O.S. lanciati da ogni parte e poi, rottami di violini e pianoforti che salgono alla superficie. Il naufragio del Titanic. Schultz riprende il libro in mano. Di qui, conclude prima di ricominciare a leggere, il senso di colpa e il pentimento.

Betty non aveva idea di dove Nina fosse finita né sapeva dove poter trovare sue notizie. Nina era scomparsa assieme a tutta la sua roba la notte delle metafore e non aveva lasciato traccia alle sue spalle. Aveva lasciato soltanto un grande vuoto adesso occupato da quelle risate sguaiate che dalla sala della taverna arrivavano fino alla camera di Betty, da quei segni di abbandono e di disordine. Mi sentivo di nuovo confuso, sperduto, incapace di prendere una decisione. Ma provavo anche un sentimento di sollievo. Da ciò che avevo saputo potevo ricavare almeno una certezza: Nina non se ne era andata con Fielding perché, se Fielding, come Betty aveva detto, era convinto che fosse fuggita con me e aveva ordinato ai suoi uomini di cercarmi, era chiaro che anche lui l'aveva perduta. Pensavo anche che se fossi riuscito a mettermi in contatto con Viruela sarei forse venuto a sapere qualche cosa. Lei forse, pensavo, prima di sparire aveva mandato a Viruela un messaggio pregandolo di avvisarmi, di aspettarla o di raggiungerla in qualche posto, una lettera forse che il capitano non mi aveva ancora fatto pervenire per non esporsi al rischio di mettere le spie di Fielding sulla mia strada. Certo, pensavo, doveva essere così. Capitan Viruela doveva sapere qualcosa. Nina non mi avrebbe mai abbandonato senza dir nulla, bastava saper interpretare il vuoto e il silenzio rimasti dopo la sua partenza per ritrovare il filo che conduceva fino a lei. E chi poteva interpretarli meglio di me che ero il suo amante quel silenzio e quel vuoto? Feci per uscire dalla camera di Betty ma lei me lo impedì, pianse, implorò, si inginocchiò davanti a me pregandomi di non muovermi. Uscire sarebbe stato troppo rischioso anche a quell'ora. Qualcuno poteva vedermi, riconoscermi, avvisare gli uomini di Fielding, potevo essere ammazzato come un cane. A cercare notizie ci avrebbe pensato lei. Sarebbe andata lei da Viruela. Oh, non importava, disse, il dolore che lei provava al vedermi invaghito a tal punto di Nina da rischiare la vita per ritrovarla. Non importava che io avessi tenuto il suo corpo fra le mie braccia soltanto perché un altro corpo mi era negato. Quello che aveva avuto le sarebbe bastato per una vita intera. Si rivestì in fretta e uscì dalla camera e poi dalla taverna cercando di non dare nell'occhio. Rimasi solo con i miei pensieri ma non starò a raccontarli.

No, meglio di no, si sorprende ora a pensare Schultz infilandosi bruscamente nel racconto, meglio se inventi qualcosa di nuovo, così vediamo un po' di azione, un amante di Betty, ad esempio, andrebbe bene, un giovanotto che entra in camera di lei durante la sua assenza e invece trova te, un mozzo da stalla geloso come un toro che cerca di incornarti...

Posso dire soltanto che, per un momento, sentendo dei passi dietro la porta, dei passi che non potevano essere quelli di Betty uscita da troppo poco tempo per essere già di ritorno, per un momento, ripeto, temetti che fosse un amante di Betty e mi chiesi che cosa sarebbe accaduto se avesse trovato me al posto della ragazza.

Peccato, pensa Schultz ancora imbrigliato tra le righe, un romanzo picaresco o libertino non dovrebbe lasciarsi sfuggire un'occasione come questa, un marito tradito o uno stalliere infuriato che irrompe nella camera mentre, lontano, nella sala della taverna, un assassino di professione si diverte a torturare malamente il clavicembalo di Jacob... Intanto un tenue contrappunto di violini ed archi scivola fuori dagli scaffali della libreria, si insinua nei pensieri di Schultz, si sovrappone alla sua lettura. Forse bisognerebbe seguirla la musica che si sruota dentro al disco, parlarne di tanto in tanto, finché non esali l'ultima nota e come un fantasma ducale non rientri nel luogo dove è sepolta. Ma *La Stravaganza* è troppo lunga, dura un paio di ore e la musica non accetta di diventar parola (almeno in questa sede) senza rischiare risultati comici. Si suggerisce quindi a chi si risenta del fatto che in questa sede non si possa in realtà ascoltare una sola nota del concerto di Vivaldi, di canticchiarne di tanto in tanto il tema o di mettere il disco sul proprio giradischi e di fare del concerto, fino a che finisce, il sottofondo musicale della lettura. Quanto a Schultz è un altro e più fantasioso il problema che ora si pone: chissà, domanda, se questa musica arriva fino al mondo chiuso in questo libro, alla cella di prigione, alle strade londinesi lungo le quali Betty sta correndo, chissà se penetra dentro queste pagine, come l'acqua nei dischi che buttava nel canale, o se queste pagine la aspirano, la succhiano, si imbevono di lei...

Ma Betty non aveva amanti o se li aveva non c'era stato alcun accordo tra loro per quella notte. Ritornò dopo un'ora dalla casa di Viruela portandomi la tremenda notizia che il capitano non aveva ricevuto alcun messaggio da Nina. Il che significava che Nina, andandosene, non aveva sentito il bisogno di mettersi in contatto con me... Viruela mi mandava però a dire di fare ritorno al più presto a casa di Supplice dove lui mi avrebbe aspettato. La sorveglianza di Fielding e della polizia si era allentata e adesso il capitano sentiva di potermi raggiungere senza pericolo. Betty mi aprì la strada fino al solito abbaino che era diventato il mio ingresso personale alla "Taverna del Doge Loredan", il buco attraverso il quale raggiungevo il centro del mio universo e me ne allontanavo. Abbracciai Betty e accarezzai il suo viso. Entrambi sapevamo che non ci saremmo più rivisti, che ci stavamo guardando per l'ultima volta. Potrà sembrar strano ma il mio amore dolente per Nina non mi impediva di avere un nodo alla gola anche per Betty. Ben altri nodi però, aggrovigliati fili invisibili, mi soffocavano. Uscii dall'abbaino senza voltarmi indietro e ripresi a saltare da un tetto all'altro in direzione della casa di Supplice. Ero già a metà strada quando, ad un tratto, i miei sensi di zingaro percepirono un frullo d'ali e un muto richiamo. Ehi! Mi fermai, mi guardai attorno. Sulle prime non vidi nulla di diverso dal consueto, deserto paesaggio di tetti, ma poi quando il richiamo si ripeté vidi calare sopra un camino due grossi neri uccelli nei quali riconobbi senza fatica Dick e Severino, gli alati nemici di Fielding.

«Cosa fai in giro a quest'ora?» chiese Dick.

«La sto cercando» risposi.

Severino si mise a ridere. «È poco probabile che la trovi da queste parti.»

Gli raccontai brevemente tutto quello che era successo dall'ultima volta che ci eravamo visti omettendo quei particolari che, a mio avviso, erano per loro privi di importanza. Mi ascoltarono in silenzio, facendo di tanto in tanto un moto con il capo l'uno in direzione dell'altro e scambiandosi occhiate sulla cui natura non ci si poteva ingannare. Si divertivano un mondo. Ebbi l'impressione che sapessero qualcosa che io ignoravo e, sperando che la loro naturale benevolenza nei miei confronti li aiutasse ad essere del tutto sinceri, volli subito accertarmene.

«Sapete dov'è?» chiesi con il cuore in gola.

Severino gorgogliò una risatina. «Certo che sappiamo dov'è.»

«E dov'è?» quasi gridai.

«A bordo della "Muchacha de Asturias", un brigantino spagnolo diretto ad Amsterdam.» Amsterdam!, gridai. Ma nessun suono uscì dalla mia bocca: la parola era esplosa dentro di me prima di raggiungere il suo naturale canale di scarico riempiendomi di schegge di vetro. Provai un orribile dolore alla testa e mi sentii barcollare.

«Calma, calma» disse Dick. «Amsterdam non è poi così lontana.»

«E che cosa ci va a fare ad Amsterdam?» balbettai.

«Ah, questo non lo sappiamo» disse Severino.

«È una bella città,» precisò Dick «piena di canali. Ci siamo stati un paio di volte. Assomiglia a Venezia, dicono.»

Venezia! E subito anche questo nome esplose, le punte della V andarono a conficcarsi in qualche parte del mio cervello, la Z ruotò come una falce o come un boomerang tagliente nel mio spazio interno. Mi venne subito in mente Bertotto e potei udire, come lontani rintocchi di campane, i suoi maledetti colpi di martello. Mi sembrò di capire che cosa Nina era andata a fare ad Amsterdam. Stanca di Fielding e di me, stava tornando a casa. Stava tornando a Venezia e Amsterdam era la sua prima tappa. I corvi, in certo modo, me ne diedero conferma.

«Ha anche venduto la taverna.»

Ah! Così quel senso di definitivo, finito, passato, perduto e lontano che avevo provato guardando la camera di Nina svuotata da tutte le cose di lei trovava adesso un brutale riscontro. «A chi l'ha venduta?» mi sentii domandare, una domanda inutile dettata dall'inerzia e dalla confusione in cui ero caduto più che da una reale curiosità perché non mi avrebbe certo aiutato sapere il nome del nuovo proprietario della taverna...

«A un napoletano,» disse Severino «un pittore. Un certo Enzo, grande bevitore e grande amatore, molto noto per essersi portato a letto, nonostante l'età non più giovanissima, le più belle signore di Londra... Ne prenderà la gestione fra pochi giorni. Ma ancora non lo sa nessuno. Nina lo ha pregato di dare la notizia almeno due settimane dopo la sua partenza...»

Mi ritrovai seduto sul tetto con le spalle appoggiate al camino, i due corvi immobili accanto a me.

«E di me,» chiesi incongruamente «di me che cosa sapete?»

Si scambiarono uno sguardo sorpreso. «Non più di quanto ne sappia tu stesso» disse Severino.

«Voglio dire,» continuai «sapete se lei ha tentato di mettersi in contatto con me?» Ma conoscevo già la risposta.

«Se vuoi un consiglio,» disse gravemente Dick che dei due era quello che mi dimostrava più simpatia e che non faceva gran uso di battute ironiche «corrile appresso. Quella donna è una festa della carne. Perderla è un delitto. Oh, certo, ci sarà più di qualche mascalzone che ti dirà di dimenticarla. Ma tu non badargli. Non seguire mai un consiglio così infame.»

Disse molte cose Dick, ma soprattutto una cosa, disse, che mi colpì, mi commosse e mi ridiede le forze che avevo perduto.

«Ho il più grande rispetto per la passione,» disse «se ne vede così poca in giro di questi tempi... E se non si fa qualcosa se ne impadronirà qualcuno che non la merita.»

Mi alzai, improvvisamente rinfrancato da quell'aiuto morale. Avevo preso una decisione. Avrei trovato il modo di seguire Nina e di raggiungerla ovunque andasse. La passione che avevo per lei legittimava quel progetto. Se il centro della mia vita si era spostato a bordo di una nave mi sarei spostato anch'io nella stessa direzione. Dick e Severino mi scortarono volando in cerchio fino alla casa di Supplice e fu lì davanti a quell'altro abbaino che ci salutammo con la promessa di mantenerci in contatto. A trovarmi ci avrebbero pensato loro. Guardai i due corvi spiccare un volo rettilineo e li seguii fino a dove il mio sguardo poteva seguirli. Poi scesi nelle stanze di Supplice dove Viruela mi stava aspettando. Ci abbracciammo come padre e figlio perché tali, più o meno, eravamo diventati. Abbracciai anche Supplice perché non rimanesse male – mi ero reso conto che aveva bisogno di affetto – e gli dissi qualcosa che non ricordo, qualcosa cui lui rispose con i suoi soliti suoni incomprensibili. Poi raccontai a Viruela quello che avevo saputo e poiché lui non mi fece domande non fu necessario che gli rivelassi la fonte delle mie informazioni. Gli dissi che avevo deciso di lasciare l'Inghilterra e di raggiungere al più presto Amsterdam dove mi sarei messo sulle tracce di Nina. Mi sembrò sollevato. Per me e forse anche per lui. Andandomene, non solo mi sottraevo a un doppio pericolo, quello di essere scoperto dalla polizia e di cadere nelle mani di Fielding, – ma anche dispensavo Viruela da una responsabilità che pareva diventare ogni giorno più gravosa. Trovare una nave che mi portasse in Olanda non era un problema per lui. E infatti, pochi giorni dopo, rivestito di tutto punto come un passeggero qualsiasi, munito di documenti falsi e con una borsa gonfia di ghinee che Viruela aveva ad ogni costo voluto prestarmi, a fondo perduto, mi ritrovai a bordo dell'"Admiral Benbow", uno sloop inglese che sulla scia ormai dispersa della "Muchacha de Asturias" era diretto ad Amsterdam. Nessun evento di rilievo accadde durante la navigazione a parte lo strano modo in cui la vissi: c'era un buon vento di poppa che manteneva le vele gonfie giorno e notte ma l'"Admiral Benbow" filava come mai avevo visto sloop filare e in certo modo così deciso che lo stesso capitano, un certo Casey, un gallese, ne era assai sorpreso. Voglio dire: la forza del vento era sì, notevole, ma non sembrava tale da spiegare la spavalda speditezza con cui il veliero procedeva. Un mattino, ero sul ponte e stavo guardando il mare, scoprii le ragioni di quel fenomeno. In questo modo: un marinaio mi passò davanti casualmente portando un secchio d'acqua quando si trovò, d'un tratto, sollevato ad una altezza di almeno due piedi dalla plancia e subito dopo scaraventato attraverso il ponte come se una potente corrente d'aria l'avesse preso e spinto in malo modo. Il secchio finì in mare e colui che lo portava slittò sul tavolato umido e si fermò a ridosso di una grossa gomena arrotolata. Mi resi così conto per la prima volta, ma ebbi più tardi altre conferme, e del resto non potevano esserci per quel fenomeno altre spiegazioni, che dal mio corpo usciva un vento portentoso, molto più forte di quello naturale e che era quel vento, che ero io insomma, assieme alla mia ansia, alla mia fretta di arrivare, ad aumentare di chissà quanti nodi la velocità dello sloop. Fatta questa scoperta mi spostai a poppa e vi rimasi per quasi tutto il tempo della traversata dirigendo il mio vento sulle vele ma evitando nello stesso tempo di dare nell'occhio per non dover fornire spiegazioni imbarazzanti. Arrivammo ad Amsterdam con grande anticipo sul previsto e attraccammo a un molo in mezzo ad altre navi fra le quali, il cuore mi balzò in gola quando lo vidi, alto di scafo snello e asciutto, elegante per alberatura, c'era il brigantino spagnolo "Muchacha de Asturias". Meno di un'ora dopo, depositati i miei bagagli in una locanda del porto – avevo portato con me poca roba agevolmente contenuta in una sacca da marinaio – salivo sulla "Muchacha" e chiedevo di parlare con il capitano per una ragione di comune interesse. Non che mi aspettassi di trovare Nina ancora a bordo del brigantino, ma speravo che, ove fossi riuscito a guadagnarmi in qualche modo la sua simpatia, il capitano spagnolo mi desse qualche utile informazione sulla bella passeggera che aveva portato da Londra, che mi dicesse, non so, con quale mezzo si era allontanata dalla nave, in quale locanda era scesa. Mi pareva infatti da escludere che Nina appena messo piede ad Amsterdam non vi si fosse fermata se non altro per ammirarne le bellezze e avesse invece proseguito subito il viaggio verso il sud. Dovetti aspettare un bel po' prima che il capitano comparisse. Soffriva, mi fu spiegato, non senza una punta di divertita cattiveria da parte dei marinai cui mi ero rivolto, di ascaride, un parassita intestinale cattivissimo con conseguenti frequentissime evacuazioni morbose di materia fecale che lo costringevano a passare buona parte delle giornate seduto sul bugliolo della sua cabina. Naturalmente, avrei potuto chiedere a un marinaio qualsiasi le informazioni di cui avevo bisogno, ma mi trattenne la certezza che la presenza di Nina sulla nave avesse acceso e sconvolto i sensi dell'equipaggio e anche, lo confesso, la paura che quegli uomini rozzi sboccati, cui era familiare soltanto l'abbraccio delle prostitute, pronunciassero nei confronti di Nina parole di cui mi sarei sentito obbligato a farli pentire amaramente.

Fu, credo, soltanto il mio aspetto di gentiluomo che impedì al capitano – Vicente Aleman, così si chiamava l'uomo a capo della "Muchacha de Asturias" – di buttarmi giù dalla nave per averlo costretto a lasciare il suo bugliolo. Era molto irritato, ma più irritata era sua madre, una vecchia megera dall'occhio brulasco e dalla carnagione scura come quella dei mori che, a giudicare da quel che mi fu dato capire nei pochi minuti passati assieme, seguiva il figlio in tutti i suoi viaggi e aveva su di lui una influenza nefasta. Avrà avuto ottant'anni e il figlio, un uomo alto ma curvo e sciupato, tormentato da quell'esercito di parassiti che passeggiava per il suo intestino, non pareva molto più giovane di lei. Entrambi si erano subito resi conto che l'interesse comune cui avevo incautamente accennato era una millanteria e adesso avevano l'aria di chiedersi perché mai dovessero rispondere alle mie domande senza avere in cambio alcunché. Dovetti separarmi di un po' del denaro che mi aveva dato Viruela, qualche preziosa ghinea, di cui la vecchia si impadronì strappandomele dalla mano con un colpo di artiglio. Ma ebbi l'informazione che volevo. Sì, Nina aveva viaggiato a bordo della "Muchacha". Era, naturalmente, sbarcata lo stesso giorno in cui la nave aveva ammainato le vele nel porto di Amsterdam. No, non sapevano dove fosse andata, ma speravano che non si facesse più vedere. Averla a bordo, disse la vecchia, era stata una esperienza infernale. Mai si erano visti nella storia della marina mercantile spagnola marinai così infoiati come quelli che avevano viaggiato da Londra all'Olanda a bordo del brigantino. Mai sotto le vesti dei marinai si erano visti gonfiori così tremendi, oscene tumescenze, strani movimenti serpeggianti come se ogni marinaio portasse nelle braghe un grosso rettile. E lei rideva la scostumata incantatrice di serpenti! Non rimasi ad ascoltare la vecchia per paura – lo confesso – di sapere da lei qualcosa che mi avrebbe fatto soffrire più di quanto già non stessi soffrendo. Scesi dal brigantino e cominciai la ricerca. Non mi fu difficile ritrovare le sue tracce. Qualcuno mi indicò un portuale, un certo Yas, che aveva preso i bagagli di una bellissima signora appena sbarcata dal brigantino spagnolo e l'aveva accompagnata alla locanda della "Vecchia Borsa". Era un omaccione che se ne stava seduto tristemente in cima a una pila di casse, la grande testa ripiegata sul collo, le gambe penzoloni. Lui, mi dissero, poteva sicuramente darmi notizie più precise sulla passeggera ma non era consigliabile andargliele a chiedere. E perché mai?, domandai. Da qualche giorno, spiegarono, Yas per molti versi un portuale assai stimato, non aveva più la testa a posto. Era sconvolto. Sconvolto? Ma sì. La locanda della "Vecchia Borsa" non era lontana dal porto e per raggiungerla Yas e la donna avevano camminato a fianco per non più di dieci minuti eppure quei dieci minuti erano bastati perché il portuale si innamorasse perdutamente di lei, si dicesse pronto ad abbandonare moglie e figli e le proponesse di fuggire con lui all'isola di Giava dove aveva vissuto da ragazzo e la vita era gaia e felice. L'invito era stato, naturalmente, declinato e Yas, tornato al porto dopo aver lasciato la donna alla locanda, era dignitosamente salito sulla pila di casse e non ne era più disceso. Ammetto volentieri che non me la sentii di affrontarlo sia perché avevo paura di una sua reazione violenta – anche in quella posizione di stilita e con la testa ciondoloni aveva un'aria minacciosa – sia perché non trovavo necessario dare spazio a un altro personaggio minore. Il fatto che avesse portato i bagagli di Nina per pochi minuti e avesse perduto la testa per lei non gli dava diritto di cittadinanza in questa storia già fin troppo affollata. Del resto le indicazioni che mi erano state date sembravano sufficienti a ritrovare il filo di Nina nel labirinto europeo. La locanda della "Vecchia Borsa" era in via Warmaes, una strada non lontana dal porto, quieta e alberata, affacciata su uno dei più bei canali di Amsterdam. La raggiunsi in pochi minuti correndo sull'acciottolato come se Nina mi stesse aspettando ed io non volessi arrivare in ritardo. Ma Nina alla "Vecchia Borsa" non c'era. Il locandiere mi disse che la signora sbarcata dal brigantino spagnolo aveva passato alla locanda una sola notte e il giorno successivo al suo arrivo aveva noleggiato una carrozza con quattro cavalli e un cocchiere ed era partita per chissà dove. Che devo dire? Benché pochi minuti prima il cuore mi battesse forte e anticipasse l'incontro con Nina immaginando la sorpresa di lei al vedermi, le parole con cui mi avrebbe accolto e quello che io le avrei risposto, non posso dire di essere rimasto sorpreso al sapere che Nina non c'era. Sotto sotto sentivo che non l'avrei trovata. E non soltanto perché non c'era alcuna ragione al mondo perché lei dovesse fermarsi ad Amsterdam – l'idea che potesse essersi fermata per ammirarne le bellezze mi appariva adesso ridicola – ma anche e forse soprattutto, perché vivevo una situazione romanzesca e in nessun romanzo l'oggetto di una ricerca, sia esso il Graal, un tesoro o una donna, è così sprovveduto da farsi trovare facilmente. Nei romanzi è l'oggetto a guidare l'azione del soggetto, è la preda a condurre l'azione del cacciatore, è il tesoro che disegna la mappa del luogo dove è sepolto, è il galeone spagnolo navigante sul mar delle Antille a calamitare i pirati e io, entrato da poco in quel meccanismo romanzesco non potevo pretendere di essere già così presto in condizione di uscirne. Ed è un fatto che non soltanto nel romanzo ma forse anche nella vita il vero soggetto non è colui che agisce, ma l'apparente oggetto dell'azione, quel qualcosa che manca, che non si sa dove sia, che si tiene nascosta o che forse addirittura non c'è. Vere o false che fossero queste erano le considerazioni che facevo mentre mi allontanavo dalla "Vecchia Borsa" e mi avviavo verso l'albergo dove avevo preso alloggio. Che cosa avrei fatto adesso? In quale direzione avrei ripreso l'inseguimento di Nina? L'ipotesi che avesse lasciato l'Inghilterra per tornare a Venezia mi pareva, fra le tante possibili, la più probabile. Ma era soltanto una ipotesi e nulla escludeva che se io, affidandomi ad essa avessi preso la direzione del sud, scendendo di paese in paese fino alla laguna veneziana, mi sarei potuto trovare, al termine di un lungo viaggio, ancora più lontano da lei di quanto fossi mai stato. Sentivo il bisogno di parlare con qualcuno, sentivo il bisogno di un consiglio, di una parola affettuosa e amichevole, ma gli unici amici che avevo, Viruela Dick e Severino, erano in Inghilterra ed ogni contatto con loro mi era impossibile. Entrai nella mia camera e tirai fuori dal mio bagaglio una grande mappa d'Europa che avevo fatto comperare prima della partenza. Rimasi a guardarla fino a restarne confuso. Tutte le città, i paesi, i villaggi, le strade, i fiumi, i laghi e i paralleli e i meridiani segnati sulla carta e il nord e il sud e l'est e l'ovest mi sembravano altrettante possibili scelte, costituivano l'immenso quadrante di una bussola il cui ago magnetico fosse stato strappato. La carrozza di Nina correva in qualche punto di quella carta, ma dove? Mi sedetti sperduto sul letto e nell'atto stesso di sedere, divenendo all'improvviso consapevole del pesante gonfiore che avevo tra le gambe mi resi conto che, forse, la bussola non era poi del tutto sprovvista dell'ago.

Seppi d'un tratto che cosa avrei fatto. Mi alzai di nuovo e mi scoprii e quel che uscì fuori come un fantoccio da una scatola a sorpresa, oscillò come incerto sulla carta, ondulò, vibrò, poi si stabilizzò in una posizione precisa. Guardai in che direzione puntava. Puntava verso sud-est. Puntava verso Venezia e non, ne ero certo, casualmente, ma perché aveva in qualche modo riconosciuto la direzione presa dall'oggetto del suo desiderio e me la stava perentoriamente indicando. Mi ricoprii, ripiegai la carta e la infilai in una tasca della giacca. La mia decisione era presa. L'indomani prendevo posto in una carrozza diretta a Utrecht, prima tappa del mio viaggio verso Venezia. So che a questo punto secondo le norme che regolano certi racconti come quello di cui sono protagonista dovrei soffermarmi a parlare del mio viaggio verso il sud che durò parecchie settimane e che fu interrotto più volte da incidenti non trascurabili: ad esempio l'incontro prima di Bonn con un gruppo di soldati disertori (di non so esattamente quale esercito perché ero diventato indifferente ad ogni vicenda che non fosse la mia) che attaccarono la carrozza di posta per svaligiarne i passeggeri e che io misi in fuga sparando a bruciapelo due colpi con un paio di pistole regalatemi da Viruela guadagnandomi la stima e l'ammirazione dei miei compagni di viaggio, in special modo di un certo cavaliere Valmaran che mi propose di associarmi a lui nello sfruttamento di acque minerali trovate da poco in una sua proprietà; qualche sciocchezza priva di conseguenze commessa sull'erba o nell'intimità dei fienili con un paio di contadinelle incontrate nella campagna di Colonia; la grande febbre che mi prese a Friburgo dove dovetti sostare qualche giorno nella locanda dei "Tre Cavalieri", amorevolmente curato dalle figlie del padrone che per la premura e l'interesse nei miei confronti mi ricordarono le figlie di Brian lo stalliere di mio padre. Molte altre cose accaddero e non tutte banalità d'epoca immeritevoli di essere ricordate. Ma non starò a raccontarle se non, come ho fatto, brevemente, per non disperdere la tensione che mi porta verso il sud. Di tanto in tanto, durante le soste fra una tappa e l'altra, nelle stazioni di posta o negli alberghi, tiravo fuori la carta d'Europa e verificavo con il mio ago magnetico se Nina stesse sempre procedendo nella stessa direzione. E poiché, invariabilmente, l'ago a differenza da quello di una bussola vera che punta verso il nord, continuava a puntare verso il sud non ebbi mai occasione di dubitare della mia rotta. Ritrovai le tracce di Nina a Zurigo. Avevo trovato un alloggio molto confortevole alla "Spada", un celebre albergo e stazione di posta che esisteva dal quindicesimo secolo e che si vantava di avere ospitato in passato personaggi famosi quali Wolfgang Amadeus Mozart e Goethe. Scoprii che aveva ospitato anche Nina Manfrin vedova Binelli perché sentii parlare di lei nella hall dove, seduti su divani di cuoio, stavano alcuni gentiluomini inglesi eleganti e di bell'aspetto. Fra questi riconobbi un amico di mio padre, sir Francis Frazer, un uomo sulla quarantina molto ricco che aveva viaggiato in tutto il mondo e che aveva fama di fatuo e di libertino. Poiché non avevo alcuna intenzione di farmi vedere da lui stavo per ritirarmi nell'ombra quando colsi qualcuna delle sue parole. Stava parlando di una splendida signora partita quella stessa mattina con la vettura postale diretta a Lugano. Sicuramente italiana, diceva, o cresciuta nelle colonie portoghesi o spagnole. L'aveva incontrata sulle scale ed era rimasto a bocca aperta a guardarla. Si era tolto il cappello e lei gli aveva sorriso. Mi fermai con il cuore in tumulto. Mi appoggiai a una colonna e rimasi immobile ad ascoltare. Quello che avevo sentito non era sufficiente perché potessi riconoscere Nina, ma qualcosa mi diceva che si trattava di lei, che lei era stata lì e che se soltanto fossi arrivato un giorno prima sarebbe magari capitata a me la ventura di salire le scale mentre lei le stava scendendo. Che occasione perduta! C'erano, diceva intanto sir Francis con fatua retorica, delle bocche sorridenti che avevano il potere di inghiottire il cuore di coloro cui il sorriso era rivolto ed egli, neppure adesso sapeva esattamente se si trovava tutto intero nella hall della "Spada" o se qualche cosa di lui, trangugiato da quella bocca, se ne stava andando sulla carrozza postale verso Lugano. I suoi compagni ridevano. Certo che se lei fosse rimasta o se lui avesse avuto la presenza di spirito di offrirle i suoi servigi e di seguirla non avrebbe perduto, come invece doveva amaramente riconoscere, l'occasione di consumare e dimenticare un'esperienza che ora gli appariva indimenticabile proprio perché non era stata consumata. Forse stava invecchiando. Invece di salire subito anche lui sulla carrozza per Lugano e di lasciare magari i suoi bagagli alla "Spada" e di ritornare a prenderli quando tutto fosse stato concluso, aveva esitato troppo a lungo e quando, finalmente, si era deciso a fare qualcosa e aveva raggiunto il cortile dell'albergo, la carrozza se ne era già andata con a bordo la bella sconosciuta. Addio, addio. Ora il ricordo di tutto quello che sarebbe potuto accadere e non era accaduto lo avrebbe tormentato eternamente. Rimasi nell'ombra per qualche istante, incerto se estrarre la spada e assassinare l'impudente che aveva tradotto in modo così volgare un innocente sorriso di Nina – non avevo più alcun dubbio che si trattasse di lei, anche se, forse avrei dovuto dirlo prima, il suo nome non figurava nell'elenco degli ospiti dell'albergo – o se abbandonare al più presto la "Spada" e mettermi all'inseguimento della vettura postale. Decisi per questa seconda soluzione e senza tener conto del bagaglio che abbandonavo e, soprattutto, senza avere un'idea del mezzo con il quale avrei proseguito il viaggio – per quel che ne sapevo la prossima diligenza per Lugano non sarebbe partita prima di qualche giorno – uscii nel cortile. Era notte. Il cortile era deserto, ma c'erano alcuni cavalli che, legati ad una staccionata probabilmente aspettavano di essere avviati alle stalle. Slegai il cavallo che mi sembrò più robusto, balzai in sella e partii al galoppo. La carrozza postale aveva un'intera giornata di vantaggio su di me, ma presumevo che si sarebbe fermata in qualche posto per la notte e che forse sarei riuscito a raggiungerla. Attraversai Zurigo addormentata ad un galoppo così selvaggio che qualche cittadino risvegliato dal sonno dovette probabilmente pensare al passaggio di un corriere governativo o del messaggero di qualche lontano monarca. Infilai una strada che seguiva il fiume Lymatt e presi la direzione del sud. Galoppai tutta la notte rallentando l'andatura soltanto quando, attraversando un villaggio, mi guardavo attorno per vedere se la carrozza postale era ferma davanti a qualche albergo. Ma venne l'alba e poi il giorno senza che trovassi alcun segno del suo passaggio. Il cavallo, che durante le prime ore di galoppo mi era sembrato avere cuore e garretti d'acciaio, aveva cominciato a dare da qualche tempo segni di stanchezza: sudava, tossiva, tremava, soffi stremati e sternuti uscivano dalle sue narici. Ma finalmente la vidi: in fondo alla grande vallata di Klausen, una ventina di miglia dopo Bremen, dove presumibilmente aveva passato la notte, la carrozza postale con il suo carico prezioso correva verso le montagne. Lanciai un grido di giubilo e spronai il cavallo per l'ultima...

Anche se è già arrivato da un pezzo alla stazione di Venezia e magari è già ripartito per altri viaggi e con altri passeggeri che non hanno niente a che vedere con la memoria di Schultz, l'espresso da Zurigo ricompare, come prima, con tutte le sue luci accese, correndo adesso per la campagna svizzera. Che dentro il treno sia notte e fuori giorno non importa. Schultz siede accanto alla donna dal cappotto di cammello e guarda, al di là del finestrino, un uomo a cavallo che, emerso dal secolo passato, galoppa affiancato al treno. Oh Dio, oh Dio, dice Paso Doble, fra poco non avrai più dubbi: non la chiamerai più la donna dal cappotto di cammello, ma anche tu, la chiamerai Nina. Schultz gli lancia un breve sguardo. Non era quello che volevi? Lì, in fondo, nel segreto della tua inquieta cameretta? Che ne so io di quello che volevo?, risponde l'altro. Voglio questo e quello a seconda delle circostanze. Un continuo trasloco sotterraneo. Fa una pausa, poi aggiunge: ci sono altri passeggeri nella carrozza che Jacob sta inseguendo? Si capisce, dice Schultz, ci sono io, qui e lì contemporaneamente, a bordo del treno e della diligenza. Nina ed io, perduti, ciascuno nello sguardo dell'altro, innamorati. Dopo tutto sono un bel ragazzo anche se un poco stagionato. Faccio la mia figura anche in abiti ottocento. Le dirai che c'è qualcuno che la insegue? Oh lei lo sa, ma non ha alcuna intenzione di fermarsi. Ha voltato, come si dice, le spalle al suo passato, a Fielding a Jacob, alla "Taverna del Doge Loredan". E comincia una nuova vita assieme a me. L'altro ride amaro. Già, dice, si è visto quanto è durata. E chi ha detto che sia mai finita?, domanda Schultz. Sta riprendendo adesso dentro questo libro. Si alza abbassa un poco il finestrino e guarda fuori. Cavallo e cavaliere stanno ora arretrando come risucchiati dal vento che turbina attorno al treno, sono sempre più lontani, svaniscono nel secolo passato.

Vado a prendere un Ansiolin, dice Paso Doble alzandosi. Ce ne sono in casa? Schultz leva lo sguardo su di lui. Non so, dice, ce ne dovrebbero essere, ma non so dove. Dovrai cercarli. Comincia a saltarmi la gamba sinistra, continua l'altro, come la rana di Galvani. Colpa del fumo e dell'ora tarda. Continua pure la lettura o, se preferisci, da' inizio a una delle tue preziose pause narrative. Capiterebbe d'altra parte al momento giusto. Apre la porta ed esce dalla camera. Entracte. E subito il telefono, strumento imprevedibile si sveglia di colpo con un trillo. Schultz allunga il braccio verso l'inginocchiatoio.

«Sono io.» La voce di suo padre esce dal filo prima che Schultz abbia portato all'orecchio la cornetta. Ha l'ansia e l'energia di un uccello liberato da una gabbia.

«Qualunque cosa stia facendo» dice «sospendila e preparati a una rivelazione clamorosa.»

«Ah,» dice Schultz «le rivelazioni clamorose mi trovano sempre disponibile, purché siano davvero clamorose.»

«Questa dovrebbe essere di tuo gusto» dice il vecchio.

«Di che si tratta?»

«Ho capito perché prima sono caduto a terra.»

«Tutto qua?» domanda Schultz. «Non mi pareva un episodio così misterioso da doverne cercar le cause.»

«Oh sì,» dice il vecchio «invece sì.»

All'altro capo del filo nella sola stanza dalla luce accesa della palazzina rossa sulla curva del canale del Gafaro, nome di antica famiglia veneziana da tempo estinta, il vecchio è steso su un letto più o meno nella stessa posizione in cui si trova Schultz. Anche lui è ancora vestito perché è difficile immaginare un personaggio come il suo con indosso un pigiama, una camicia da notte o una vestaglia. Certo, non ha più il cappotto; forse neanche la giacca ma indossa ancora pantaloni, camicia e panciotto, gli stessi che indossava prima.

Quanto alla stanza è, naturalmente, una camera da letto ampia ma raccolta, con pochi mobili essenziali, una poltrona, un armadio, una scrivania. Non importa sapere che cosa abbia fatto il vecchio dal momento in cui è arrivato a casa fino ad ora. Poiché deve comparire a questo punto, che la sua comparsa sia, almeno un poco, romanzesca.

«Oh sì» ripete compiaciuto. Poi cambiando tono aggiunge: «Qualcuno voleva che ci incontrassimo... Qualcuno... sì... per questo mi hanno tenuto steso a terra fino al tuo arrivo...».

«Qualcuno?» domanda Schultz. «Qualcuno chi?»

«Chi? Non lo so, questo non lo so... Non pretendere troppo da me come il tuo solito... Certo che non sapevo che tu stessi leggendo un siffatto libro.» «Di che diavolo stai parlando?» grida quasi Schultz «mi sembri matto.»

«Oh sì, matto... una parola! Ci ho pensato da allora fino adesso.»

«Hai pensato a cosa?»

«Alla tua storia. Al libro che stai leggendo. Al sospetto di cui mi parlavi che il libro in certo modo ti riguardi... Ah, certi libri sono come il demonio. Non si sa di che cosa siano fatti. Mi ascolti?»

«Sì, ti ascolto» dice Schultz incerto se prendere sul serio il discorso di suo padre ma comunque interessato dalla strana piega che sta prendendo.

«Ho una mia teoria al riguardo. Tu lo sai, lo sai bene, non è tanto l'irrazionale che mi interessa, quanto il poco chiaro, l'oscuro, il misterioso, tutto quello che la ragione ha trascurato, avvilito, combattuto, mortificato, deposto e chi più ne ha più ne metta, nella sua stridula, sì stridula, non mi viene in mente altra parola, lotta contro, chiamiamole così, le ipotesi che non possono essere verificate, ma che tuttavia restano lì le ipotesi» urla quasi rabbiosamente il vecchio «nascoste per secoli in qualche giungla della mente a sparare a sinistra e a destra come quei soldati giapponesi che continuavano a combattere nella giungla delle isole del Pacifico, anche molti anni dopo la fine della guerra...»

«Ma dimmi un po',» lo interruppe Schultz «ti sembrano cose da dire al telefono a quest'ora della notte?»

«Sempre meglio che capitarti in casa, no?» risponde il vecchio. «Non dirmi che stavi dormendo.»

«No, sto leggendo.»

«Ah, vedi? Stai ancora leggendo e allora sospendi la lettura e ascolta questa storia. Poi ricavane tu le conclusioni che ti sembrano più opportune. Ti ho mai parlato del conte Bonvecchiati?»

«Chi?» domanda Schultz.

«Il conte Bonvecchiati,» ripete il vecchio «un mio amico... Perché c'è una cosa che voglio dirti... Quello che ti sta accadendo ha un precedente, non lo stesso identico fenomeno, ma qualcosa di analogo. Ascolta...»

Schultz sospira sommerso da quella scarica verbale.

«Cercherò» dice il vecchio «di raccontare questa storia con estrema dignità, sì, è questa la parola, dignità. Questo mio amico, sarà stato sulla sessantina allora, parlo di quarant'anni fa, quando io invece ero sui quaranta, era uno di quegli uomini che sembrano avere sessant'anni anche quando ne hanno trenta... Insomma era nato fisicamente vecchio. Grande di statura, ma molle e un po' curvo, con le guance gonfie, sempre con il panciotto e con un cappello a tese larghe, estate e inverno, pesante, qualcosa fra il doge e il patriarca, pigro, come lo sono abitualmente i vecchi, il conte Bonvecchiati, forse per il fatto di essere appunto nato vecchio, non aveva preso, con l'età, quella tristezza, quella bile, quel rancore che sono tipici dei vecchi. Sai i vecchi come sono. Al contrario. Era gioviale, simpatico, amato da tutti. Non ricco, ma dotato di una piccola rendita che gli consentiva di vivere discretamente, non aveva mai fatto niente in vita sua tranne leggere un libro dietro l'altro e suonare il pianoforte. Passava le giornate al caffè Florian con un libro in mano, dentro o fuori secondo la temperatura, ed è a lui che si attribuisce quella famosa battuta veneziana, sai quella che dice: "Xé le dò, ora che gavemo bevuo el café vien le quatro, par le sete semo a casa". Non era affatto vero che alle sette andasse a casa dove, del resto, non lo aspettava nessuno – c'era stata sì una governante di cento e passa anni che lui, rovesciando i ruoli, aveva amorevolmente curato per molti anni ma in quell'epoca era già morta – non andava a casa, dicevo, perché a quell'ora cominciava un suo giro per le osterie e i bacari dove prendeva un folpeto qua, una canocia là, quattro garusoli, un bicchier di vino da una parte, un altro da una altra, passando da Poggi a Biasini, da Tiozzo a Memi e così via. Se il papà di Baffi non fosse ridotto com'è ridotto dovrebbe ricordarselo ancora perché in quella epoca era cameriere da Biasini. Mi senti bene? Verso le dieci o le dieci e mezza di ogni sera il conte Bonvecchiati andava a prendere il caffè da Rosita, allora la tenutaria del bordello omonimo, di cui era amico e consigliere, così come era amico consigliere e padre spirituale delle signorine ospiti. Non credo avesse nei loro confronti alcun interesse sessuale. Ma questo comunque non ha importanza. Era un cuoco straordinario e qualche volta si divertiva a far da mangiare nelle trattorie che frequentava, anche quella che frequenti tu, "Ai Senza Famiglia", quando Fulvia era ancora viva, indimenticabili baccalà mantecati, risotti di bevarazze e seppie, canocie, canestrelli... Ti racconto tutto questo perché tu ti faccia un'idea di quel che il conte Bonvecchiati era: un uomo in armonia con l'universo se mai ve ne fu uno. Eppure quest'uomo lo aspettava una tragedia misteriosa. Sta' a sentire. No, aspetta. Ti pare che racconti con quella dignità chc mi ero proposto?»

«Ma sì, ma sì,» dice Schultz «lascia perdere la dignità.»

«No, dignità deve essere» risponde il vecchio «perché mi rendo conto che questo racconto, con tutte le implicazioni che comporta è, come dire?, assai rischioso. Ma andiamo avanti. Un giorno, no anzi, una sera, stavo lavorando giù nello studio sul canale, Bonvecchiati arriva. Ha la solita aria dogale, ma è un po' perplesso... Si mette a sedere, non apre bocca per qualche minuto, magari si accende un sigaro, non so, ha qualche colpo di tosse, insomma fa due o tre cosette che mi lasciano capire un certo imbarazzo, una certa reticenza: la visita di quella sera non è una delle sue solite visite, ma nasconde qualche cosa...»

«Papà,» lo interrompe Schultz «perché mi racconti tutto questo? Non possiamo parlarne domani?»

«No, maledizione, aspetta,» grida il vecchio «può essere importante... Sono ore che ci penso.»

«E io» dice Schultz «ho la testa che sembra il teatro "La Fenice". Piena di personaggi. E tutti parlano. Tutti vogliono dir la loro.»

«Bene,» dice con forza il padre «voglio dire anch'io la mia. Cosa vuoi che conti un personaggio in più?»

Schultz sospira un'altra volta.

«E nota» continua il vecchio «che non mi avvalgo del fatto di essere tuo padre.»

«Va bene allora, vai avanti.»

«Dunque gli domando che cosa abbia» riprende il vecchio inesorabile «e lui mi racconta, con molta dignità, con la stessa dignità con cui cerco di raccontarla io, questa storia. Pochi giorni prima, ti ho già detto che era un insaziabile lettore, il conte aveva letto un libro o un racconto di cui ora non ricordo il titolo, un libro o un racconto di un autore di cui non ricordo il nome. Era comunque uno spagnolo, chiamiamolo Martinez. Ti va bene Martinez?»

«No,» dice Schultz «Martinez non mi piace. Chiamiamolo Contreras.»

«Come vuoi» dice il vecchio. «Bene, il libro di questo Contreras, benché ambientato in Spagna, aveva per protagonista un uomo sulla sessantina, grande, gonfio, un po' curvo, un nobile che non aveva mai fatto niente in vita sua tranne leggere libri e suonare il pianoforte. Quest'uomo passava le giornate al caffè, non so quale caffè di Madrid, poi la sera si spostava da una trattoria all'altra, qualche volta si fermava in questa o in quest'altra trattoria a dare una mano ai cuochi, suonava il pianoforte nei locali e finiva le serate nei bordelli. Insomma quell'uomo, quello spagnolo era l'immagine speculare del conte Bonvecchiati...»

Il vecchio si interrompe nuovamente, tace, dall'altra parte del filo aspetta che Schultz dica qualche cosa. Ma Schultz non dice nulla. Nina, pensa, la donna dal cappotto di cammello, Jacob, Viruela e Fielding e ora anche il conte Bonvecchiati, nome abbastanza buono ma non quanto gli altri incontrati quella notte, Contreras e il nobile spagnolo.

«Dunque,» riprende il vecchio «il conte legge il libro e ne rimane fortemente scosso. Certo lo colpisce la scoperta che un tale, uno scrittore straniero che non conosce e che non lo conosce, abbia potuto scrivere una storia così eguale alla sua, inventare un personaggio nel quale lui, a tanti chilometri di distanza, può specchiarsi. Ma lo turba anche un'altra cosa: la sua vita, così oggettivata, vista allo specchio, letta nel racconto di un altro, la sua vita così quieta, così imperturbabile è del tutto assurda. È la sua vita imperturbabile e priva di angosce che è assurda, capisci?, forse più del fatto angoscioso che possa essere raccontata dalla mano di uno sconosciuto. Dice che da quando ha letto il libro non è più lo stesso uomo. Se prima di quella storica lettura non si era mai posto troppe domande su se stesso, adesso è come inchiodato a una specie di continuo interrogatorio poliziesco, chi sei?, che cosa hai fatto e dove eri negli ultimi sessant'anni? Ma ciò che, soprattutto, lo tormenta è di non essersi mai accorto del mistero, di non essersi mai accorto che siamo misteriosamente sospesi nello spazio e di aver guardato il cielo per tanti anni senza mai soffrire di vertigini...»

C'è un'altra interruzione. Al di là del filo si sente come in rauca attesa il respiro del vecchio. «Mi spiego?» riprende poi la voce. «Il conte scopre che le vertigini e non le serate ai bacari, i casini, i risotti e il pianoforte dovrebbero essere la sua vera condizione... E, dunque, dopo aver parlato con me, voglio dire, dopo avermi raccontato questa storia il conte mi dice che ha preso una decisione. Vuol andare a Madrid a cercare Contreras, vuol conoscere Contreras, vuol capire attraverso quali misteriosi procedimenti creativi Contreras abbia potuto inventare quel nobile spagnolo a lui gemello in tutto. Io che faccio un po' la parte della ragionevolezza mi dimostro un po' perplesso, gli dico, be' vediamo, sarà un caso, una coincidenza e altre banalità del genere. Ma il conte è deciso. Mi offro allora di accompagnarlo e lui accetta di buon grado, anzi confessa che lo scopo della sua visita era proprio quello di chiedermi di partir con lui. Partiamo e qualche giorno dopo siamo a Madrid nell'ufficio dell'editore che ha pubblicato il libro di Contreras. Bonvecchiati gli chiede di metterlo in contatto con l'autore. Sono, dice, il conte Bonvecchiati, nobile veneziano, eccetera, eccetera. L'editore prende il telefono, chiama Contreras e dice qui c'è il conte tal dei tali che vuol vederla. Silenzio. L'editore ascolta quello che Contreras gli dice e di tanto in tanto lancia un'occhiata perplessa al conte. Poi mette giù il telefono e fa un gesto di rammarico. Mi dispiace, dice, ma il signor Contreras non vuol vederla. Come non vuol vedermi? Il conte che è seduto balza in piedi. Non vuole vederla, ripete l'editore. Ma perché?, insiste il conte incerto se sentirsi più umiliato o più sorpreso. Non mi ha dato spiegazioni, dice l'altro. È un uomo molto strano e io non posso farci nulla. La prego, signor conte, di lasciarmi in pace che ho da fare. Ce ne andiamo. Il conte è avvilito, perplesso, spaventato e anche profondamente irritato perché ha fatto un lungo viaggio e questo qui, adesso, non vuol vederlo. Ma ha anche la sensazione di essere entrato in un mistero ancora più grande. Ed è comunque deciso ad andare fino in fondo. Si presenterà a casa di Contreras e lo obbligherà a riceverlo. È stato Contreras ad entrare per primo nella sua vita e ora deve assumersene le responsabilità. Riesce in qualche modo ad averne l'indirizzo ed ecco un giorno batte alla porta dello scrittore.»

C'è un'altra breve pausa. «Quanto vuoi scommettere» domanda poi il vecchio con una strana nota allegra della voce «che non riesci a immaginare quello che succede adesso?»

«Non mi ci provo neanche,» dice Schultz «vai avanti.»

«Gli apre una donna,» riprende la voce al di là del filo «una bella donna dall'aspetto fine e triste, la moglie di Contreras. Ha aperto la porta senza alcuna esitazione come davanti al postino o al lattaio, ma appena vede il conte diventa pallida, un tremito la prende, è chiaro che ha paura. Mi chiamo Bonvecchiati. Il conte comincia a presentarsi ma lei lo blocca: vada via, dice, vada via, per favore, lasci la Spagna per il suo bene. Vada via subito. Il conte non capisce, prega la donna di lasciarlo entrare, spinge la porta ma lei gliela sbatte in faccia. Vada via, vada via, si sente singhiozzare dalla casa, vicino alla porta dapprima, poi più lontano, sempre più lontano come se la donna fosse sprofondata in un abisso... Bonvecchiati se ne va, la testa bassa, il passo ancora più del solito, pesante. Torna in albergo preoccupato e impaurito, ma anche come dire?, eccitato da quel che sta accadendo e più che mai deciso a non fermarsi. C'è una seduzione in quel mistero, un fascino, un incantesimo e lui vuole sapere di che si tratta. Perché non vogliono riceverlo? Perché gli chiudono la porta in faccia? Adesso non ricordo se il mio amico torna alla carica per telefono o se si presenta di nuovo in casa di Contreras per esserne respinto un'altra volta. Ha comunque lasciato l'albergo e ha preso in affitto un appartamento proprio di fronte alla casa dove lo scrittore vive, una villetta bianca con un gran giardino dietro. Dalle sue finestre il conte spia la casa mattina e sera. Perché lo faccia è chiaro. Vuol scoprire, magari sorprendendoli in se stesso, i legami segreti, misteriosi che lo uniscono a quell'uomo che non ha mai visto e che non lo ha mai visto. Vuol trovare i canali sotterranei, magari pieni di topi e scarafaggi, che permettono la comunicazione fra lui e lo scrittore, il buco oscuro da cui lo scrittore rapina la sua vita. Una sera la porta di casa Contreras si apre e il conte vede uscirne la moglie di Contreras assieme a un uomo anziano che non può essere che lui, Contreras. Hanno una valigia in mano per ciascuno... Il conte non perde un minuto. Scende di corsa le scale balbettando, finalmente, finalmente, è lui, devo parlargli, ma quando arriva giù Contreras e la moglie sono già lontani, a bordo di un taxi che è venuto a prenderli... Adesso il conte è lì, davanti alla casa che sa essere deserta. E si sente irresistibilmente invitato a entrare. Dalla casa viene una forza che lo chiama. È sera. Un fanale illumina la strada e la figura del conte fermo. In men che non si dica si decide. Ritrova in sé una agilità che non ha mai avuto, scavalca il muro del giardino e scivola giù nel territorio proibito e magico. Forza una porta ed entra in casa di Contreras, a tentoni cerca lo studio, accende una luce qua una luce là e trova quel che lo sta chiamando, la ragione per cui è entrato in quella casa. Sulla scrivania c'è un dattiloscritto. È un nuovo libro, un nuovo racconto di Contreras. Il conte si mette a leggerlo...»

«Tutto?» si sorprende a domandare Schultz. «Ci vogliono ore per...»

«Tutto o in parte non lo so,» lo interrompe bruscamente il vecchio «abbastanza comunque per capire di che si tratta. Legge e un grido gli esce dalle labbra. Resta come impietrito mentre le pagine gli scivolano dalle mani e si spargono sul pavimento...»

C'è un'altra pausa compiaciuta come se il vecchio stesse assaporando la tensione e la suspense del suo racconto. Poi la voce prosegue: «Be', forse a questo punto avrai già capito che cosa è successo al conte, il perché di tutto questo. Il conte si è ritrovato anche in quel nuovo racconto di Contreras, in quelle pagine cadute a terra c'è di nuovo lui, il misterioso specchio nel quale ha visto riflessa la sua vita ne sta riflettendo adesso anche l'ultimo capitolo».

«Oh Dio!» dice Schultz in mancanza di una esclamazione più robusta.

«Il protagonista del racconto è infatti un tale che

legge un libro, vi si riconosce, decide di cercar l'autore, parte, lo cerca, lo rintraccia, ma questi si rifiuta di vederlo, la moglie dell'autore si spaventa e gli chiude la porta in faccia perché lo ha riconosciuto come una creatura del marito, ma lui non si arrende, deciso ad andare fino in fondo finisce per entrare come un ladro nella casa vuota dell'autore, esattamente come ha fatto il conte e adesso sono tutti e due lì, un personaggio e una persona in carne ed ossa, entrambi prigionieri di quel che Contreras ha scritto e destinati a fare la fine che Contreras ha loro risevato...»

«Morire?» domanda Schultz.

«Morire» ripete il padre «come cani. Uccisi a colpi di pistola da due guardie, due guardiani notturni delle città spagnole, due serenos che scambiandoli per ladri gli scaricano le loro pistole addosso. Nella schiena. Come cani... Ah, grida il conte, che io fino ad ora, da sempre, abbia vissuto dentro un libro? Che la mia vita sia solo una serie di segni su una pagina? Che io non abbia mai avuto una vita mia, che non possa avere neanche una morte mia? Cose del genere. E a questo punto si incazza. Non ha voglia di morire. Quell'avventura non gli pare più tanto seducente, quel mistero è una gran troiata. Non gliene frega più niente del mistero e vorrebbe tornare al Florian, ai bacari, al casino di Rosita. Ma è anche preso dal panico. Deve andar via al più presto. Raccoglie i fogli sparsi del libro che vuol portare con sé, che sente di dover portare con sé come una prova, come una testimonianza che qualcuno fa la pioggia e il bel tempo con la sua vita e la sua morte... Prende a correre attraverso la casa, inciampa, cerca di aprire la porta principale che però è chiusa dall'esterno, ritorna nel giardino, scavalca il muro un'altra volta e va quasi a cadere addosso a due serenos di ronda nella strada... Non so, mi sono sorpreso spesso a pensare a quel che accade nell'istante in cui ci si rende conto che è finita, il tempo si è fermato, la vita ti si schianta addosso, e l'inutile frenata, lo stridio orrendo dei freni che tentano di evitare l'urto... Posso quindi immaginare quel che accade al conte quando con il manoscritto rubato stretto nelle mani si trova davanti ai due serenos. È perduto, finito. Senza scampo. Si fosse trovato di fronte a un magistrato colto, preparato, magari lettore di Cervantes e Unamuno, avrebbe anche potuto raccontargli la sua storia con qualche speranza di essere creduto, ma quei due individui dall'aria dura ispida, felini in uniforme che stanno per saltargli addosso, non sono certamente in grado di prestar fede a ciò che lui potrebbe dirgli su Contreras. Senza contare la figuraccia che farebbe se dovesse raccontargli una storia come questa.»

Il vecchio si interrompe ancora brevemente. «Povero amico mio» riprende poi. «Non gli resta che voltar loro le spalle e scappar via maledicendo il momento in cui ha letto il primo libro di Contreras e ne è rimasto intrappolato. E mentre il conte corre pensando a tutto questo, mentre corre verso quella che era la sua vita prima della lettura di quel libro, verso il Florian, Rosita, il pianoforte, i bacari, i folpeti, le pistole dei due serenos sparano e lo colpiscono alla schiena fulminandolo. Amen.»

Il vecchio sembra essere arrivato trafelato alla fine del racconto. «Ecco,» dice «questo è quanto volevo raccontarti. Capisci che certi libri hanno qualcosa di diabolico e forse quello che tu stai leggendo appartiene a questo genere... Catturano dei destini, li imprigionano...»

«Tu» lo interrompe Schultz «non hai mai messo piede in Spagna in vita tua.»

«Ah, no?» ribatte il padre. «E come fai a saperlo? Avevi cinque o sei anni allora...»

«Sarei venuto a saperlo in qualche modo,» dice Schultz «in casa sarebbe rimasta qualche traccia del tuo viaggio... E poi non ti ho sentito vantarti per decenni di non aver mai voluto metter piede fuori Venezia perché ti consideri un monumento veneziano e i monumenti non viaggiano?»

C'è un silenzio offeso dall'altra parte del filo. «Dove hai trovato un racconto come questo?» domanda Schultz.

«Padrone di considerarlo tale se così ti piace,» dice il vecchio «quel che importa è, comunque, il suo significato. Tutto quello che si scrive esiste da qualche parte... O contemporaneamente alla scrittura o prima o dopo... Per questo a volte si trovano dei libri nei quali ci si identifica così profondamente... La scrittura è un fatto magico o così dovrebbe essere... Chi può escludere che colui che ha scritto quel tuo libro sia scivolato magari in sogno dal secolo passato fino a te catturando quella scheggia di futuro di cui tu fai parte?»

«Io,» dice Schultz «lo escludo io.»

«Perché,» grida il vecchio «è certo che di te non ha visto soltanto l'armadio, ma anche qualche altra cosa, la tua vita forse, il tuo destino...»

«Può darsi,» dice Schultz «ma non me ne importa niente. Accetto la cosa così com'è senza cercare spiegazioni magiche. Non sono un soldato giapponese. E poi sono altre le cose che mi interessano.»

«Ad esempio quali?»

«Comunque,» continua Schultz «il racconto è molto bello. Se lo scrivi te lo pubblico assieme al libro che sto leggendo, assieme voglio dire, non nella stessa collana, ma proprio assieme infilandolo nel punto in cui ho dovuto interrompere la lettura per ascoltarlo... È l'ipotesi che anche questo tuo intervento trovi un suo spazio nel libro che sto leggendo e forse, addirittura, ne faccia parte... l'ipotesi, hum, scusa se di colpo sono diventato così ambizioso, di un romanzo che incorpori tutto ciò che lo circonda, tutto ciò che accade nella sua area, il lettore che lo legge, i suoi pensieri, i suoi ricordi, la sua storia, il telefono che squilla, la musica che suona, la neve che cade, le barche che passano nel canale, l'orologio che segna le ore e molte altre cose ancora, compresa la storia del conte Bonvecchiati.»

«Lieto di esserti stato in qualche modo utile» dice il vecchio e interrompe la comunicazione.

Clic! Anche Schultz ha riabbassato la cornetta e ora prima di riprendere il suo posto sul letto sgranchisce le lunghe braccia! La strana morte del conte Bonvecchiati, pensa. Vero o falso che sia il racconto di suo padre non manca di forza suggestiva. Certo ci sono tanti piccoli misteri nel gran mistero, ma mentre suo padre sembra esserne affascinato e Paso Doble impaurito lui è sempre rimasto freddo. Piacciono troppo alle signore perché lui non abbia qualche sospetto. Se loro hanno ragione meglio avere torto. Se quella è la verità meglio le bugie. Quel che conta è che il telefono abbia suonato mentre lui stava leggendo e che qualcuno, nel caso specifico suo padre, gli abbia raccontato una lunga storia che si insinua fra quella di Jacob e la sua, prende un po' di tempo prima di trovare una collocazione comoda, finché riesce a sistemarsi nel grande spazio della pausa da lei stessa aperta... Perché non considerare la storia di Jacob e la sua, di lui, Schultz e quella di Scarpa e Scarpis e della ragazza di Treviso e la storia arrivata per telefono del conte Bonvecchiati e magari anche altre che potranno presentarsi nel corso della notte, come un tutto unico, come la stessa storia?

Chi era?, domanda Paso Doble rientrando in camera.

Mi è parso di sentire il telefono suonare qualche minuto fa. Schultz rimane soprappensiero per qualche istante. Il conte Bonvecchiati, dice poi. Chi?, domanda l'altro. Il conte Bonvecchiati, ripete Schultz. E chi è? Un amico di mio padre forse mai esistito e comunque morto molto tempo fa. Capisco, dice Paso Doble. E che voleva? Oh niente di importante. Schultz torna a stendersi sul letto. Creare forse una nuova pausa, dice, formulare qualche congettura. Non preoccuparti. È tutto sistemato. E riprende in mano il libro.

Lanciai un grido di giubilo e spronai il cavallo per l'ultima rincorsa e il cavallo sembrò raccogliere tutte le residue energie, cuore e muscoli si dilatarono e si tesero nell'ultimo sforzo, gli zoccoli sul sentiero davano il suono di un meccanismo frenetico, forse troppo frenetico per essere ancora perfetto, finché quando fui a poche decine di metri di distanza dalla carrozza e attraverso il finestrino posteriore potei vedere una testa di donna, la testa di Nina, appoggiata, mi parve, alla spalla di qualcuno che le sedeva vicino e messa in modo che se si fosse soltanto di poco voltata avrebbe potuto vedermi e riconoscermi, qualcosa si ruppe dentro il cavallo, si spezzò con un lungo soffio di agonia, i garretti d'acciaio cedettero e io mi trovai di colpo a terra accanto al corpo sgonfiato dell'animale, vittima di una caduta che poteva cagionarmi la morte. Quando riuscii ad alzarmi della carrozza di nuovo lontana era rimasta soltanto la polvere sollevata dalle ruote. Tentai in tutti i modi di costringere il cavallo a rimettersi in piedi cercando imbarazzato di evitare i suoi occhi che mi guardavano senza capire. Poi, quando mi resi conto che aveva una gamba spezzata e che il suo cuore era scoppiato o stava per scoppiare gli sparai un colpo di pistola e lo uccisi. Ero rimasto appiedato in un paese sconosciuto. Rimasi fermo a lungo a guardare il cavallo che tanto generosamente quanto inutilmente mi aveva portato fin lì e a maledire la sorte che l'aveva fatto crollare proprio nell'istante in cui stavo per concludere il mio inseguimento. Poi mi avviai piano lungo la strada in fondo alla quale si vedeva ancora, ma sempre più lontana, la carrozza. Avevo rinunciato a raggiungerla, avevo anche rinunciato ad arrivare a Lugano prima che Nina ripartisse verso la sua destinazione finale. Ma ormai avevo la certezza che l'avrei ritrovata a Venezia, nella locanda di suo padre, in campo Santa Margherita, da dove era fuggita molti anni prima. Dopo qualche miglio mi sdraiai sotto un albero per prendere un po' di riposo. Mi addormentai subito e sognai un aquilone a forma di cavallo che mi portava al galoppo attraverso il cielo sopra le montagne svizzere e le pianure della Lombardia e un paesaggio che non avevo mai visto e che fermatosi ad un tratto nel buio mi diceva che ero arrivato. Io mi lasciavo scivolare giù lungo il filo che sosteneva l'aquilone, giù giù nel buio senza sapere dove sarei arrivato finché i miei piedi urtavano contro qualcosa di solido e mi venivo a trovare a bordo di una barca di pescatori chiamata

A questo punto il racconto inciampa e sembra cadere, affondare nel bianco di un paio di pagine non stampate. Schultz le sfoglia e dà una rapida occhiata alle pagine in cui la narrazione di Jacob riprende.

Arrivai a Venezia in una fredda alba di mezzo inverno

Ah dunque Jacob è già arrivato, quel che accade dal momento in cui, steso sotto un albero di una vallata svizzera, sogna l'aquilone a forma di cavallo al momento del suo arrivo è lì, nascosto e inespresso sotto quel biancore. Meno male, dice Paso Doble, risparmieremo un po' di tempo. Comincio a essere stufo. E anche lui, Jacob o chi per lui racconta, comincia a dar segni di stanchezza e noia. E perché mai?, domanda Schultz. Be', dice l'altro, ho la sensazione che anche lui abbia una gran fretta di arrivare. Ha paura di cadere in quelle che lui stesso chiama banalità d'epoca, luoghi comuni sette-ottocenteschi. Schultz fa un cenno con la testa. Può darsi, dice, ma io non sono stufo. Anzi non mi va l'idea che il racconto, a questo punto, resti vuoto, mutilato e mi viene una gran voglia di riempirlo. Che sia vero o inventato non importa. Ci sono in una vallata svizzera possibilità infinite. Dimmene una, lo invita Paso Doble, per quel che ne so la Svizzera è il paese più noioso dell'universo intero. Ah, lasciami pensare un poco, dice Schultz con l'aria di infilarsi nel racconto e di stendersi sotto un albero della vallata svizzera al posto di Jacob Flint. Qualcosa comincia a muoversi nel punto dove il racconto si è insabbiato, dei segni compaiono attorno al giovanotto addormentato, suggeriscono nuove linee di sviluppo. Ad esempio, dice Schultz, Jacob sta dormendo e sogna quel che gli pare quando un suono lo sveglia. Sì, dice Paso Doble, il suono di una scoreggia poderosa.

Apre gli occhi, continua Schultz, e si trova davanti a un monaco guercio che lo sta guardando. Il monaco è un gigante sui due metri, si appoggia a un bastone grosso come un tronco, la tonaca che indossa è sudicia e cenciosa. E continua a scoreggiare, aggiunse Paso Doble che sembra seguire un ordine di pensieri tutto suo. È, dice Schultz che pare molto soddisfatto di come la storia si improvvisa e si sviluppa, uno spagnolo, cacciato dal convento di San Sebastián dove ha vissuto molti anni. Si capisce che lo abbiano cacciato, dice Paso Doble, non ne potevano più di sentirlo scoreggiare giorno e notte. Perché è un grande sensuale, precisa Schultz. E adesso, prosegue l'altro, è diretto al Congresso dei Monaci Scoreggioni di Lugano. Perde la testa per ogni donna che gli passa accanto, non è mai riuscito a resistere alle tentazioni, anzi si sente irresistibilmente chiamato al soddisfacimento della carne. Ma poiché è un credente, continua Schultz, ha dato un contenuto religioso alla sua concupiscenza: la donna è per l'uomo la carne degli dei e, naturalmente, viceversa. Che ne dici? Va' a dormire, va' che è tardi, dice Paso Doble. Ma niente affatto, dice Schultz, sono preso da febbre creativa. Ora resta da vedere che cosa voglia esattamente il monaco da Jacob, come si inserisce nella sua storia. Lo uccide, dice l'altro, lo uccide come un cane così non se ne parla più. Certamente no, dice Schultz. A Venezia e anche più in là, ovunque lo porti la strada presa, Jacob deve arrivarci vivo ed essere in grado di raccontare quello che gli è successo. Ecco, ad esempio, può volere una cosa come questa.

Sveglia Jacob bruscamente e gli domanda: «Sei sposato?». Jacob lo guarda stupefatto. Sta ancora sognando l'aquilone e non capisce bene da dove quel matto salti fuori. «Non dirmi che sei sposato» continua il monaco «altrimenti vas a terminar muy mal» mezzo in spagnolo e mezzo in italiano. Jacob fa un cenno negativo con la testa. «No» dice. «Así me gusta» riprende il monaco. «Mi è bastato mirarte per capire che sei el hombre che fa per me. Su, alzati, dobbiamo andare.» Meglio che continui a parlare in italiano, dice Paso Doble, così si evita un po' di confusione. «Dove?» balbetta Jacob. «A un matrimonio» dice il monaco. «E chi si sposa?» «Tu» risponde il monaco. Oh Dio, oh Dio, mormora Paso Doble. Schultz lo guarda soddisfatto.

Come vedi, osserva, questa non è una banalità d'epoca, ma un colpo di scena che va bene per tutte le stagioni. Può darsi, dice l'altro, ma adesso come te la cavi? Perché il monaco vuole che Jacob si sposi e chi è la fortunata? Aspetta, dice Schultz, risolveremo anche questo punto, siamo qui per questo.

Il monaco ha un'amante, una giovinetta svizzera bianca e rossa destinata a ereditare una fortuna da uno zio il giorno in cui si sposa. Il monaco ne è follemente innamorato, ma poiché lo stato sacerdotale al quale non vuole rinunciare non gli permette di sposarla, è alla ricerca di un marito con tutte le carte in regola da esibire agli esecutori del testamento dello zio e da cacciar via, il marito voglio dire, non appena l'eredità sarà finita nelle mani della sposa.

Ah, dice Paso Doble. Il monaco racconta a Jacob la sua storia e gli dice che se accetta di diventar lo sposo della sua amante fino al momento in cui avrà ereditato e si sarà trasferito in Italia o in Francia gli darà tre palle d'oro ricavate da una dozzina di dobloni spagnoli fusi assieme, una subito, le altre due al momento di separarsi dalla sposa. Se invece non accetta gli rompe la testa sull'istante a colpi di bastone.

Capisco, dice l'inquilino, Jacob non ha proprio alternativa. Quello che invece mi rimane oscuro è la storia delle tre palle d'oro. Oh non so, dice Schultz, mi sono venute in mente così, all'improvviso. Ma possiamo anche toglierle di mezzo. Quanto al loro uso tu forse ignori che nel '700 servivano come contraccettivi, i signori di allora le infilavano nella mona delle loro amanti credendo che l'oro avesse una forza repulsiva in grado di impedire la fecondazione. Ma togliamole pure di mezzo e andiamo avanti.

Jacob è costretto ad accettare sia per paura dei colpi di bastone, sia perché quando il monaco gli presenta la sposina la trova di suo gusto e, goloso com'è di carne femminile, nonostante il suo amore per Nina, le mette subito gli occhi addosso. Ha anche la sensazione di non esserle sgradito. Senonché il monaco, geloso come una belva, se ne accorge e dice chiaro e tondo a Jacob che, se tocca la ragazza con un solo dito, lo spezza in due. «Ci siamo capiti?» dice trafiggendolo con il suo monocolo. Jacob dice che ha capito. Il monaco celebra le nozze, firma il contratto matrimoniale e poi tutti e tre assieme vanno a "Bellinzona" dove Jacob e la ragazza si presentano al notaio dello zio come marito e moglie. Cosa che in realtà sono anche se chi li ha sposati non è degno di amministrare sacramenti. La sposa riceve l'eredità, un forziere stipato di zecchini e tutto sembra filar via liscio come l'olio. Ma i guai cominciano tra poco. Il monaco non è salito dal notaio, è rimasto ad aspettare il ritorno degli sposi in una locanda del paese. Ma passano le ore e gli sposi non si vedono. Il monaco è in preda al nervosismo, il suo unico occhio vede da lontano cose spaventose.

Che è successo?, domanda Paso Doble, Jacob è filato via con il forziere e la ragazza?

No, non so, forse non ancora, dice Schultz, ma è scoppiato un furibondo temporale, l'intera Svizzera rimbomba percossa da tuoni e fulmini. Il notaio ha insistito perché Jacob e la sua sposa si fermassero e ha messo a loro disposizione una camera da letto. E qui nella camera da letto, tremanti di paura e desiderio, i due ragazzi cedono al richiamo della natura e cadono l'uno nelle braccia dell'altro. Altro che non toccarla nemmeno con un dito! Il matrimonio è consumato come meglio non si potrebbe consumare un matrimonio. Inoltre la ragazza non ne vuol più sapere di tornare con il monaco, vuol starsene con Jacob, il suo sposo, andarsene con lui.

Bene, dice Paso Doble, così lo metti nei guai più di quanto già non si trovi. Come se la cava adesso? Porta con sé la moglie alla ricerca dell'amante? Schultz fa un gesto con la mano. Non ne ho idea, dice, per ora almeno. Ma qualcosa bisognerà fare se si vogliono riempire i vuoti di questo libro, le pagine che mancano... Metticiti anche tu, dice Paso Doble, e il racconto dura all'infinito. Hum, fa Schultz, è una tentazione molto seria. Un racconto una volta cominciato potrebbe non finire più, incontrare un personaggio dopo l'altro, fare il giro del mondo, incorporare l'universo. E il monaco?, domanda l'altro, confesso che mi incuriosisce la sua sorte.

Oh il monaco, dice Schultz, il monaco ha lasciato la locanda e sotto il temporale si è portato fino alla casa del notaio. Il carro con cui sono arrivati è ancora lì.

Quale carro?, domanda Paso Doble, non hai parlato di carri prima e io mi figuravo ingenuamente che dal notaio fossero andati a piedi.

Ce lo metto adesso il carro, dice Schultz, un vecchio carro contadino di quelli che si vedono in miniatura nei negozi tirolesi di souvenirs. E se il carro è ancora lì vuol dire che gli sposi non se ne sono andati. È notte. Il monaco guarda la casa buia, sferzata dalla pioggia. Ma in alto, in una stanza sotto il tetto, si vede il bagliore di una candela accesa. Il monaco non vede quello che la candela illumina ma può bene immaginarlo: un letto devastato dove si consuma un doppio tradimento. Chiama urla impreca, ma la sua voce viene portata via dal vento, i due sposi amanti non la sentono. Il monaco si guarda attorno. C'è un grosso albero davanti alla casa, un albero di cui nessuno si è accorto prima perché lo sto piantando io in questo stesso istante. I suoi rami arrivano quasi all'altezza della finestra illuminata, sembrano braccia che tentano di entrarvi attratte dalla luce. Il monaco si aggrappa al tronco, si arrampica, scivola, cade a terra, torna ad arrampicarsi; guidato dal furore e dalla gelosia raggiunge il ramo che più si sporge verso la finestra e qui lo lascio appollaiato come un corvo, modesto esempio di quello che può succedere in una vallata svizzera.

E lo lasci lì con quel tèmpaccio?, domanda il suo compagno. Lo tirerò giù più tardi, dice Schultz. Adesso non saprei proprio che cosa farmene. E riprende la lettura.

Arrivai a Venezia, in una fredda alba di mezzo inverno. Non ci furono problemi all'entrata del porto dove gli austriaci cui apparteneva l'antica e gloriosa repubblica tradita da Napoleone avevano un terrificante posto di controllo. Fui scambiato per uno dei pescatori del bragozzo e fortunatamente non mi fu chiesto alcun lasciapassare. Venezia io non l'avevo mai vista ma in qualche modo l'avevo vissuta attraverso i racconti di Nina così che quando vi arrivai i miei sentimenti erano confusi come se non sapessi esattamente se la vedevo per la prima volta o se la rivedevo dopo tanto tempo. Il bragozzo mantenne le vele alzate fino all'ingresso di quello che i veneziani chiamano il Canal Grande, poi le ammainò e, spinto soltanto dai remi, continuò la sua strada fino al mercato del pesce che, stranamente, si trovava dentro sotto e attorno al porticato di un grande palazzo sussiegoso e patrizio. Le grida dei venditori che proclamavano la bontà della loro merce non erano diverse dalle grida che qualche volta avevo sentito venire dal mercato di Billinsgate né erano diverse da quelle inglesi le donnette infagottate che si muovevano fra gli archi del palazzo. Con i pochi soldi che mi erano rimasti pagai i pescatori per il passaggio che mi avevano dato poi mi feci indicare la strada per Santa

Margherita e mi infilai nel labirinto veneziano. Che intrico mio Dio! Che mitico orientale pasticcio! Adesso ero certo che non l'avevo mai vista Venezia! Non era una città, ma una immensa flotta di galeoni di marmo che fossero andati a incagliarsi sui fondali della laguna o che nella laguna avessero deciso di fermarsi per sempre senza più riprendere alcuna rotta... Non mi fu facile trovare la strada per il campo Santa Margherita in mezzo a quel cimitero di navi. Mi ci portò, dopo che mi fui smarrito varie volte, un ragazzetto di undici o dodici anni che, riconoscendo in me uno straniero cui forse non era difficile strappare qualche moneta, mi aveva offerto i suoi servigi. Dico che mi ci portò ma non è esatto. Perché in realtà la mia guida mi lasciò ai piedi di un ponte chiamato San Pantalon (mi batté forte il cuore quando mi resi conto che mi trovavo nello stesso quartiere dove il calzolaio Bertotto aveva la sua bottega) al di là del quale, all'estremità di una strada che seguiva il fianco di una chiesa si apriva il grande campo dove Nina era cresciuta. Oltre il ponte il ragazzetto non volle andare. Strane cose, mi disse, succedevano da qualche giorno dall'altra parte. Strane cose?, chiesi. Sì, disse, strane cose. Le fognature dell'intero quartiere dovevano essersi ingorgate e l'aria era diventata irrespirabile. Pantegane grosse come gatti se non addirittura come cani erano state viste strisciare per il campo o risalire come flottiglie di navi nemiche i canali vicini. Molta gente che abitava nella zona se ne era andata a vivere presso parenti in altre contrade della città e anche in campagna in attesa che l'amministrazione cittadina facesse qualcosa per liberare la zona da quel terribile fetore. Ma nulla finora era stato fatto. Correva voce che il magistrato alle Acque, cui assieme al Provveditore alla Sanità, spettava la soluzione del caso, intendesse creare un cordone sanitario attorno al campo per evitare il pericolo di pestilenze. Quanto a lui, il bambino voglio dire, non vi aveva più messo piede da quando suo fratello maggiore, garzone d'osteria, era stato morso da una delle bestie di cui sopra. No, non mi avrebbe accompagnato al di là del ponte, mi ringraziava per quello che sicuramente gli avrei dato per essersi messo ai miei servigi e mi augurava buona fortuna. Avrei dovuto capirlo subito e invece non lo capii. Attraversai il ponte e mi avviai verso il campo ma via via che mi avvicinavo a quella che da due mesi era la mia meta e cominciavo ad avvertire l'odore di cui il ragazzo mi aveva parlato, saliva, non saprei dire esattamente da dove, una sensazione prima vaga poi sempre più precisa, che quell'odore mi fosse familiare e che fosse legato a terribili esperienze. Ma non mi accadde di pensare a Fielding fino a quando non entrai nel campo e non vidi le metafore. Perché erano loro, non potevano che essere loro quegli animali immondi in parte ammucchiati attorno a un pozzo, in parte sparsi per il campo deserto che apparvero all'improvviso ai miei occhi. L'orrore che avevo provato alla "Taverna del Doge Loredan" quando le avevo viste per la prima volta non era neppure alla lontana paragonabile a quello che provavo ora perché se la prima volta era stata la scoperta della loro esistenza ad atterrirmi, adesso ciò che mi pietrificava era la paura che il ritrovarle in modo così inaspettato e a tanta distanza dalla loro sede potesse avere un solo significato: Fielding era a Venezia, vi era arrivato prima di me, era lì, nella "Locanda Manfrin" di Santa Margherita, teneva forse di nuovo tra le sue braccia la vedova Binelli. Per qualche istante la mia mente cessò di funzionare. Poi amari, spinosi pensieri la invasero. Ah, come doveva essere cambiato il mondo se un uomo come Fielding cui un tempo non sarebbe stato neppure concesso di posare lo sguardo su una donna come Nina non era disposto a rinunciare a lei neanche dopo esserne stato rifiutato! Adesso anche i mostri reclamavano diritti di proprietà sulla bellezza e mobilitavano tutte le loro lordure per strapparla alle mani di chi era stato scelto dalla natura a goderla! Nessuno più voleva restare al posto riservatogli dal destino, Jeremy Trenthan si sentiva insultato soltanto perché il figlio di uno squire si portava a letto sua moglie – che avesse sfidato il rivale e ne fosse rimasto ucciso non dimostrava necessariamente che l'antico equilibrio non fosse stato sconvolto – Fielding approfittava del suo potere e della sua miseria per restare ostinatamente attaccato a ciò che non era fatto per lui e che comunque gli sfuggiva. Confusi pensieri, amare proteste, ma mi mancò il tempo di seguirli perché mi sentii afferrare dalle mani robuste di due uomini comparsimi all'improvviso accanto, due volti inglesi, nei quali riconobbi facilmente i volti degli scherani di Fielding. Mi sollevarono senza dire una parola e mi trascinarono di peso verso la porta aperta di un edificio sul lato sinistro del campo, sul quale potei vedere di sfuggita l'insegna della "Locanda Manfrin". Ero arrivato, anche se in modo diverso dal previsto. Non opposi resistenza perché sarebbe stato inutile e anche perché, via via che mi avvicinavo a quella porta e l'odore di Fielding si faceva più acuto, venivo preso da un senso di nausea che mi toglieva le forze. Un paio di minuti più tardi senza che mi fosse dato vedere alcunché della casa di Nina mi trovavo in una camera della locanda davanti a Fielding. Era seduto su una poltrona, aveva una metafora addormentata sulle ginocchia e la stava accarezzando. Appoggiato allo schienale della poltrona il bastone assassino sembrava guardarmi con il suo occhio d'argento.

«Dov'è Nina?» chiese Fielding.

Lo guardai stupefatto. Tutto mi sarei aspettato, qualsiasi cosa, dall'essere fatto a pezzi lentamente all'essere ucciso sull'istante, tranne quella domanda.

«Non è qui?» balbettai.

«Dove l'hai lasciata?» continuò Fielding guardandomi fisso negli occhi. Scossi il capo, deglutii, scossi il capo di nuovo.

«Non è mai stata con me» riuscii finalmente a dire. «Non sono...» e subito mi interruppi preso dal terrore di essere stato ingannato da false informazioni, da indicazioni erronee, il panico di aver fatto tutta quella strada per niente, inutilmente, perché Nina era forse rimasta in Inghilterra o se ne era andata in chissà quale altro luogo del mondo e non era lei la donna che avevo seguito per quasi due mesi, non era lei la donna che aveva viaggiato sulla "Muchacha de Asturias" né quella di cui parlava sir Francis, né quella che avevo visto, troppo rapidamente ahimè per riconoscerla, a bordo della carrozza Zurigo-Lugano. Avevo inseguito un'altra persona o forse diverse persone attribuendo via via a ciascuna di esse il viso il corpo e il mistero di Nina? Fielding dovette leggere nei miei occhi qualcosa della sorpresa dell'orrore della stanchezza che provavo in quel momento perché non insistette nel chiedermi dove l'avessi lasciata e sembrò anche credere alle mie parole quando, dopo che mi fui ripreso dalla subitanea emozione, potei anche riprendere la frase iniziata e interrotta e spiegare che non ero partito dall'Inghilterra assieme a lei ma che mi ero limitato a seguirla. Adesso Fielding taceva, gli occhi grigi seminascosti sotto le palpebre, le mani inanellate che continuavano ad accarezzare la dormiente metafora. Mi aspettavo che da un momento all'altro facesse cenno ai suoi uomini di tagliarmi la gola o di darmi in pasto alle sue bestie e già mi preparavo ad affrontare la morte con quel po' di dignità che fossi riuscito a strappare alla mia paura, quando invece Fielding se ne uscì con una frase inaspettata: «Il dolore,» mormorò «il dolore, adesso, è la strategia di cui mi servo per vivere una vita che non posso vivere». Qualunque cosa avesse voluto dire con quella frase tacqui, non feci commenti per non provocare con qualche mio incauto intervento quel gesto definitivo che avevo temuto e che invece era stato in qualche modo rinviato.

«Che si vuole da me?» continuava intanto Fielding parlando a se stesso. «Che ne so io quel che si vuole da me? Io sono nato morto. Se mi tocco non sento nulla tranne il suono della sua fuga.»

Alzò gli occhi verso di me senza darmi alcuna certezza che mi stesse effettivamente vedendo. «Ah,» disse «forse è un bene che non sia ancora qui. Tutto sarebbe andato in frantumi troppo presto.»

Continuavo a non capire nulla di quello che diceva. Tuttavia le sue parole dovevano avere un senso segreto che qualcosa di me poteva recepire e restarne in qualche modo turbata a dispetto della ragione che si riconosceva incapace di decifrarle. Mi rendevo comunque conto che, rispetto a quello che conoscevo di lui, le esplosioni di violenza di cui lo sapevo capace, Fielding quanto meno appariva cambiato come se non sapesse esattamente che cosa fare oltre a starsene lì seduto con la metafora sulle ginocchia, come se non sapesse nemmeno spiegare la propria presenza a Venezia perché, sotto sotto, sentiva che la sua battaglia era perduta. Intuivo anche che se avessi potuto approfittare di quella incertezza forse sarei riuscito a sfuggire alla morte che mi aspettava nascosta nella lama del coltello di uno dei suoi uomini o nel pomo massiccio del suo bastone. E subito capii che l'unico modo per continuare a vivere era quello di dimostrarmi sconfitto quanto lui, più sconfitto di lui, io stesso tradito da Nina più crudelmente di quanto lui non fosse stato tradito, di spiegargli che Nina non aveva mai dato alcun peso né a me né alla nostra relazione e di spostare eventualmente verso altri il suo furore e la sua gelosia.

Ma a te, domanda bruscamente Paso Doble, a te questo Jacob è simpatico? Schultz ci pensa su per un momento. No, risponde, non direi, ma il perché non saprei dirlo. Riflette ancora per qualche istante. E non è neanche del tutto vero che non mi piaccia, aggiunge. Mi piace la pienezza di vita che viene dal suo racconto, il suo dare per scontato che si può raccontare qualsiasi cosa, mi piace anche la sua avidità, l'ossessione sessuale come struttura portante della sua vita... Cosa diavolo è che non ti piace allora?, domanda l'altro. Non so, dice Schultz, forse il fatto che viva in un'epoca in cui è facile costruire personaggi come il suo. Ecco, non mi piace, o forse meglio, invidio il suo privilegio, la sua fortuna. Adesso qualsiasi personaggio fa molta più fatica a vivere di quanta ne abbia mai fatta lui. Il punto è, continua Schultz dopo una pausa, che i personaggi del secolo passato non sapevano di essere personaggi mentre quelli di questo secolo lo sanno fin troppo bene... Guardali, quelli dell'epoca di Jacob erano sicuri di se stessi, vivevano le loro storie come se fossero storie vere, soffrivano, amavano, ridevano, facevano all'amore, prendevano tutto sul serio, morivano anche e venivano sepolti in tombe vere, in veri cimiteri. Adesso, mah, adesso è cambiato tutto. Adesso i personaggi sanno che non è vero niente, ecco: come se lo sanno e questo è il loro guaio. Già, dice Paso Doble, poveracci. Non è, continua Schultz, che la consapevolezza gli impedisca di avere carne ed ossa... È come se, di colpo, trovandoti davanti all'obbiettivo di una macchina fotografica che magari ti è anche familiare, tenuta in mano da una persona amica, ben disposta nei tuoi confronti, tu di colpo ne fossi spaventato, io tu, tutti, sto usando un tu impersonale, e subito tentassi di adattare il tuo viso, quello che l'obbiettivo vede, all'immagine che tu hai del tuo viso, magari anche a quello che vorresti essere e non sei, a quello che sei stato e non sei più, al desiderio che tutti hanno di essere comunque diversi e che è forse connaturato allo stesso essere e sentissi che tutto questo, nel breve istante che ti è concesso prima dello scatto, invece di aiutarti a mettere assieme, ciascuno al proprio posto, bene sistemati l'uno accanto all'altro, i pezzi di cui sei fatto, ne favorisse, diciamo, lo smantellamento, il disordine, il crollo, la perdita di controllo, lo scatenarsi di una forza centrifuga piena di paura che tende a buttare all'aria i tuoi lineamenti, sicché... Schultz fa una pausa mentre l'altro lo guarda a bocca aperta, sicché tu continui a essere in carne ed ossa, ma l'unica faccia che riesci a mettere insieme è una faccia stravolta da imbecille, gli occhi che si sforzano di guardare l'obbiettivo mentre vorrebbero guardare da tutt'altra parte, le labbra che assumono una piega sconosciuta, la mascella che si allenta e così viene fuori quel qualcosa di infingardo, doppio, sfocato, quella insicurezza, quell'aria incerta e vile che si ritrova in ogni fototessera e in ogni personaggio di oggi. Paso Doble si mette a ridere, va, là, va' là, dice, che sei un bel tipo. Di qui tutte le difficoltà, continua Schultz, la fatica, il bisogno per salvarsi, per assicurarsi una durata, di ricorrere all'ironia. È vero, l'ironia, come tu dici, è segno di paura, ma chi non ha paura al giorno d'oggi, chi non ha bisogno di scaldarsi? Loro invece, gli altri, Jacob, Nina, voglio dire, lo stesso Fielding con tutta la sua tragedia personale, il corpo che è una tana di metafore, sono quel che sono anche quando fingono di essere diversi. Non mettono in discussione il loro ruolo. Prendi lo stesso monaco che è un prodotto del racconto di Jacob anche se l'ho inventato io. Hai visto come si è inserito bene senza crear problemi in questa storia. Non avrebbe potuto farlo se non avesse avuto una disposizione naturale. Adesso se ne sta in cima all'albero sotto la tempesta a guardare Jacob che fa all'amore con la sua amante. Aspetta il momento per balzare nella camera e uccidere a bastonate i due che l'han tradito... Prova a mettere un monaco di adesso nella stessa posizione e vedrai cosa succede. Quale scena frantumata ne verrebbe fuori. Che noia l'osservazione della camera, le luci e le ombre viste da un occhio laico, gelido, i gesti dei due amanti osservati al microscopio, tutta la vita del monaco vissuta in cima all'albero. Insomma qualsiasi cosa tranne che il grande volo religioso dal ramo alla finestra, il gesto che farebbe precipitare l'azione... E il tuo monaco, domanda Paso Doble, invece che cosa fa? Ah, dice Schultz, vediamo. Forse è arrivato il momento di fargli far qualcosa. La distanza fra il ramo e la finestra è grande, è quasi impossibile per un uomo di quella mole coprirla con un salto, ma l'odio che adesso il monaco prova per chi l'ha tradito è tale che lo mette in condizione di tentare questo ed altro. Vediamo. Il monaco salta verso la finestra e alla fine di un lungo volo monacale riesce ad aggrapparsi al davanzale, a issarsi su, a sistemarsi con gli avambracci e a spingere la testa verso la camera da letto dalla quale lo separa soltanto il vetro della finestra chiusa. La ragazza svizzera urla di paura vedendo quel grosso insetto notturno con un occhio solo tutto fradicio di pioggia comparire alla finestra e spiare nella stanza attraverso il vetro. Jacob si butta giù dal letto e, vigliacco com'è, perché ti sarai reso conto che Jacob è vigliacco e che non finge di essere diverso, Jacob, dicevo, prende in fretta la sua roba ed esce a precipizio dalla camera con il proposito evidente di scappare e di lasciare la ragazza svizzera a vedersela da sola con il monaco. Ma lei, la svizzera, non ha alcuna intenzione di essere lasciata sola con il suo ex amante. Adesso è la signora Flint, la sua vita è legata nel bene e nel male a quella del marito come comanda il santo sacramento appena celebrato ed è decisa a seguirlo fino in fondo. Prende il forziere appena ereditato e, ancora seminuda, si precipita fuori dalla camera. Il monaco che la guarda attraverso il vetro la vede sparire in un grande turbinio di lenzuola, vesti e petali di rosa. Perché petali di rosa?, domanda l'altro, cosa c'entrano i petali di rosa? Non so, dice Schultz, ma a questo punto vedo roba che svolazza, fiori che si disfano al vento della fuga e sento i primi scricchiolii di un matrimonio minacciato troppo presto... Intanto, fuori il monaco è in grande difficoltà. Il davanzale è stretto, fradicio di pioggia e scivoloso. È vero, il monaco vi ha sistemato gli avambracci, ma tutte le volte che cerca di issare su l'intero corpo rischia di slittare e di precipitare a terra. Prova a immaginare la scena dall'esterno della casa. Un monaco appeso a una finestra in una notte di tempesta non è roba di tutti i giorni. Potrebbe entrare nella camera soltanto se sfondasse il vetro e infilasse un braccio fino a trovare un aggancio all'interno della stanza. Ma le braccia non può muoverle. Gli servono tutte e due per sostenere il peso del suo corpo che, come ho detto, è gigantesco. Il volo che ha fatto, un volo per molti versi generoso, non è servito. Il monaco è destinato a restare in quella posizione finché le forze lo reggeranno e poi a crollare a terra. Intanto Jacob e la ragazza sono usciti dalla casa da una porta secondaria. Adesso corrono per i campi in cerca di salvezza. Il notaio che li ha ospitati non si è accorto di nulla, dorme profondamente ignorando quello che è accaduto e sta accadendo attorno a lui. Il monaco piange per la stanchezza il furore e la frustrazione. Ha capito come andrà a finire e per un uomo come lui quella è una fine vergognosa. Lo fai morire?, domanda Paso Doble. No, dice Schultz, di farlo morire non me la sento. Ho la sensazione che possa essere ancora utile. Ma non potrà neppure cavarsela troppo a buon mercato. Resterà zoppo, irrimediabilmente zoppo, una gamba gli si spezzerà in più punti urtando sul terreno dopo che sarà caduto. Giacerà a lungo privo di sensi e mezzo immerso in una pozzanghera giusto per dare il tempo a Jacob e alla ragazza di scappare. Schultz fa una breve pausa. Chi invece dovrà morire, riprende poi, è la ragazza. Mi dispiace per lei, ma non posso assicurarle una durata. Ci sono, del resto, come dice Jacob, dei personaggi che meriterebbero di più dalla vita ma che il destino ha relegato in ruoli secondari. La ragazza svizzera è uno di questi. Morirà di emorragia in un fienile alle frontiere con l'Italia. Ah, dice l'altro, perché di emorragia, povera figliola? Be', spiega Schultz, non vedo di che altro possa morire. È incinta di sette mesi e la fuga sotto la pioggia, la paura, la tensione, le hanno provocato un trauma. Paso Doble lo guarda sorpreso. Ma, domanda, da quando è incinta? Da sette mesi, ripete Schultz. No, dice l'altro, voglio dire che la sua gravidanza è una assoluta novità. Non l'ha mai detto a nessuno, continua Schultz, a parte naturalmente il monaco che è il padre del bambino. E Jacob non se ne è mai accorto? Una gravidanza di sette mesi non passa inosservata. Facciamo sei, dice Schultz. Posso in via del tutto eccezionale arrivare a cinque, ma non di più. È inutile comunque che tu ti dia da fare per salvarla. È condannata. Ma certo, dice l'altro. L'hai sfruttata e spremuta come un limone e adesso la butti via.

Povero limoncino mio. Fa una pausa. Io credo di amarla, dice. E com'era?, dimmi com'era? Svizzera, risponde Schultz, bionda, azzurra d'occhi, una pelle di mela lentigginosa, minuta e leggera. Ah, io me la sarei tenuta, dice l'altro, l'avrei fatta vivere. Seni a pera, continua Schultz, sodi e rotondi alla base, capezzoli come occhi dallo sguardo sollevato... E il pelo pubico com'era?, domanda l'altro. Ah, dice Schultz, non ho mai creduto alla storia del pelo pubico dei ricchi e dei poveri che è una fantasia di Nina. Ma aveva le mani un po' ruvide, da contadina. Non me ne importa nulla, dice l'altro, io l'amo. Voglio che continui a vivere. Mi dispiace. È condannata. Non soltanto da me ma anche e soprattutto dal fatto che a Venezia Jacob è arrivato solo. Non posso darle altro rilievo senza snaturare tutto.

Paso Doble fa una smorfia. Ah, dice, come vorrei guidare una rivolta dei personaggi minori, anche i più modesti, contro l'arroganza, la bontà, l'egoismo, l'ipocrisia, l'eroismo, la boria, il cinismo, la generosità dei protagonisti! Metterli tutti assieme, armarli di forche e moschetti e marciare alla loro testa dalle periferie dei libri fino al centro mettendo a ferro e a fuoco le proprietà degli eroi, violentando le loro amanti... Schultz si mette a ridere, comincio a capire il tuo gioco, dice... occupare i loro capitoli continua l'altro, abbattere a martellate i loro monumenti verbali... Non ti importa niente della ragazza svizzera, dice Schultz, quello che vuoi è... dinamitare, sfasciare tutto, decapitare, dice l'altro... avere maggior spazio nel libro che ho in mente, magari infilandovi il tuo Berengo. Sei disposto a tutto per averlo, perfino a recitare la parte del capopopolo...

Povera svizzerina, amore mio, conclude l'altro. Poi, dopo una pausa, aggiunge, mi sono permesso un piccolo sfogo, continua pure a leggere.

«Ha trovato un altro» mi sorpresi a dire con voce rauca mentre lacrime di amarezza, di dolore e di pietà per me stesso mi inumidivano gli occhi. «Se ne è andata con un altro.» Fielding tornò a guardarmi senza dire una parola ma la luce cattiva che si era accesa nel suo sguardo mi diceva che avevo colto nel segno, che doveva essere quella la strategia da seguire se volevo salvarmi la vita.

«Non mi aspettavo di trovare qui voi» proseguii quasi singhiozzando ma con tale impeto che le parole sembravano uscire dalla mia bocca prima ancora che le avessi pensate. «Non voi ma quell'altro, l'uomo che mi preparavo a uccidere per aver sedotto Nina durante il viaggio, indegnamente approfittando di un suo momento di stanchezza e di abbandono.»

Non sapevo neppure se Nina fosse davvero la donna che avevo visto nella carrozza, ma poiché ogni mia parola aveva un suono che sembrava anche a me dolente, appassionato e sincero non avevo la sensazione di mentire.

«Oh,» mormorai «il dolore provato al vederli in posizione sconveniente nella carrozza postale fra Zurigo e Lugano, il disordine delle vesti, l'infame compagno di viaggio curvo su di lei, i capelli, ah!, i capelli di lei imbrattati, la vergogna che tutto quello accadesse nonostante la breve distanza che li separava dal vetturino...»

Ma inventavo davvero? Certo, non mi era stato dato il tempo di vedere alcunché nella carrozza tranne una capigliatura brunodorata simile a quella di Nina e che mi sembrava ripiegata sulla spalla di qualcuno e tuttavia non inventavo nulla perché sentivo che qualcosa doveva essere accaduto a Nina a bordo della carrozza o altrove, qualcosa di molto simile alla storia che stavo raccontando.

«Il cuore» proseguii «ne fu lacerato, si spezzò e si

spezzò, forse per misericordia, perché non potessi vedere a lungo quell'osceno spettacolo, anche il cuore del mio cavallo.»

Fielding continuava a tacere lanciandomi di tanto in tanto uno sguardo obliquo che io intuivo essere non rivolto a me ma alla carrozza lontana dove Nina e lo sconosciuto stavano amandosi in modo forsennato. Guardandolo, sempre di più mi convincevo che, se volevo salvarmi, dovevo fargliela vedere di più quella carrozza, descrivergli in qualche modo il rivale, dare corpo a un fantasma e spostare verso di lui il furore di Fielding e la sua gelosia. Fu così che nacque quello che io chiamo l'uomo senza volto, il fantasma dal quale indirettamente e non certo per sua volontà, fui salvato e che fu comunque la causa di tutto ciò che accadde più tardi.

«Lui» dissi descrivendo quasi senza accorgermene il personaggio dei quadri di William Beckford «era un uomo molto alto, asciutto, sulla quarantina, di capelli castani, elegantemente vestito, un uomo al quale una donna come Nina poteva concedersi facendo agevolmente a meno delle cerimonie preliminari che abitualmente vengono ritenute necessarie prima che un uomo e una donna possano incontrarsi sul loro terreno naturale. L'avevo visto una sola volta e molto rapidamente, ma una descrizione accurata di lui mi era stata fatta da un garzone della stazione di Lugano dove ero arrivato un paio di giorni dopo il passaggio dei due amanti che vi si erano fermati una sola notte ma che avevano lasciato della loro permanenza tracce di cui si sarebbe a lungo parlato.» «Quali tracce?» mi chiese un bagliore negli occhi di Fielding. «Oh,» dissi con un gemito che ebbe anch'esso un suono molto meno falso di quello che ci si poteva aspettare da un gemito recitato: «oh, le grida notturne di Nina erano state sentite in tutte le camere, strani soffi che avevano fatto tintinnare i lampadari e che adesso tutti ripetevano ridendo e, soprattutto, una grande ondata di sensualità che si era alzata in tutto l'albergo per cui, ad un certo momento, era cominciato un gran via vai da una stanza all'altra, tutti avevano preso a rincorrersi, i garzoni le cuoche, le cameriere i valletti, gli ospiti soli a muoversi inquieti e infoiati per le scale alla ricerca di qualcuno, le camere occupate da coppie di viaggiatori a risuonare di risate e di grida. Era stata una notte indimenticabile. Molti altri particolari, dissi, il garzone mi avrebbe raccontato se fossi rimasto ad ascoltarli, ma io me ne ero andato di corsa carico di odio per quell'uomo che assieme a Nina aveva scatenato tutto quel putiferio e deciso a ucciderlo quando lo avessi raggiunto.»

«Il nome di quell'uomo» chiese Fielding rauco. Sussultai. Al nome non avevo pensato e, lo confesso, sul momento mi venne meno la fantasia, la presenza di spirito di inventarne uno qualsiasi che avesse un suono attendibile. Doveva trattarsi, dissi con un colpo di tosse, di un grosso personaggio in incognito, nobile o molto ricco, che per qualche sua ragione voleva tener nascosta la propria identità perché non ero riuscito a saperne il nome né a Lugano né a Milano né nelle altre tappe successive dove i due amanti avevano lasciato le stesse tracce chiassose fino a Venezia; né d'altra parte, aggiunsi, era il nome che mi interessava ma la sua gola o il suo cuore dove volevo conficcare la mia spada fino all'elsa. Adesso potevo vedere con chiarezza che Fielding rabbrividiva alle mie parole, che le fantasie cui avevo affidato la mia salvezza cominciavano a dare seri risultati. Ma mi rendevo anche conto come, via via che descrivevo il fantasma destinato a diventare il nostro comune rivale, esso crescesse dentro di me e come l'odio che cercavo di suscitare in Fielding fosse anche il mio odio, un odio così violento da escludere che fosse davvero privo di oggetto. L'uomo che avevo inventato doveva esistere davvero, doveva trovarsi in qualche posto con Nina e se Nina era a Venezia doveva essere a Venezia con lei. Rimasi così sconcertato da questa scoperta che per qualche minuto dimenticai di avere inventato tutto e mi sorpresi a pronunciare sincere parole di rammarico per non aver fatto il possibile per sapere il suo nome, perché, dissi, se ora lo avessi saputo non avrei tardato un istante a raggiungerlo. Ma, conclusi, ero convinto che lo avrei trovato alla locanda. Lanciai uno sguardo a Fielding. Taceva di nuovo con gli occhi di nuovo socchiusi. Ma ero riuscito a convincerlo. Lo sentivo, con l'introduzione di quel personaggio ero riuscito a creare – tale è la fantasia che l'istinto di sopravvivenza assicura – una geometria psicologica che consentiva tra me e lui un temporaneo equilibrio, qualcosa che forse conduceva entrambi verso un compromesso. Ma dovevo lasciare che l'eventuale proposta di un compromesso fosse formulata da lui o dovevo fare io qualcosa per sollecitarla? Decisi di correre il rischio.

«Vi prego,» dissi «non consideratemi più come un nemico, un rivale cui tagliare la gola, ma piuttosto come un fratello minore, uno sciagurato che soffre della vostra stessa malattia. Concedetemi di vivere almeno fino a quando non avremo trovato colui che ce l'ha rubata. Concedetemi di vivere fino alla sua morte.» Seguì un lunghissimo silenzio durante il quale mi sorpresi a pensare che dopo il primo tremendo vomitevole impatto quasi non avvertivo più l'odore dell'uomo che mi stava di fronte sia perché la paura di essere ucciso non poteva tener conto dei problemi del mio olfatto sia perché quell'odore avevo deciso di accettarlo come una delle condizioni del compromesso che, timidamente, stavo proponendo a Fielding. Era dunque vero, come diceva Nina, che una volta presa la decisione di sopportarlo non era poi così insopportabile stargli accanto?

«Quel che cerco di capire» disse infine piano Fielding «è perché mai certe persone abbiano bisogno di ricevere dagli altri la conferma della propria esistenza.»

Si alzò, lasciò cadere a terra la metafora che strisciò via con un suono molle privo di energia. «E perché» continuò «altre persone debbano essere così oblique, così elusive, così abili nel rendersi costantemente incomprensibili.» Ancora una volta non capivo che cosa volesse dire ma mi pareva un altro sicuro passo avanti il fatto che avesse rinunciato ai segni esteriori della sua identità come il bastone e il furore per ripiegare su una identità più interiore ed oscura. Ad un tratto sorrise:

«Ci sei riuscito,» disse «sei riuscito a cambiar faccia davanti ai miei occhi. Starò al gioco per un poco. Aspetteremo assieme l'arrivo di quest'uomo o gli daremo assieme la caccia. Va', cercati una camera nella locanda. Sono quasi tutte vuote.» Sorrise di nuovo. «Dieci, undici persone se ne sono andate dopo il mio arrivo.»

Aprì la porta e fece cenno ai due uomini che mi avevano portato da lui di lasciarmi passare, di lasciarmi circolare liberamente. Ero libero, ma non mi passò neppure per la testa l'idea di fuggire, di allontanarmi in qualche modo dal luogo dove avevo rischiato la vita. Volevo vivere quell'avventura fino alla sua conclusione anche se non riuscivo a immaginare che cosa sarebbe accaduto se Nina fosse ricomparsa ad un tratto, sola o assieme a qualcuno, come avrebbe reagito alla scoperta che Fielding ed io l'avevamo seguita e ci eravamo in certo modo alleati contro un pericoloso nemico comune. L'atroce sospetto di aver seguito una pista sbagliata, di essere venuto a Venezia inutilmente, continuava a mordermi ma più debolmente di prima perché, riflettevo, non avevo alcuna ragione per dubitare della lealtà dei corvi nei miei confronti e perché non riuscivo a immaginare dove Nina, fuggita da Londra, potesse dirigersi se non nella città dove era nata e cresciuta e di cui non aveva mai perduto la memoria. Inoltre qualcosa mi diceva che Nina era lì, non lontana, nascosta in qualche luogo assieme al gentiluomo sconosciuto.

Certo, dice Schultz. Era qui, in casa mia. Forse sapeva che l'avevate seguita tutti e due perché per tutto il tempo che rimase con me non volle mai uscir di casa. Io non insistevo. Era chiaro che aveva paura di incontrare coloro dai quali era fuggita. Uscì che io sappia una sola volta, sola. Non la trovai una sera rientrando da non ricordo dove. Pensai che se ne era andata, che tutto fosse finito. Sì, dice Paso Doble, me la ricordo anch'io quella sera. Ricordo anche, aggiunge con acredine, che non te la prendesti troppo a cuore. Neppure le chiedesti dove era andata quando ritornò. Non glielo avrei chiesto per nessuna ragione al mondo, dice Schultz. Sia per discrezione, sia perché quel che mi interessava era il suo mistero non quello che faceva. Ride piano. Una sconosciuta con un passato sconosciuto in casa è sempre preferibile a una persona nota. Succedesse tutti i giorni. Ma succede una volta tanto, anzi non succede mai e la volta che succede bisogna approfittarne. Meglio il silenzio o la menzogna che la verità, una volta tanto. Ne ho abbastanza della verità qualunque cosa questa parola voglia dire... Il che, osserva l'altro, dimostra quanto corrotto cinico e infantile sei rimasto. Sai dove è andata quella sera?, continua Schultz. No, dice l'altro, e non mi importa niente neanche di lei. Non mi importa più di niente, a parte il fatto che continui a tenermi alzato a quest'ora della notte. Schultz fa un gesto con la mano. Chi ti impedisce di dormire?, domanda. Senza contare, aggiunge, che senza di te me la caverei molto meglio, in questa impresa. Dammi retta... Allora, lo interrompe l'altro, se te la caveresti meglio resto qui, sveglio e allerta pronto a intervenire. Cambia posto, ovunque sia seduto, si accoccola ai piedi del letto, appoggia le braccia e la testa alle ginocchia. E come fai a sapere dove è andata, domanda, se non glielo hai chiesto? Posso sempre immaginarlo, dice Schultz. Dunque lei è uscita, il cappotto di cammello con la pistagna alzata, un foulard attorno alla testa per essere il più possibile nascosta. Volta l'angolo qui a sinistra e prende a camminare per la Strada Nova, attraversa il Canal Grande al traghetto più vicino e una volta dall'altra parte si avvia verso Santa Margherita. Conosce la strada bene e non si perde nel labirinto di calli come si è perso Jacob, non ha bisogno come Jacob, di qualcuno che la guidi. Nessuno riconosce in lei la ragazza che molti anni prima è scappata da Venezia a causa di uno scandalo... Ancora non riesco a definire il rapporto che c'è fra la mia storia e la storia che sto leggendo. A volte sento che uno squarcio si apre sul legame oscuro che ci unisce, poi, subito dopo, l'oscurità si ricompone. Ma in fondo non me ne importa niente. L'ipotesi che sia la stessa donna mi attrae irresistibilmente dal punto di vista narrativo. Può produrre una buona storia. Sono, in fin dei conti, un editore di cose popolari e le buone storie mi interessano. Dunque, lei arriva al campo di San Rocco, prende il sottoportico che non so come si chiami, fa il ponte di cui non ricordo il nome e si ferma a San Pantalon davanti alla bottega di Bertotto. Che io sappia, dice l'altro, non ci sono Bertotti da quelle parti. Parla con voce stanca, senza alzar la testa, immobile nella sua posizione accoccolata. Non importa, dice Schultz, ma è là che lei è andata. Ne aveva tutta l'aria quando è tornata a casa. Aveva tutta l'aria di che cosa?, domanda Paso Doble, di una persona appena andata a San Pantalon? Non mi pare un luogo tale da lasciar tracce evidenti in chi lo visita. No, dice Schultz, aveva l'aria di chi ritorna da un pellegrinaggio in un luogo sacro, da un viaggio dentro una memoria dolorosa. Che banalità, sospira l'altro. Scommetterei la testa, continua Schultz senza dargli retta, che tra poco scopriremo che Bertotto è morto. Cosa vuoi che gliene importi di Bertotto dopo tutti questi anni, scatta l'altro, e poi non era te che amava? Schultz muove la testa piano. No, dice, no. Lei obbediva alle convenzioni del suo tempo e delle donne come lei. Amano una volta sola, da adolescenti, giovani e aitanti calzolai. Possono andare a letto con mille uomini ma è sempre al calzolaio che continuano a pensare. Come dice Jacob il loro cuore batte in sincronia con i suoi colpi di martello... Perché, dice Schultz, forse lei non era una persona ma un personaggio, perduto di vista o dimenticato fra Zurigo e Lugano da qualcuno, un autore distratto, disattento. Non per niente l'ho incontrata a bordo di un treno espresso, noto luogo romanzesco dove abitualmente i viaggiatori perdono o dimenticano oggetti personali, libri, valigie, ombrelli e, perché no, pensieri, sogni, fantasie. Un giorno glielo dissi e lei ne fu colpita, arrossì, impallidì come se l'avessi smascherata... Ma di' la verità, lo aggredisce Paso Doble, l'hai mai amata veramente o te ne sei servito per una tua stronza drammaturgia privata? Perché, come dicono Dick e Severino quella donna era davvero una festa della carne. E non soltanto quello. Era la yoni superumida del mondo occidentale, la pozza dei miracoli di Santa Impudicizia, la Madonna dei Treni Espressi. Era forse anche una gran troia.

Schultz diventa improvvisamente pallido. Non ti devo alcuna spiegazione, dice. Ma l'aggressione dell'altro tende a riportarlo indietro al giorno in cui tornato a casa non l'ha più trovata. La sua vita congelata attorno a una esperienza. Schultz tenta di resistere al ricordo che lo invade. Non è quello il momento di riportarlo a galla. O forse, più semplicemente, non vuol parlarne. Sono affari suoi. Lascia passare qualche istante. Nondimeno, dice, è vero che un giorno glielo dissi e lei ne fu colpita come se l'avessi smascherata. E lei, domanda l'altro, lei che cosa ti rispose? Che era stata lasciata lì apposta, dice Schultz, a bordo di quel treno, in attesa che io arrivassi. E ricomincia a leggere.

Inoltre qualcosa mi diceva che Nina era lì, non lontana, nascosta in qualche luogo assieme al gentiluomo sconosciuto che forse non era scaturito soltanto dal mio bisogno di vivere ma anche da una oscura e fulminea percezione da parte mia della sua esistenza. Diedi un'occhiata in giro e adesso potei vedere quello che la mia cattura mi aveva impedito di vedere prima: la locanda Manfrin dove Nina era nata e cresciuta. Era una locanda modesta ma non priva di una certa popolaresca eleganza, le scale di legno di quercia rivestite da tappeti, le pareti coperte da arazzi rappresentanti scene di vita delle isole della laguna, poltroncine di cuoio nella hall, camere minute ma provviste di tutto ciò di cui le camere hanno bisogno per essere confortevoli, una sala da pranzo con una ventina di tavoli. Ma tranne gli uomini di Fielding non si vedeva nessuno di cui si potesse dire che faceva parte del personale della locanda o che fosse un visitatore di passaggio o un ospite permanente. Il piccolo albergo pareva dominio di quel gruppetto di inglesi ceffuti e arroganti che formavano la guardia del corpo di Fielding. Adesso il sollievo di essermi salvato si confondeva con un senso di irritazione all'idea che Fielding fosse riuscito a riprodurre così facilmente a Venezia la stessa situazione di straordinario potere di cui aveva goduto a Londra e che ora disponesse in territorio straniero di un quartier generale da dove dirigere, quali che fossero, le sue operazioni. Si confondeva anche il mio sollievo con l'angosciosa prospettiva di dover convivere chissà per quanto tempo con le orribili bestie che sembravano far parte dell'esistenza di Fielding o che dall'esistenza di Fielding erano state prodotte. Ma adesso che un pallido sole era spuntato, sulle scale, nella hall e fuori davanti all'albergo, non si vedeva alcuna traccia delle metafore, probabilmente, pensai, animali notturni che si ritiravano nella loro tana alle prime luci del giorno. Mi disposi a sistemarmi in una camera. Avevo bisogno di lavarmi, di riposare un poco e, soprattutto, di cambiarmi gli abiti che indossavo da quando ero partito al galoppo da Zurigo abbandonando i miei bagagli all'albergo "La Spada". Presi a salire le scale contando il denaro che mi era rimasto quando sentii venire da qualche parte sopra di me uno strano suono, incerto fra il borbottio e la risata fatta a bassa voce. Era un suono femminile. Continuai a salire. Non mi risultava che ci fossero donne fra le guardie del corpo di Fielding e dunque, se alla locanda c'era una donna doveva far parte della famiglia Manfrin o del personale che l'aveva servita. Dovevo di lì a poco scoprire che nessuna delle due ipotesi era fondata. Il suono veniva da dietro una porta chiusa, in un angolo buio di un pianerottolo sul quale stavo per mettere il piede. Mi avvicinai e potei vedere inchiodata al ripiano della porta una specie di etichetta, un cartoncino bianco scritto a mano che diceva: "Madame Mascarino". Ah, pensai, c'era dunque alla locanda qualcuno che non se ne era andato dopo l'arrivo di Fielding? E chi era madame Mascarino? E come mai le era consentito di esibire il proprio nome come se dietro quella porta non vi fosse una stanza d'albergo ma un appartamento privato? Mi fermai per qualche istante a origliare. Sentii un'altra volta la risatina, uno strisciare di pantofole sul pavimento, un tintinnio di monete, il rumore di un cassetto che si apriva. Bussai senza saper bene perché lo facevo, ma non ci fu una immediata risposta. Si sentì uno scatto secco: madame Mascarino, se era di lei che si trattava, aveva chiuso il cassetto aperto un istante prima. Poi una voce musicale, canterina disse: «Entrez». Spinsi la porta e mi trovai in uno strano luogo, una camera da letto che un tempo doveva essere stata simile alle altre stanze cui avevo potuto dare una rapida occhiata ma che adesso si presentava come il capitolo illustrato di un libro cabalistico al centro del quale, circondata ma non oppressa da segni esoterici, ideogrammi, mani arabescate d'argento, amuleti, sigilli e talismani appesi alle pareti e collocati in bella evidenza sui mobili, c'era la più bella imponente gaia sorridente vecchia signora che avessi mai visto, gli occhi di un azzurro chiarissimo, il corpo dilatato ma ancora sodo chiuso in una vestaglia imbottita lunga fino ai piedi. «Ah, le jolie garçon» disse appena mi vide. «Madame Mascarino?» chiesi. Lei fece un leggero inchino e mi invitò ad entrare. Parlava una curiosa mescolanza di francese e italiano infilando qua e là parole a me incomprensibili probabilmente prese dal dialetto veneziano. «Asseyez vous sulla carega» disse o qualcosa di simile indicandomi una sedia accanto al tavolo. Non avevo bisogno di altre informazioni per capire chi era o meglio che cosa era. A chiunque sarebbe bastato dare una rapida occhiata a quella camera per rendersi conto che, nonostante quell'aspetto garrulo e matronale, madame Mascarino era una chiaroveggente, una chiromante, insomma una indovina che leggeva il passato e prevedeva il futuro. Non starò a raccontare i preliminari del nostro rapporto né quello che dovetti fare per ingraziarmela. Ma dovrò comunque brevemente parlare di lei perché fu da lei che venni a sapere quello che era successo alla locanda negli ultimi tempi. Dunque, madame Mascarino era, come del resto era facile capire, francese ed era venuta a Venezia dopo che, caduta la repubblica, la città e i suoi territori erano stati occupati dalle truppe del Bonaparte. Aveva sposato un barnaboto veneziano, cioè uno di quei patrizi squattrinati che vivevano miseramente nel vicino quartiere di San Barnaba e, dopo la morte del marito e la cessione all'Austria della città, era rimasta a Venezia a esercitare il suo strano mestiere. Ma se i francesi non erano sembrati curarsi molto di lei e l'avevano lasciata lavorare in pace, altrettanto non si poteva dire per gli austriaci che guardavano ai veggenti con occhio sospettoso e impaurito. Era stata diffidata dal ricevere gente nel suo appartamento pena l'arresto e la deportazione e lei, non volendo lasciare Venezia che ormai amava come se fosse la sua città natale e non avendo alcuna intenzione di rinunciare a un mestiere che le piaceva immensamente e dal quale ricavava intime soddisfazioni («Ah,» disse «la felicità quando un fatto presentito si avvera») e il denaro sufficiente per vivere, non aveva trovato di meglio che esercitarlo clandestinamente nella locanda, protetta dalla affettuosa e complice comprensione della famiglia Manfrin. Viveva lì ormai da sette anni e nessuno l'aveva mai disturbata. I suoi clienti andavano e venivano da lei come cospiratori il che conferiva alla sua attività quella gradevole e giovanile componente, disse, di frisson e di avventura di cui altrimenti una donna della sua età non avrebbe più potuto godere. D'un tratto, una quindicina di giorni prima, alla "Locanda Manfrin" erano arrivati Fielding e i suoi uomini. Era stato subito chiaro a tutti che il fetore improvviso acuto e massiccio, crudele fino alla insopportabilità, di cui la locanda si era di colpo impregnata, non poteva che venire da lui, ma nessuno aveva mai osato rilevarlo. Fielding aveva l'aria di un gran signore e sembrava meritare rispetto. Si era subito chiuso nel bureau dell'albergo con il vecchio Manfrin e con suo figlio (gli unici parenti di Nina che fossero ancora in vita) e quando questi ne erano usciti con i polmoni sul punto di scoppiare, lo stomaco sconvolto, gli occhi che gli uscivano dalla testa, non erano più proprietari della locanda che da più di cinquant'anni apparteneva alla loro famiglia: Fielding l'aveva comperata facendo una offerta che avrebbe permesso ai Manfrin di ritirarsi in una villa in campagna e di vivere di rendita fino alla fine dei loro giorni. Gli ospiti fissi della locanda avevano cominciato ad andarsene quando erano comparse le prime metafore – naturalmente non le chiamò con questo nome così improprio – che sembravano seguire Fielding come cagnolini. Se ne era andato per primo un vecchio che soffriva di insonnia e che si guadagnava la vita facendo l'addormentatore di bambini, se ne era andata subito dopo una ragazza serba o croata, amante di un ufficiale austriaco poi se ne era andato un mercante albanese... Insomma, incapaci di convivere con quel fetore e con le orribili bestie che ad esso si accompagnavano, se ne erano andati un po' tutti compresi cuochi e camerieri. Fielding non aveva fatto nulla per trattenerli. Anzi pareva certo che se non avessero abbandonato spontaneamente la locanda li avrebbe fatti sloggiare con la forza. Soltanto lei, madame Mascarino, era rimasta su esplicita e commossa richiesta di Fielding il quale, dopo aver saputo che la locanda ospitava una indovina si era presentato a lei mentre stava facendo le valigie e l'aveva cortesemente e quasi con le lacrime agli occhi pregata di non andarsene promettendole, se fosse rimasta e avesse messo le sue doti al di lui esclusivo servizio, di renderla ricca in breve tempo. Aveva mantenuto la promessa.

«Vous savez,» disse madame Mascarino «j'ai gagné più schei in quindici jours che pendant un anno.» Che cosa Fielding volesse dall'indovina potevo intuirlo senza bisogno che lei me lo spiegasse. Voleva che, interpretando i riflessi luminosi della sua bolla di cristallo o decifrando le figure dei tarocchi, scoprisse se Nina era arrivata, stava arrivando o era andata a nascondersi in qualche altra parte del mondo. Fielding, diventato il suo unico cliente, andava da lei due volte al giorno, la mattina e la sera e certe sere se ne stava seduto per ore accanto a lei senza dire una parola mentre lei faceva e disfaceva le carte o sprofondava nel misterioso universo della sfera dove soltanto a pochi era consentito l'accesso. La borsa di monete d'oro che le lasciava dopo ogni visita l'aveva aiutata ad assuefarsi al suo odore e a non far caso alle metafore o a imparare a considerarle come innocue bestioline. Con il cuore che mi batteva forte le chiesi che cosa dicessero le carte, che cosa vedesse dentro la sfera e lei mi diede una risposta che da un lato mi spiegò molte cose, ad esempio perché mi fosse stato così facile convincere Fielding, dall'altro mi fece rabbrividire di sgomento. Sfera e tarocchi pur esprimendosi con linguaggi diversi erano arrivati alle stesse conclusioni: Nina era a Venezia già da qualche tempo, vi era arrivata con uno sconosciuto incontrato durante il viaggio, viveva con lui in un luogo, aveva detto la sfera e avevano confermato i tarocchi, pieno retto da un vuoto, vale a dire, spiegò una di quelle antiche palazzine il cui peso sembra essere sostenuto dal vuoto dell'esterno porticato, un po', precisò madame Mascarino, come il palazzo dei dogi, le finestre affacciate su un canale,

Schultz e Paso Doble si scambiano uno sguardo. Sì,

sì, ho capito, sembrano dirsi l'uno l'altro, non occorre che tu dica nulla, va avanti,

i cui riflessi arrivavano a volte a sovrapporsi a quelli della sfera ma senza fornire particolari che ne rivelassero il nome o il posto tranne forse da certi chiaroscuri che era vicina a un luogo religioso. Una sera, disse madame Mascarino, nel gioco di luci e di ombre che il destino si divertiva a giocare dentro la sfera illuminata da una candela era comparso qualcosa da cui si poteva dedurre che la persona cercata si stava avvicinando: Nina era uscita dal suo rifugio e camminava verso il campo Santa Margherita, ecco, era vicina fin quasi a sfiorarlo. Fielding guardava la bolla con gli occhi sbarrati quasi si aspettasse di vederla aprirsi dall'interno e sputar fuori Nina fra frammenti di luce, poi si era alzato di scatto rischiando davvero di mandare in pezzi la sfera ed era corso via verso le strade confinanti con il campo incontro alla donna che si avvicinava. Ma quel qualcosa che era comparso nella sfera era stato subito risucchiato dalla luce. Nina si era allontanata di nuovo.

Bastava cercarla alla bottega di Bertotto, dice Schultz, è lì che era andata, bastava pensarci un poco. Ma forse Fielding di Bertotto non sapeva niente. Continua a leggere, lo invita l'altro, non fermarti ogni momento a dir la tua. Schultz gli indirizza un sorriso divertito. Sembravi morto dal sonno poco fa, dice, non ti va più di dormire? Paso Doble alza le spalle. Non lo so, risponde. Me ne sto qui accoccolato a seguire quel che accade. Vai avanti.

Chiesi a madame Mascarino se fosse riuscita a vedere l'uomo con il quale Nina era arrivata, se potesse descriverlo in qualche modo e lei mi tracciò la figura di un uomo molto alto, elegante e magro, ricco che coincideva almeno per quegli elementi sommari ed esterni con l'uomo che avevo inventato e ne confermava la concreta esistenza. Anche Fielding aveva voluto che quell'uomo gli fosse descritto ed era chiaro che il mio arrivo e il mio racconto gli avevano tolto qualsiasi dubbio sull'esistenza del confuso fantasma percepito da madame Mascarino. Ah, sentii crescere quell'uomo dentro di me come una vescica, un tumore che poteva essere eliminato soltanto con un colpo di spada. Era lui ormai il nemico, il rivale più pericoloso con cui dovevo misurare le mie forze e contro il quale prima di dargli il colpo di grazia avrei volentieri scatenato le bestie di Fielding se soltanto mi fosse stato consentito disporne. Provai quasi un moto di affetto per Fielding e di rispetto per il suo dolore che era anche il mio e fu in quel momento, credo, che cominciò fra me e lui quell'imprevisto sodalizio che non doveva passare senza conseguenze. Lasciai in fretta la camera di madame Mascarino, mi sistemai in una camera qualsiasi, mi ripulii alla meglio e scesi le scale di corsa deciso a uscire. Fielding era seduto in una delle poltroncine della hall avvolto nel suo odore. Era, come sempre, vestito con grande eleganza, ma nemmeno l'impeccabile abito che indossava poteva nascondere quel qualcosa che dentro di lui si era spezzato e che forse non si sarebbe mai più ricomposto. Andai verso di lui e mi sorpresi a dire con una partecipazione di cui non mi sapevo capace: «Lo troveremo». Fece uno strano, mite sorriso. «Certo,» disse «certo.»

Uscii e mi guardai attorno. Le finestre delle case che sovrastavano il campo erano tutte chiuse. Fuori non si vedeva nessuno, nemmeno le metafore che dovevano davvero aver lasciato il glabro terreno di pietra per qualche pascolo sotterraneo. E se non fosse stato perché un paio di ore prima avevo attraversato il mercato e percorso strade già affollate nonostante l'ora mattutina, avrei creduto di trovarmi in una città abbandonata. Mi diressi verso il ponte ai cui piedi la mia guida mi aveva lasciato e passai dall'altra parte con la sensazione di attraversare un confine, uno spartiacque al di là del quale l'odore unto e vischioso di Fielding veniva a cessare di colpo. Sapevo dove sarei andato. Sarei andato da Bertotto la cui bottega doveva essere vicina, in qualche punto dell'intrico di calli che formavano il quartiere. Non dubitavo di riuscire a rintracciarla perché, pur non conoscendone il preciso indirizzo, sapevo che si trovava al centro della calle di San Pantalon, la strada principale, quella che dava il proprio nome alla zona. Quel che mi spingeva verso Bertotto non era soltanto la curiosità di conoscere l'uomo che aveva avuto tanto peso nella vita di Nina e che in certo modo ne aveva modellato la storia, ma anche la speranza che Nina, quando la sfera di cristallo aveva segnalato la sua vicinanza, fosse diretta alla bottega del calzolaio per rivederlo dopo tanto tempo, per accertarsi se era cambiato o se era rimasto l'essere incomprensibile di una volta. Ignoravo se Nina avesse mai parlato a Fielding di Bertotto, ma mi pareva improbabile che l'avesse fatto sia perché, ne ero certo, Nina non aveva potuto raggiungere con Fielding il grado di intimità che aveva raggiunto con me, sia perché immaginavo che la sua, diciamo, politica, nei confronti di Fielding la portasse a tacere degli uomini che aveva amato piuttosto che a parlarne. Avevo dunque, rispetto a Fielding, un elemento di conoscenza in più e se, come pensavo, Nina era andata a trovare Bertotto, Bertotto forse avrebbe potuto dirmi dove io potevo trovarla. Pochi minuti dopo percorrevo con il cuore in tumulto la calle di San Pantalon. Ma per quanto guardassi a sinistra e a destra, ai due lati della calle, all'estremità e al centro e mi affacciassi più volte alle porte di vari negozietti per spiarne l'interno, non riuscii a vedere alcuna bottega di calzolaio. Al centro della calle dove, secondo quello che ricordavo, la bottega doveva trovarsi, c'era un fornaio dal quale usciva un delizioso profumo di pane. Entrai. Dietro il banco c'era un uomo anziano, cadente, dai capelli bianchi e il viso infarinato, con indosso un camice immacolato: un fantasma. Gli chiesi se il suo negozio fosse stato un tempo una bottega di calzolaio e lo pregai di dirmi se così non era dove avrei potuto trovare in quella calle o lì vicino, la bottega del calzolaio Bertotto. Corrugò la fronte e mi diede una risposta che mi lasciò senza fiato...

Ma quale che sia stata la risposta del fornaio Schultz non verrà a saperla. Altre pagine mancano in quel punto, un altro buco si è aperto in mezzo al libro. Ma guarda, dice Schultz, proprio nel momento in cui ci viene promessa una risposta che lascia senza fiato. Si passa una mano sui capelli. Devo andare dal barbiere, dice infilando le dita nella folta peluria della nuca. Scavalca la voragine che si è aperta in mezzo al libro e prosegue la lettura.

In un negozio della stessa via comprai un paio di camicie, delle calze, alcune altre cose che servivano a rinnovare il mio abbigliamento.

Eppure, pensa Schultz fermandosi, la risposta del fornaio è lì, dentro quel buco, basta solo immaginarla. Cosa credi che gli abbia detto?, domanda al suo compagno. Paso Doble sembra interessato. Mah, dice, non so. Forse, come tu dicevi, Bertotto è morto. Forse è morto il giorno che per la prima volta ha osato avventurarsi fuori del suo quartiere, la violazione del tabù lo ha ucciso, l'iddio feroce che lo inchiodava alla sua bottega l'ha punito. Schultz riflette un poco.

Non è male, dice, non è affatto male. Ma non vedo perché Jacob dovrebbe restare senza fiato. La scoperta per lui non è così drammatica. Io suggerirei di prendere un'altra strada... Dunque, congettura Schultz, Jacob domanda al fornaio che ne è stato di Bertotto.

Chi? chiede il panettiere. Bertotto, ripete Jacob. L'altro scuote la testa. Intanto, dice, quel negozio appartiene alla sua famiglia da più di un secolo ed è sempre stato un negozio di fornaio, la bontà del suo pane è nota in tutta la città. Quanto a calzolai, che si chiamino Bertotto Baldrocco o Semenzato, e giù una sfilza di cognomi veneziani, non ce ne sono in quella calle né mai ci sono stati nel giro degli ultimi cinquant'anni. Jacob se ne va stordito come se avesse ricevuto una mazzata in testa. E certamente non si sente meglio quando, dopo aver rivolto più o meno le stesse domande in altri negozi vicini ha la stessa risposta: non soltanto non c'è un calzolaio di nome Bertotto in quella calle ma addirittura non ci sono calzolai nella zona, cosa, aggiunge qualcuno, piuttosto noiosa che costringe gli abitanti del quartiere a far riparare le loro scarpe da un certo Carlon, un odioso individuo dall'anima del ricattatore che ha bottega fra San Polo e Rialto. Paso Doble si mette a ridere quasi suo malgrado. Questi nomi, dice, dov'è che li trovi? Jacob, continua Schultz, non sa più che cosa pensare tranne che a quel punto della sua storia, in quel preciso capitolo veneziano, si è alzata come una nebbia, dentro la quale la realtà svanisce e vengono avanti i fantasmi. Dunque, si sforza a riflettere, dunque in brevissimo tempo ha accertato l'esistenza di un personaggio inventato cui ha dato il nome di uomo senza volto, e l'inesistenza di una persona che non può essere inventata, l'inesistenza di una persona che deve esistere o essere esistita perché – e chiede scusa assieme a me dell'uso insistito di questo verbo – se

Bertotto non è mai esistito, non possono esistere nemmeno le motivazioni di Nina, le ragioni per le quali Nina si è data a Binelli, non è esistito nemmeno Binelli né lo scandalo che ha costretto Nina a lasciare Venezia giù giù fino alla impossibilmente logica conclusione che non esiste nemmeno Nina e forse neppure lui.

E forse neppure tu, dice Paso Doble. E forse neppure io, conferma Schultz. Questo sì che fa mozzare il fiato. Altro che la notizia che Bertotto è morto. Certo l'inesistenza di Bertotto e di tutti noi è un po' seccante, oltre a non reggere sul piano della logica, ma è un colpo di scena cui mi sarebbe difficile rinunciare. Peccato. Forse se Jacob non fosse andato a cercarlo Bertotto sarebbe stato lì, al suo posto, la sua bottega al posto di quella del fornaio, l'odore di cuoio e colla invece del profumo del pane. Il reale si vanifica a ogni tentativo di verifica. Esiste soltanto una trama immaginaria con le sue leggi, la sua arrogante indipendenza, la sua autonomia. Tu, dice Paso Doble, cominci davvero a preoccuparmi. Quale demone ti ha preso questa notte? Non che tu abbia mai dato l'impressione di voler occupare un giorno alte cariche pubbliche nella marina mercantile né di presiedere l'associazione dei tipografi-editori, ma mi stai diventando una specie di Tusitala da quattro soldi. Follia di mezzo inverno. La cosa in fondo mi sorprende. Finirai a raccontar storie agli indigeni di Sacca Fisola, sostituto lagunare di Samoa. Magari, dice Schultz. Basta darti l'esca, continua l'altro, metterti una moneta in bocca perché ti esca una storia per il culo come diceva non ricordo chi. Strana scelta. Che cosa fa suo figlio signora? Oh si è fatto una bella carriera come slot-machine delle storielle. Schultz si mette a ridere. Ma sì, ma sì. La notte della fecondità. Rito invernale della fertilità mentale.

Si inventa a sinistra e a destra. Scatenati. Del resto mi vien fatto di pensare che non sia neppure mia la scelta, ma che dipenda da qualcosa di esterno alla mia coscienza, una specie di disegno che si sta tracciando alle mie spalle. Ancora?, domanda l'altro. Ancora, dice Schultz. Anzi più che mai. E riprende la lettura.

In un negozio della stessa via comperai un paio di camicie, delle calze, alcune altre cose che servivano a rinnovare il mio abbigliamento e tornai alla "Locanda Manfrin". Fielding era ancora là, seduto sulla stessa poltrona dove lo avevo visto poco prima e nello stesso atteggiamento di uomo dignitosamente spezzato. Salii nella mia camera, mi cambiai e tornai da lui.

«Stasera» disse.

«Stasera che cosa?» gli chiesi.

«Usciremo assieme a cercare quella palazzina.»

Capii che aveva parlato con madame Mascarino e che la vecchia indovina gli aveva detto di avermi messo al corrente di tutto ciò che la sfera di cristallo aveva rivelato fino a quel momento. Mi spiegò che, date le sue condizioni di appestato, era costretto a comportarsi come un topo, ad uscire soltanto di notte quando le strade erano deserte e nessuno, tranne forse pochi passanti notturni poteva riconoscere in lui la fonte del fetore che aveva invaso la città. Mi diede alcuni particolari che, se non spiegarono del tutto che cosa fossero le metafore, mi consentirono di farmi un'idea più precisa del rapporto che c'era tra loro. Non sapeva che cosa fossero. Erano semplicemente comparse ad un certo momento della sua vita e si erano comportate nei suoi confronti come se lo riconoscessero, come se venissero dalla stessa cloaca cosmica dalla quale era venuto lui e che rendeva lui e le bestie fratelli, figli della stessa madre. Erano comparse anche a Venezia, non gli stessi individui che lo circondavano a Londra, ma altri venuti da chissà quali profondità lagunari, con i quali però aveva stabilito lo stesso tipo di alleanza: estrema docilità da parte loro nei suoi confronti, da parte sua una autorità da capobranco. Questo, disse, erano le metafore. O forse, aggiunse, ma forse non ce n'era bisogno, non erano soltanto questo, ma erano qualcosa che era nato dal fango accumulatosi dentro di lui per tutte le cose che non aveva avuto, per tutte le cose che non aveva potuto fare, le cose cui aveva dovuto rinunciare e quelle che gli erano state proibite o che gli erano sfuggite, gonfiori di desideri inappagati e putrefatti che ad un certo momento avevano preso corpo e si erano messi a circolare attorno a lui. Voleva dire qualcosa, si chiese, il fatto che comparissero soltanto quando Nina non c'era, quando Nina si staccava da lui? Ah, l'orrore e la dolorosa ironia di quel discorso! Non era il suo viso impassibile ad esprimerli, ma la sua voce bassa, spenta che tuttavia di tanto in tanto era come percorsa da un rabbioso tremito, il sibilo feroce di chi non si è ancora rassegnato. Ancora una volta provai un moto di affetto per quell'uomo che avevo tanto odiato e temuto e mi meravigliai che il nostro rapporto fosse cambiato in così poco tempo e che io potessi sedere accanto a lui come un amico, la figura di Nina presente assente tra di noi non più a dividerci ma ad unirci. Trovai il coraggio di dirgli delle voci secondo le quali l'amministrazione della città sarebbe stata sul punto di formare un cordone sanitario attorno al campo Santa Margherita e a fare qualcosa per eliminare le pantegane, perché per tali erano state prese le metafore, della cui invasione era stata avvertita dai residenti del quartiere. Mi disse di non preoccuparmi. Uno dei suoi uomini, un avvocato poliglotta, aveva già corrotto un paio di funzionari municipali affinché l'operazione sanitaria fosse rinviata il più possibile. In ogni modo, aggiunse, non si sarebbe fermato a lungo a Venezia. Appena trovato l'uomo che gli aveva portato via Nina, gli avrebbe tagliato la gola e se ne sarebbe andato. E Nina?, mi arrischiai a domandare. Mi guardò come dal fondo con uno sguardo che non riuscii a capire. Oh, disse poi a bassa voce, Nina sarebbe fuggita di nuovo. Doveva averne abbastanza di lui e lui, segretamente, a volte tanto segretamente da non rendersene quasi conto, desiderava che continuasse a fuggire per non essere privato dell'unico scopo che gli era rimasto e che era quello di continuare a cercarla. Cercarla senza trovarla?, domandai. Cercarla, ripete. Non era mai stato così infelice, il suo corpo non si era mai sentito così mutilato come dopo la partenza di Nina, tuttavia, mormorò, tuttavia aveva scoperto che quella infelicità era meno vuota di quella di un tempo. Il dolore, ecco, quel dolore lo faceva vivere... Restammo a chiacchierare fino a sera, pranzammo brevemente assieme, poi uscimmo di casa per cercare la palazzina indicataci da madame Mascarino. Fielding aveva già esplorato una parte della città senza ricavarne alcunché tranne la prevedibile e immediata reazione di disgusto di chi aveva avuto la ventura di aprirgli la porta. Ma adesso che c'ero io che parlavo la lingua locale e non puzzavo come lui puzzava, potevamo avere maggiore fortuna. Non farò la cronaca dettagliata delle nostre ricerche. Dirò soltanto che per molte sere di seguito bussai alla porta di numerose case che potevano rispondere alla sommaria descrizione dell'indovina trovandomi a dare imbarazzate spiegazioni e più di una volta entrando in questo o in quest'altro palazzo con la violenza, le pistole in mano e il viso coperto da un fazzoletto e visitando le stanze in cerca di Nina e del suo drudo davanti agli occhi della gente che avevo buttato giù dal letto non so se più spaventata da quella irruzione o più sorpresa dal fatto che me ne andassi senza portar via nulla. Nulla, nulla, nulla. Non c'era traccia di Nina né dell'uomo che ce l'aveva rapita. Tornavamo alla locanda stanchi e frustrati e, prima di metterci a letto, segnavamo su una pianta della città le strade già controllate e decidevamo le strade da prendere la sera quando avessimo ripreso la ricerca. Mi rendevo conto che nonostante tutte le sue chiacchiere – ammesso che le avessi capite – sul dolore come strategia di sopravvivenza, Fielding sprofondava ogni giorno di più in una condizione che preoccupava seriamente i sentimenti di amicizia e di affetto che da poco provavo per lui. Parlava da solo, borbottava parole incomprensibili, aveva l'aria di rivolgersi a qualche essere invisibile che stava al suo fianco. Stranamente anche le bestie del suo seguito davano segni di disagio e malessere. Non parevano più le striscianti infide flaccide metafore che tanto mi avevano impaurito... Non che avessero cessato di strisciare o di essere flaccide ma era come se avessero cominciato a perdere le qualità che le facevano così misteriose e sinistre e che fossero in preda al disorientamento. Una sera ne trovammo una morta sulla scala della locanda e un'altra che agonizzava in mezzo al campo. Quanto a me non posso certamente dire che le mie condizioni fossero meno allarmanti di quelle di Fielding. L'uomo la cui esistenza avevo intuito si era installato nei miei pensieri, occupava tutto il mio spazio mentale. A volte lo immaginavo come un avvoltoio appollaiato su un ramo in attesa fiduciosa della mia consunzione. A volte come una immensa sanguisuga che mi succhiasse il cervello. A volte lo sentivo ridere delle mie ricerche, parlarmi, sfidarmi, dirmi, ah!, il luogo dove l'ho portata, ah, è così segreto, ah, che non riuscirai mai a trovarla. A volte mi chiedevo se la ragione per la quale non riuscivo a trovarlo non risiedesse proprio nel fatto che lo avevo inventato e se egli non fosse davvero lì, in un angolo della mia mente e non altrove e che soltanto nella mia mente dovessi cercarlo. Ma finché la sfera di cristallo di madame Mascarino avesse continuato a provarne l'esistenza concreta avrei continuato a cercarlo fuori di me. Una sera ebbi l'impressione di passargli vicino. Avevamo più o meno visitato tutte le palazzine al di qua del Canal Grande ed ora dovevamo spostare le nostre ricerche nei quartieri dell'altra sponda. Lasciammo la locanda e ci avviammo verso il traghetto. Una densa nebbia alzatasi sulla laguna si stava spostando verso la città. Convogli di fantasmi appena più chiari del buio avanzavano lungo i canali come truppe di invasione. A malapena si vedeva in fondo alla calle che portava al Canal Grande la luce rossa del traghetto.

Oh no, dice Schultz, trovandosi di fronte a un altro vuoto, ad altre pagine mancanti. Non proprio ora che stanno venendo da questa parte, non adesso che stanno attraversando il Canal Grande per sbarcare qui vicino... Non, aggiunge, che abbia fretta di incontrarli e di farmi tagliar la gola dalle loro spade. Ma affacciarmi alla finestra e vederli passare qui sotto sarebbe stato uno spettacolo notevole... A meno che, dice, a meno che, ripete, non debba considerare tutto questo come un invito... Ride piano, posa il libro sul letto e si alza. Muove qualche passo. Ma sì, mormora, è qui il punto di sutura. Adesso le pagine che mancano possono essere riempite soltanto da un mio intervento personale, non da una figura immaginaria come il monaco, ma da me in persona. Sostituire a questo punto l'ottica di Jacob con la mia ottica, coprire i vuoti del racconto di Jacob con il mio racconto. Che diavolo vuoi dire?, domanda Paso Doble che è sempre lì al suo posto accoccolato accanto al letto. Assumere più decisamente, dice Schultz, un ruolo attivo dentro il libro, procedere come se davvero io, tu, facessimo parte del libro che stiamo leggendo quanto Jacob, Nina, Fielding, capitan Viruela. Allunga il braccio e, senza sapere bene perché lo faccia spegne la luce della lampada. La camera precipita nel buio. Io, tu, ripete Schultz. Nessuna, a parte il ruolo e quell'aria smantellata di cui si parlava prima, nessuna, ripeto, differenza. Alti e magri non ci fa difetto il fisico da eroi in grado di liberare il mondo dalla tratta delle bianche e di combattere la peste. Apre la tenda e la finestra gli appare davanti con tutto il suo nero contenuto. Come se, dice Schultz, come se tutto accadesse dentro questo libro. Tutto, non soltanto la storia di Jacob e Nina e Fielding e la "Taverna del Doge Loredan" i corvi e le metafore, ma anche tutto il resto: io, tu, questa camera, il treno espresso, la donna dal cappotto di cammello, lo stesso armadio sopra il quale abbiamo trovato il libro, i canali, Berengo l'avvocato, le osterie, Baffi, mio padre, tutto chiuso dentro queste pagine... Anche i due uomini che hanno bussato alla porta qualche giorno dopo, una settimana dopo che lei se ne fu andata, per sempre questa volta. Ricordi? Paso Doble non risponde, alza le spalle, un moto invisibile nel buio. Due colpi secchi del battente sulla porta, Schultz che va ad aprire, due figure che compaiono nella luce del cortile e salgono la scala di marmo sul cui ultimo gradino Schultz aspetta. Sono un giovanotto sui vent'anni e un uomo sui quaranta. Schultz non li ha mai visti prima. Il signor Schultz? domanda il giovane. È quel che si dice un bel ragazzo, bruno, con gli occhi grigi, uno straniero che però sembra parlare un ottimo italiano. L'altro è un uomo alto e magro, il viso duro e pallido, vestito con eleganza. Impugna un lungo bastone nero. Puzzava?, domanda Paso Doble. No, non puzzava affatto, dice Schultz, ma forse non fa una grande differenza...

I due adesso si sono fermati davanti a Schultz sull'ultimo gradino, sotto l'arco della porta. Schultz?, ripete il giovane. Sì, dice Schultz. Il giovane lo scruta da capo a piedi lungamente e con freddezza. Poi dice: potrei fingere di chiamarmi Carlos Biavati o Secondo Caligaris, ma non lo farò. Schultz sorride. Lo dice, osserva, come se dovessi essergliene grato. No, dice secco il giovane, non è questo il punto. Il punto è che i nostri nomi devono star fuori da questa storia. Quale storia?, domanda garbatamente Schultz. Possiamo entrare?, ribatte il giovane. No, dice garbatamente Schultz. Un discorso come quello che sto per farle, dice il giovanotto, non lo si può fare sulle scale. Un'ottima ragione per non farlo, dice con garbo Schultz. E fa per chiudere la porta. Paso Doble si mette a ridere. Devo ammettere che come dialogo non è male. Schultz alza le spalle. Oh, è stato fin troppo facile. Aspetti, dice il giovane, la prego. Ha cambiato tono e sembra essere impallidito. Schultz lascia la porta aperta ma non gli fa cenno di passare. Lancia un'occhiata all'uomo sui quaranta che non ha ancora aperto bocca. Abbiamo ragione di credere, dice il giovane, che lei ospiti o abbia ospitato una signora di nostra conoscenza. Metafora dell'essere, pensa stranamente Schultz che ha accusato il colpo ma che forse non lo dà a vedere anche se la sua risposta arriva con qualche secondo di ritardo. Che cosa ve lo fa credere?, domanda. Oh ma lei se ne è già andata, se ne è andata già da qualche giorno. Abbiamo fatto delle ricerche, spiega il giovane, delle indagini che hanno portato fino a lei. Davvero? E quali indagini? È necessario parlarne?, domanda il giovane. Veda lei, dice seccamente Schultz. L'espresso Zurigo-Venezia arriva alla stazione pochi minuti prima che il vaporetto pubblico 172 attracchi all'imbarcadero, dice il giovanotto. Nessuno è salito a bordo quella mattina tranne lei e una giovane signora. Il pilota se la ricorda ancora. Devo dirle il nome del pilota? Levorato, dice Schultz. Renato Levorato. Il viso del giovane si illumina feroce. Ah, dunque ammette? È ancora qui? E fa per spingere Schultz ad entrare in casa. Schultz alza la mano destra aperta e lo colpisce con forza sulla fronte. La testa del giovane rimbomba. Non lo farei se fossi in lei, dice Schultz con un sogghigno alla Humphrey Bogart. E adesso sgomberate tutti e due. Non so se più mi infastidisca lei con le sue chiacchiere o questo suo amico che sta zitto. Cosa posso fare, domanda il giovane con voce bassa, per convincerla che siamo qui a importunarla per ragioni estremamente serie? Niente, dice Schultz, non può fare proprio niente. E aggiunge quasi senza accorgersene: lei comunque se ne è andata, non è più qui. Se ne è andata da una settimana circa. Dove?, grida quasi il giovanotto. Dentro un libro, vorrebbe dire ora Schultz, in un'altra epoca. È salita su un armadio e si è infilata dentro un libro. Non lo so, dice invece, è andata via senza dir niente. Suppongo sia una sua abitudine. È allora che l'uomo sui quaranta lo colpisce con il bastone sulla testa. Schultz sbatte contro lo stipite spigoloso della porta e crolla slombato a terra. Quando rinviene i due se ne sono andati ma è chiaro che la casa l'hanno perquisita da cima a fondo e che il pomo massiccio del bastone ha colpito alla cieca qua e là. Risultato: un mobile scheggiato, un vaso fatto a pezzi, un lampadario strappato dal soffitto. Se non ricordo male se l'è presa anche con il tubo della stufa. C'era polvere di carbone per tutta la cucina. Proprio così, dice debolmente Schultz alzandosi, una mano sulla parte contusa della testa. Il sogghigno di prima, quello alla Humphrey Bogart, evidentemente funziona soltanto al cinema. Tu, pensa tristemente Schultz, puoi sogghignare quanto vuoi ma nessuno ci fa caso. Di colpo ti arriva una bastonata sulla testa. Pensa un po', continua, pensa un po'cosa sarebbe successo se fossero venuti qualche giorno dopo e avessero trovato la statua nella camera degli ospiti. Ci hai mai pensato? Non ci ho mai pensato ma mi vien fatto di pensarci adesso. Avrebbero fatto a pezzi anche la statua o si sarebbero messi in ginocchio davanti a lei? Una furia assassina comunque li animava. Ma non so se rivolta soltanto verso me o anche verso lei. Perché, domanda Paso Doble, non li hai denunciati? Avresti dovuto denunciarli. Perché avrei dovuto denunciarli?, ribatte Schultz. Ho sempre badato da solo ai miei affari. Quel che è successo riguardava me e loro. E poi che senso avrebbe avuto una denuncia contro ignoti? Ritorna verso il letto e riaccende la luce. Hai spento tu la luce?, domanda. No, dice l'altro, l'hai spenta tu. E perché mai? Ah be', dice Paso Doble, non è a me che devi chiederlo. La questione comunque è irrilevante. Hum, dice Schultz. Forse sì, forse no. Forse inconsciamente ho voluto creare il clima adatto, forse ho pensato che il buio favorisse la sutura fra la storia di Jacob e la mia, l'incontro fra i nemici. Non puoi negare che il risultato sia notevole. Non ho più dubbi sulla mia collocazione. Posso verificarla alla luce della lampada accesa dentro queste pagine al punto in cui riprende, senza strappi, la scrittura.

Un giorno, dico un giorno perché era di giorno che dormivamo mentre di notte continuavamo le ricerche, feci un orribile sogno in qualche modo legato al fatto cui ho prima accennato, cioè all'abitudine presa da Fielding di parlare da solo o meglio di comportarsi come se dialogasse, a volte con violenza, con personaggi invisibili che gli stessero accanto. Mi ero spesso chiesto con chi diavolo stesse parlando, chi vedesse, chi fossero i suoi interlocutori ma senza mai riuscire a rispondermi perché dalle poche parole di Fielding che mi era stato consentito capire non era mai venuta alcuna indicazione. Il sogno me la diede. Dunque sognai che ero nella mia camera, occupato chissà perché, a guardarmi allo specchio, quando sentii venire da qualche punto della locanda come un palpito, una serie di palpiti, uno sbattere continuo di ali o di mantelli che sbandierassero al vento. Aprii la porta quasi certo di trovarmi davanti a un grande pipistrello in volo nella tromba delle scale quando invece il palpito cessò per diventare qualcosa di diverso, una voce, molte voci di persone che si accapigliavano in varie lingue incomprensibili. Le voci venivano dalla camera di Fielding e fu lì che mi precipitai con un senso di angoscia e di sciagura imminente. Entrai e vidi, non Fielding benché ci dovesse essere anche lui in qualche angolo della stanza, ma quello che Fielding vedeva, i personaggi immaginari con i quali dialogava quando lo sorprendevo a parlare da solo. La camera era piena di gente che vociava, gridava, rideva, urlava, tirava in aria colpi di pistola, si batteva alla spada, sputava, pisciava, defecava, una orribile scena che lo intuii, confusamente, non avveniva nella camera che Fielding occupava alla locanda, ma dentro di lui, nella sua mente, dove la presenza del nostro sconosciuto rivale si era come moltiplicata, era diventata quella folla chiassosa e irriverente. Non poteva essere stata soltanto la gelosia ad evocarla, ma qualcosa di più, il crollo delle difese che fino a qualche giorno prima avevano aiutato Fielding a reggersi in piedi, un'implosione della sua anima, forse la definitiva rinuncia da parte di Fielding ad avere una vita propria. Non saprei dire ora se queste riflessioni le facessi durante il sogno o più tardi, ma anche ammettendo che siano state formulate dopo il risveglio nulla cambierebbe del loro contenuto perché l'elaborazione di un sogno fa parte del sogno stesso, ne costituisce la continuità nello stato di veglia. Immaginavo comunque che nello stesso istante in cui erano crollate le difese di Fielding fossero crollate anche le strutture del suo impero, che un mare in tempesta avesse provocato il naufragio delle sue navi, che la polizia avesse fatto irruzione nei suoi magazzini sequestrando le sue merci e arrestando i suoi uomini, che il suo palazzo di marmi e alabastri fosse stato dato alle fiamme, insomma che il grande castello la cui costruzione Fielding aveva cominciato da bambino per proteggere la propria vulnerabilità e che era cresciuto con il tempo al di sopra dei castelli più alti e turriti, si fosse sfasciato di colpo nello stesso istante in cui Fielding era tornato a essere vulnerabile. Mi svegliai di soprassalto tremante e sudato. Mi vestii alla meglio e mi precipitai in camera del mio amico, perché tale ormai lo consideravo, se non con la paura di trovarvi quello che avevo visto nel sogno, con la certezza che qualcosa di grave fosse accaduto. Nessuna traccia nella camera della folla immaginaria che fino a qualche istante prima l'aveva occupata. Nessuna eco del frastuono che di lì avevo sentito venire. La camera era quieta e deserta. Non c'era nessuno, nemmeno Fielding che sembrava non averci neppure dormito perché il letto era intatto. Ma sul letto, a spiegarmi che qualcosa doveva essere davvero accaduto, c'era un'altra metafora morta, la lingua penzoloni, un rivolo di sangue che usciva dalla sua bocca baffuta. Scesi le scale e raggiunsi la hall. Due degli uomini di Fielding, gli stessi che mi avevano catturato e portato da lui, stavano tranquillamente giocando a rubamazzetto, un fiasco di vino e due bicchieri posati ai loro piedi per terra. Gli chiesi dove fosse il loro padrone. Mi risposero seccamente e senza guardarmi che stava dormendo. Non gli ero simpatico e in quei giorni non avevano perduto occasione per farmi capire quanto poco approvassero l'alleanza e infine l'amicizia che tra Fielding e me si era stabilita. Se fosse stato per loro mi avrebbero tagliata la gola in qualsiasi momento senza pensarci due volte. No, non sta dormendo, risposi. La sua camera è vuota. Be', qui non c'è, dissero. Se hai bisogno di lui cercalo. Pensai che fosse andato a consultare per l'ennesima volta madame Mascarino e risalii le scale verso la camera dell'indovina. Fu lei a spiegarmi quasi con le lacrime agli occhi quello che era successo. Quel bagliore o quell'ombra, quel segno insomma che dentro la sfera di cristallo indicava essere Nina nascosta in qualche luogo a Venezia, era scomparso di colpo. Nina se ne era andata dal suo rifugio e la sfera ne aveva denunciata la partenza. Ora era un qualsiasi globo opaco e muto, ottuso alla nostra storia. Nina se ne era andata, così, svanita.

Be', dice Schultz mentre dal canale sotto la palazzina sale fino alla sua memoria il pot-pot-pot di una barca a motore che si avvicina. Non proprio così. Lui riconosce il pot-pot-pot della barca a motore di suo padre e va al balcone. Una grande "topa", la stessa che abbiamo visto attraccata sotto la casa del vecchio molte pagine più indietro, sta passando sotto il ponte, la prua diretta verso la riva della palazzina. Al timone, Caronte gigantesco, c'è suo padre. Sulla tolda, seduta su una poltrona, le lunghe gambe accavallate, i pesanti capelli brunodorati raccolti sulla nuca, c'è la donna dal cappotto di cammello. Schultz la guarda come impietrito mentre il vecchio che lo ha visto alla finestra gli fa un cenno di saluto. Che cosa fa su quella barca la donna dal cappotto di cammello? Se ne è andata da qualche settimana senza dir parola e adesso torna indietro sulla barca di suo padre? Certo, dice Paso Doble, che come colpo di scena fa venire i brividi... Per quel che ne sapevo, dice Schultz, non si erano mai visti, non si erano mai incontrati e ora arrivavano assieme come se a mia insaputa ci fosse stata fra di loro una segreta storia. Roba da cadere fulminati. Vieni giù, dice il vecchio mentre attracca la barca alla riva della palazzina. Schultz si aspetta che la donna dal cappotto di cammello alzi lo sguardo su di lui e gli sorrida o gli faccia, anche lei, un cenno di saluto. Ma lei, immobile come una polena, continua a guardare davanti a sé come ignara di essere arrivata. Dammi una mano a portarla su, dice il vecchio. Schultz si stacca dalla finestra e quasi senza accorgersene qualche istante dopo si trova sulla riva. Dammi una mano a portarla su, ripete il vecchio. Ed è allora che Schultz si rende conto che la donna dal cappotto di cammello, brunodorati gli occhi come certi occhi brasiliani, brunodorata la carnagione e le mani posate sulle cosce, non è la donna dal cappotto di cammello ma la sua copia esatta fatta con la cera dalle mani di suo padre. Ah, dice Schultz, difficile dire se ne fossi più sorpreso o contrariato. Contrariato, dice l'altro. Anche se questa parola non ha abbastanza forza per esprimere quello che provavi in quel momento. Ferito, forse, offeso... Se fosse stata lei in carne ed ossa il suo arrivo si sarebbe spiegato in un solo modo: lei tornava, anche se tornava misteriosamente, con tuo padre. No, voglio dire, continua Schultz, non ho mai capito granché di mio padre ed ora mi irritava capirne ancora meno. Prendila su delicatamente, dice il vecchio, senza toccarle il corpo. È ancora umida. Oh, quanto a umidità, pensa Schultz, lei ne ha da vendere, umida lo è sempre. Forse ne sai anche tu qualcosa. Sorpreso?, domanda il vecchio mentre scaricano la statua dalla barca. Sorpreso e irritato, dice Schultz, che diavolo c'entri tu in questa storia? Il viso di cuoio del vecchio si spalanca in un bellissimo sorriso. Dovresti essere contento, dice, di avere un padre romanzesco, invece sei sempre lì a lamentarti. Salgono le scale portando la statua a cavalluccio. Dove vuoi metterla?, domanda il padre. Non sono affatto sicuro di volerla mettere da qualche parte, dice Schultz. Ma sì, ma sì, continua il vecchio, la camera degli ospiti potrebbe andar bene, mi sembra la più adatta a diventare un santuario. Poi aggiunge a voce bassa, è lei comunque che lo ha voluto. Lei?, sì lei, anche se non ne ho ben capito il perché. Come è tipica di tuo padre questa frase, dice Paso Doble, soprattutto il tono, una battuta detta a bassa voce magari con una nota dentro dolente e ambigua che può voler dire molte cose. Mascalzone. Entrano nella camera degli ospiti e mettono delicatamente la statua a sedere su una poltrona. Non mi risulta che vi siate mai incontrati, dice Schultz. Lei continua a guardare davanti a sé con il suo sorriso senza fissità e senza enigma come in attesa di qualcuno. Ma non è del tutto chiaro se sia davvero in attesa di qualcuno o se non sia piuttosto lei a essere aspettata, a essere la concrezione dell'attesa di qualcuno. C'ero anch'io in quel vaporetto, dice il vecchio, controlla, c'era un altro passeggero, un uomo alto con i capelli tutti bianchi. È lì che l'ho vista per la prima volta. Stranamente Schultz sente la tentazione di voltar pagina e di tornare indietro al punto in cui il vaporetto si stacca dall'imbarcadero e comincia risalire il Canal Grande. Renato mi porti a fare un giro? Un giro? Sto smontando. Ma poi accetta di portarli fuori rotta e fuori orario su e giù per la laguna. È vero. Seduto a prua, con il bavero del cappotto sollevato, c'è un uomo molto alto e con i capelli tutti bianchi. Ma è difficile al buio riconoscere suo padre. E dove andavi alle quattro del mattino?, domanda Schultz. In nessun luogo, dice il vecchio guardando la statua con orgoglio. Mi capita spesso di andare in nessun luogo alle quattro del mattino. Poi aggiunge: un giorno ti ho telefonato e ha risposto lei. Tu non c'eri, non so dove fossi andato. È così che ci siamo conosciuti. Il vecchio fa un cenno verso la statua. Detesto la scultura realista, dice, ma non si può negare che sappia farla. E non dirmi, continua che posso lavorare per qualche museo delle cere. Detesto anche la cera, materiale immondo. Ma non c'è niente come la cera che possa simulare, se affidata a mani che sappiano farla vivere, la carne umana e ciò che la consuma. Guarda. È lei in carne e ossa. Resterà così per qualche anno. Poi comincerà a scolorire, a diventare opaca, a invecchiare. Potrete invecchiare assieme come marito e moglie. Io, dice a questo punto con violenza Paso Doble, avrei fatto qualcosa a questo punto. Cosa avresti fatto?, domanda Schultz. Li avrei buttati dalla finestra tutti e due. Prima lui poi lei. Giù un bel tuffo nel canale e che se la sbrigassero da soli. E perché mai? C'era qualcosa di malato in tutti e due. E a me le malattie non piacciono. Quando poi sono coltivate mi fanno addirittura schifo. Malato?, mormora Schultz. No, non credo. Forse soltanto romanzesco. E poi?, domanda al padre. Poi, riprende il vecchio, è cominciata tra noi una solida amicizia telefonica. A volte la chiamavo io, a volte era lei a chiamarmi. Diceva che parlare con me le faceva bene. Diceva che la facevo ridere. Tu la facevi ridere? Non so, dice Schultz, forse non abbastanza. Ma perché mai senza dirmi niente? Così, risponde il vecchio, per una sorta di gioco clandestino. Un giorno, una ventina di giorni fa, me la sono vista arrivare a casa. Mi disse che doveva partire o che aveva deciso di partire, non ricordo. Ti disse anche come si chiamava?, lo interrompe Schultz. No, dice il vecchio. Glielo ho chiesto una volta sola, il primo giorno. Lei rispose che se avesse detto il suo nome sarebbe crollato tutto. Tutto cosa?, chiesi. Tutta questa storia mi rispose. Il suo ruolo doveva restare ambiguo, misterioso. Schultz sorride. Certo, pensa, certo, sarebbe crollato tutto, il libro avrebbe preso un'altra piega. Finsi di aver capito, continua il vecchio, e non insistetti. Del resto del suo nome non mi importava nulla. Lei era venuta a farmi visita prima di partire ed era quello che contava. Ne eri innamorato?, domanda Schultz. Ah, risponde il vecchio, queste non sono domande da farsi a un uomo della mia età e per di più tuo padre. Certo, mi piaceva, non credo di aver mai visto una donna bella come lei. Ma era a te che pensavo. Sei mio figlio in fin dei conti e per quel che ne sapevo lei era la tua donna. Le chiesi perché avesse deciso di lasciarti. Non ti amava più? Ah, disse lei, non era l'amore il suo problema. Il fatto era che il suo spazio in questa storia era limitato. Continuava a parlare di questa storia come se desse per scontato che io sapessi di quale storia si trattava... In ogni modo, continua il padre, non se ne sarebbe andata senza lasciarti nulla. Presenza assente, pensa Schultz, essere che si manifesta brevemente e poi scompare lasciando il proprio simulacro a invogliare la ricerca. Il suo ruolo era soltanto questo. È stata lei, domanda al padre, a chiederti di fare questa statua? Sì, è stata lei e ha rinviato la partenza fino a quando non l'ho finita. Se ne è andata due giorni fa. Ha lasciato questo vestito e questo cappotto di cammello. E questo è quanto. Perché non gli hai chiesto, domanda Paso Doble, se se l'era portata a letto? Schultz alza le spalle. Perché mi avrebbe detto di averlo fatto in ogni caso. Anzi. Mi avrebbe probabilmente fatto capire che era stata lei a sedurlo. Sai com'è. Quel vecchio figlio di puttana, dice Paso Doble. Un bel salto nel canale ecco quello che si sarebbe meritato. Ed è probabile, continua Schultz, che sia successo veramente. Che sia successo cosa?, domanda l'altro. Che siano andati a letto assieme. E non te ne importa? Non adesso, dice Schultz, l'unica cosa che adesso importa è guadagnarmi qualche merito, scavare fino in fondo all'idea che siamo tutti qui, dentro queste pagine e che se proprio vogliamo ritrovarla dobbiamo cercarla qui dentro queste pagine.

Madame Mascarino, che avrebbe potuto tacere della scomparsa di Nina, fingere che fosse ancora lì a Venezia e continuare a percepire le monete d'oro che Fielding le dava ogni giorno come qualsiasi altra indovina meno onesta di lei avrebbe fatto, si era invece sentita in dovere di dire la verità, di rivelare che la sfera non segnalava più la vicinanza di Nina e che la sua partenza per chissà dove era stata anche confermata dai tarocchi. Nina era partita già da parecchi giorni ma madame Mascarino non aveva dato immediatamente l'allarme forse sperando in un errore della sfera o in un ritorno di lei. Fielding non aveva fatto alcun commento, era rimasto a lungo a guardare davanti a sé, immobile come una statua, tranne che per un lieve tremito delle labbra. Poi era uscito dalla camera – e c'era stato qualcosa di definitivo nella sua uscita – lasciando la povera Mascarino in uno stato di angoscia più manifesto del suo e forse altrettanto profondo perché l'indovina aveva preso a cuore la nostra storia, aveva sofferto e sperato assieme a noi e ora la tormentava il pensiero che qualcosa di orribile potesse accadere. Intuii quel che stava pensando e mi precipitai fuori dalla camera deciso a cercare Fielding e a fermarlo. Visitai dapprima ma inutilmente tutte le stanze della locanda poi, quando mi resi conto che Fielding doveva essere uscito senza farsi vedere dai suoi uomini, presi il mio mantello e scesi di nuovo le scale per mettermi sulle sue tracce. Erano le cinque del pomeriggio e cominciava a far buio ma era ancora giorno e il fatto che Fielding fosse uscito senza la protezione che la notte gli assicurava denunciava il suo stato d'animo confuso e sconvolto più di una esplicita ammissione da parte sua. Stavo per aprire la porta di uscita quando il caso volle, o forse non il caso ma il destino, che il mio sguardo cadesse su un fascio di lettere evidentemente arrivate da poco perché prima non le avevo viste, posate sul banco dell'ingresso. Senza minimamente sospettare che quello sguardo aveva già cambiato i miei piani immediati e la mia vita futura mi avvicinai al banco per controllare le lettere. Erano per lo più indirizzate a ospiti della locanda da mittenti che ignoravano l'esodo seguito al passaggio di proprietà, ma fra di esse vi era una busta di un biancore delicato sulla quale una scrittura nota, così nota che mi balzò il cuore in gola a riconoscerla aveva tracciato queste parole: *Illustrissimo signor Bruno Manfrin, "Locanda Manfrin", Santa Margherita, Venezia*. Era una lettera di Nina al fratello. Mi guardai rapidamente attorno poi, rendendomi conto che non c'era nessuno in quel momento che potesse vedermi, infilai con mano tremante la lettera in tasca. Un istante dopo ero uscito dalla locanda e attraversavo quasi di corsa il campo in cerca di un luogo sicuro dove poter aprire la lettera e leggerla. Avevo trovato il filo perduto di Nina. Non solo, ma senza saperlo, con quel gesto furtivo, avevo preso la decisione di mandare al diavolo il mio sodalizio con Fielding e di tenere quel filo soltanto per me. Quando fui arrivato a ragionevole distanza dalla locanda aprii la lettera e la lessi alla luce di un lampione appena acceso. Diceva: "Bruno, sono stata a Venezia, ma mi è mancato il coraggio di incontrare nostro padre. Te però voglio vederti. Sono a San Bruson del Dolo in casa di Ventura. Ti aspetto. Tua sorella Nina che non ha mai smesso di volerti bene". Mi uscì dalle labbra un grido di trionfo. L'avevo trovata. L'avevo finalmente trovata! Sarei andato a San Bruson del Dolo – ignoravo dove si trovasse ma non dubitavo di poterlo presto scoprire – e mi sarei presentato a Nina al posto di suo fratello. Sentii la tentazione di partire subito, di non perdere un solo istante, ma ad un tratto ricordai le ragioni per le quali ero stato sul punto di uscire precipitosamente dalla locanda: Fielding, la sua scomparsa, la sua disperazione. Cosa avrei fatto di lui? Fu allora che mi resi conto, con definitiva chiarezza, non solo che avevo già deciso di tradirlo nello stesso istante in cui mi ero impossessato della lettera, ma anche che lo avrei lasciato andare incontro al suo destino senza far nulla per fermarlo.

Avevo intuito, così come lo aveva intuito madame Mascarino, che Fielding aveva lasciato la locanda in un'ora così rischiosa per lui perché aveva intenzione di uccidersi. Come ho già avuto occasione di dire non avevo dato molto credito alle affermazioni di Fielding, peraltro contraddittorie e confuse, secondo le quali egli era più interessato a cercare Nina che a trovarla. Se questo fosse stato vero la scomparsa di Nina, che allontanava di nuovo un incontro sicuramente temuto ma non tanto da dover essere evitato, avrebbe dovuto risvegliare le sue energie e spingerlo a mettersi sulle tracce di lei. Invece, a sentire madame Mascarino che non si era lasciata ingannare dalla sua immobilità e dal suo silenzio, Fielding pareva avesse finito per spegnersi del tutto ed era uscito dalla camera di lei in un modo, per così dire, definitivo, finale. Era quindi assai probabile che Fielding si proponesse di togliersi la vita. Prima di partire per la località sconosciuta da dove era venuta la lettera dovevo rintracciarlo e accertarmi che avesse davvero portato a termine il proposito suicida che gli attribuivo. Perché, se fossi partito subito e la mia intuizione fosse risultata essere sbagliata e Fielding fosse tornato e non trovandomi avesse in qualche modo capito che io lo avevo abbandonato, che avevo ripreso a cercare Nina da solo, magari con qualche elemento di conoscenza in più, trovato chissà dove, avuto da chissà chi, arrivato magari per posta, il suo odio per me si sarebbe riacceso e io me lo sarei trovato prima o dopo livido e ansimante alle spalle, il suo bastone assassino pronto questa volta a sfondarmi il cranio. Ragionavo con calma e molto freddamente e, stranamente, la mia freddezza nei confronti di Fielding non mi sorprendeva quanto mi avevano sorpreso i sentimenti di amicizia che negli ultimi tempi avevo provato per lui. Non mi chiedevo neppure, se non con molto distacco, con indifferenza, se un comportamento così cinico da parte mia non mi rendesse moralmente responsabile del gesto che Fielding era sul punto di compiere o aveva già compiuto. L'arrivo di quella lettera aveva fatto di me un altro uomo o meglio aveva spazzato via quell'uomo provvisorio e pieno di buoni sentimenti che ero diventato dopo il mio arrivo a Venezia e mi aveva fatto ritornare l'uomo di prima. Del resto non era il caso che mi facessi tanti scrupoli. Non era forse Fielding colui che aveva spezzato le gambe al capitano dei dragoni, bruciato il lungo studio scientifico dell'ornitologo, buttato nel Tamigi il cerusico, costretto a fuggire l'abate italiano? Presi a camminare per le strade che si abbuiavano con sentimenti ben diversi da quelli che pochi minuti prima mi avevano spinto ad uscire. Se prima mi ero mosso con la speranza di arrivare in tempo a salvare Fielding dalla sua stessa mano, ora lo cercavo con la fiducia che fosse ormai troppo tardi, che tutto fosse ormai accaduto in modo irreversibile. Non sapevo quale direzione Fielding avesse preso. Annusavo l'aria come un segugio sperando che qualche folata di vento mi portasse quel che era rimasto del suo odore e che mi mettesse sulla sua strada. Ma non fu l'odore a farmelo ritrovare qualche ora dopo. Ad un tratto, mentre attraversavo una lunga piazza di cui non ricordo il nome, sentii sopra di me un battito di ali non diverso da quello che avevo sentito nel sogno. Alzai lo sguardo e vidi volare bassi nell'ombra stormi di uccelli di cui mi fu impossibile riconoscere la specie, ma che mi parvero di diversa misura e che sembravano procedere festosi e come incolonnati verso un punto della città. Li seguii con lo sguardo finché sparirono dal mio orizzonte, ma subito dopo, provenienti da un'altra direzione, anzi da varie direzioni, soli o in drappello, vidi molti altri uccelli che calavano frullando verso lo stesso punto. Li seguii, se così si può dire, incuriosito dalle strane manovre di quell'armata pennuta ma senza prevedere in alcun modo che fosse mossa dai miei stessi interessi, anzi eventualmente pensando che mi offrisse l'occasione per perdere un po' di tempo e per arrivare a fatto compiuto. Invece, quando individuai il luogo dove erano calati – una piazzetta delimitata da alti palazzi e dalla facciata di quello che sapevo essere il più celebre teatro veneziano – vidi l'uomo che stavo cercando: Fielding che, con una corda al collo, si arrampicava su un lampione illuminato. Attorno a lui, ancora in volo nell'aria marcita, saltellanti a terra, gracidanti, gracchianti, sibilanti e anche sdegnosamente silenziosi tutti gli uccelli che prima avevo visto passare sopra di me, fra i quali ora potevo riconoscere con sorpresa e paura, esemplari dei rapaci più selvaggi, aquile, condor delle Ande, avvoltoi del deserto del Sahara, zopilotes messicani, buitres, falconi scandinavi, corvi della Cornovaglia. Qualche finestra si apriva sopra la piazza, qualche testa si affacciava su quelle ali palpitanti e subito rientrava, qualche passante impaurito dalle immense falene ruotanti attorno al fanale e proiettanti le loro ombre sulle case, si allontanava di corsa prendendo altre direzioni. Io invece rimasi a guardare quell'orrendo spettacolo. Certo, avrei potuto salvarlo. Sarebbe bastato che lo chiamassi, che gridassi il suo nome e gli facessi vedere la lettera di Nina perché Fielding scendesse dal fanale e continuasse a vivere. Lasciai invece che si impiccasse, che la sua storia si concludesse così come forse era destino che dovesse concludersi.

Aspetta, dice Schultz a Paso Doble, che ha di nuovo alzato la testa verso di lui. So cosa vuoi dire. Quella sera avevo un forte mal di denti. Un attacco improvviso in mezzo alla strada mentre stavo tornando a casa da non ricordo dove. Un dolore orribile, un dolore al primo posto nella scala dei dolori. Un nervo malato mi si era scoperto senza preavviso. Rinuncio a tornare a casa e vado dal dentista. L'infermiera mi dice che non c'è. È andato, dice, a una manifestazione di dentisti democratici. Le chiedo quando torna. Non lo sa, risponde. Potrebbe anche non tornare. È un leader del movimento e ha molti nemici. Recentemente ha ricevuto telefonate minatorie. È chiaro che lei ne è innamorata e che seriamente la preoccupa quel che può succedere. Le domando se può suggerirmi qualcuno cui rivolgermi. Non stasera, dice lei. Non c'è un solo dentista disponibile in tutta la città. Neanche fra i dentisti, cosiddetti liberi, l'altro gruppo in cui si divide la categoria, sarà facile trovar qualcuno. Hanno organizzato una controdimostrazione e pare che nelle ultime ore ci siano stati violenti scontri. Ma, dico con la bocca in fiamme, che cosa c'è che non vanno d'accordo e proprio la sera in cui io soffro come un cane? Oh, dice lei, è una vecchia storia. Questione di donne?, domando io che nonostante il dolore non ho perduto il senso di umorismo. Ah no, dice lei, i dentisti democratici non condividono il pensiero scientifico degli altri e viceversa. Inoltre i primi vogliono guadagnar meno, i secondi invece no. Io che ho un grande rispetto per chi vuol guadagnar meno formulo il timore che quella eroica minoranza in lotta per uno scopo tanto nobile stia passando un momento brutto. Sono arrivati ai ferri corti, dice con un sospiro l'infermiera. Mi piacerebbe anche, continuo, dargli una mano, ma il dente mi duole in modo tale da togliermi ogni forza. Domando alla ragazza se è in grado di fare qualcosa per me, una iniezione, un calmante un piccolo anestetico per tirare avanti fino al ritorno del dentista, ammesso che ritorni. Lei arrossisce, dice che non può. È alle prime armi e potrebbe sbagliar tutto. Può farmi, se lo desidero, un caffè oppure un tè, se lo preferisco. Caffè, dico, tanto per togliermela dai piedi. E mentre lei sparisce dentro un cucinino entro nello studio prendo una pinza e mi tolgo da solo il dente. Così, senza anestesia. Una esperienza orribile che per poco non mi ammazza. Per riprendermi vado alla finestra e l'apro ed è allora che vedo l'impiccato. Due vigili e un gruppetto di persone lo stanno tirando giù da un lampione. Naturalmente a quella distanza non riesco a vederlo in viso, ma adesso, andando le cose come stanno andando, ho il forte sospetto che si trattasse dell'uomo sui quaranta che mi ha colpito con il bastone. Paso Doble tace, la testa di nuovo ripiegata sulle braccia, le braccia attorno alle ginocchia. Cosa vuoi che ti dica, continua Schultz, non è colpa mia o, se c'è colpa da parte mia, e assai indiretta... Telefona all'avvocato Berengo, dice Paso Doble a bassa voce. È la cosa migliore che puoi fare. A quest'ora?, domanda Schultz. Oh l'ora, dice l'altro, cosa vuoi che importi l'ora. Berengo è sempre lì che aspetta. Non mi permetterei mai di importunarlo in piena notte, dice Schultz, e poi non ho ancora deciso nulla. A proposito che ora è? Guarda l'orologio. Le quattro. Questo libro mi porta via una notte intera. Ti porterà via qualcosa di più, dice Paso Doble, se continui a non darmi retta. Quindici giorni dopo, dice Schultz riprendendo e concludendo il suo racconto, mi imbarcavo per quello che ignoravo essere il mio ultimo viaggio.

Guardavo Fielding che dignitosamente moriva senza sentirmi indegno. La lettera che avevo in tasca era un potente talismano che mi rendeva insensibile a qualsiasi giudizio morale. Non che, risalendo a ritroso la strada fatta da quella lettera avessi la certezza di ritrovare il paradiso perduto, la carne degli dei che avevo così avidamente divorato per molte settimane. Forse il paradiso era ancora occupato dall'invasore sconosciuto, un barbaro sedeva al mio posto al grande banchetto, ma non c'era dubbio alcuno che con la lettera di Nina in tasca e con la scomparsa di colui che era stato il più tenace e vischioso dei pretendenti di lei avessi fatto un enorme passo avanti verso il recupero di ciò che mi era stato rubato. Così stavo riflettendo senza quasi più avvedermi del corteo pennuto che con grandi battiti di ali celebrava il funerale di Fielding, quando sentii un noto richiamo, ehi!, e mi trovai ad un tratto di fronte a Dick e a Severino. Li guardai incredulo senza parlare. Avrei dovuto immaginare che quello stormo di uccelli ferocemente ruotanti attorno al corpo di Fielding doveva essere stato guidato fino a quella piazzetta dai due corvi che qualche mese prima mi avevano generosamente messo sulle tracce di Nina. Invece nonostante i molti motivi di gratitudine che avevo nei loro confronti li avevo completamente dimenticati. Ma non avevano l'aria di essere offesi. Al contrario sembravano contenti di rivedermi.

«Hai visto, eh,» disse Severino «abbiamo portato un bel po' di amici.»

«Ma,» balbettai «come avete fatto a sapere?»

«Oh,» disse Dick «le notizie volano. E poi non lo abbiamo mai perduto di vista.»

«L'hai trovata?» domandarono.

«Non ancora» risposi. «Ma so dov'è. Sto andando da lei.»

«Bene, bene» dissero. «Ci vediamo allora.»

«Vi tratterrete a lungo a Venezia?»

«Oh no. Ce ne andremo tra poco, prima che la nostra presenza qui dia troppo nell'occhio.»

Fecero un cenno di saluto e volarono festosamente verso il lampione.

«Grazie di tutto» gridai. Poi voltai le spalle alla piazzetta e rapidamente mi allontanai. Non sarei ritornato alla "Locanda Manfrin" dove avevo lasciato poche cose che potessero essermi utili, qualche camicia, un paio di stivali di cui potevo fare a meno facilmente. Non volevo più vedere gli uomini di Fielding dai quali, quando fossero venuti a sapere della morte del loro padrone, mi sarei potuto aspettare qualsiasi cosa; non volevo più sentir parlare di Fielding che faceva parte di un capitolo ormai chiuso della mia vita. I soldi che avevo portato da Londra erano finiti da un pezzo ma disponevo di una borsa di monete d'oro che Fielding mi aveva dato pensando che potesse servire a comperare qualche notizia utile alle nostre ricerche. Non avevo quindi problemi di danaro e potevo affrontare senza difficoltà il viaggio a San Bruson del Dolo. Scoprii che era un paesetto sul naviglio del Brenta, un fiume che attraversava la campagna veneta e sfociava in laguna, molto più vicino a Venezia di quanto avessi pensato. Mi fu detto che potevo con poche monete noleggiare una barca con un paio di vogatori e che in tre o quattro ore vi sarei arrivato. Per trovare la barca bastava che mi recassi all'alba all'estremità meridionale di un lungo molo chiamato le Zattere da dove partivano i battelli che assicuravano il collegamento con la terraferma. Vagabondai tutta la notte per la città deserta badando a tenermi lontano dalla locanda e dal luogo dove Fielding aveva trovato la morte, senza provare alcun sentimento di rimorso per quello che avevo fatto, la mia mente e il mio cuore occupati soltanto ad anticipare quello che mi sarebbe accaduto di lì a poche ore quando fossi comparso davanti a Nina. Ad un tratto, mancava poco all'alba, mentre camminavo lungo una di quelle strade fiancheggiate da canali che i veneziani chiamano fondamenta, ebbi la sensazione di essere seguito. Mi voltai e, ancora lontane ma non abbastanza perché non potessi riconoscerle anche in quella luce scarsa, vidi due metafore che arrancavano verso di me. Presi a correre per mettere quanta più distanza potevo fra me e loro e, non c'è dubbio che le due bestie abbandonassero la loro andatura strisciante e prendessero a galoppare sulle corte zampette come decise a non perdermi di vista. Imboccai una calle a casaccio, attraversai un ponte, mi infilai in un sottoportico, ne uscii a precipizio e continuai a scappare fino a quando non ebbi la certezza di non avere più nessuno alle mie spalle. Mio Dio! Era stato dunque così profondo il legame fra Fielding e quegli animali? Fielding continuava a guidarli dal posto dove era arrivato o loro avevano in qualche modo saputo della sua morte e ora ne cercavano il responsabile? Perché, ne ero certo, l'incontro di quella notte non era stato casuale, ma aveva avuto il carattere maligno dell'inseguimento deliberato, della persecuzione e dell'agguato. Ero comunque riuscito a liberarmene ed ora che l'alba stava spuntando potevo imbarcarmi e partire. Mi avviai verso le Zattere e meno di un'ora dopo cominciavo la traversata della laguna a bordo di una barca spinta da due robusti vogatori. San Bruson del Dolo era un villaggio di poche case che sorgeva sulla riva del Brenta, interludio contadino di una riviera il cui carattere veniva per lo più dato da ville di raffinata eleganza appartenenti alla nobiltà veneziana e costruite nei secoli di maggior splendore della repubblica. Ma di quelle superbe costruzioni non mi importava nulla. Le guardavo di sfuggita quasi senza vederle attento com'ero a osservare la sponda dove in ogni donna che passava mi pareva di riconoscere quella che stavo cercando. Sbarcai su un imbarcadero cadente e salii sull'argine del fiume. San Bruson era davanti a me, l'edificio più vicino un'osteria dalle mura color ocra in parte ricoperte di edera, ciuffi verdi che cadevano sulla porta, davanti alla quale, con una bambola di stoppa fra le braccia, zoccoletti di legno ai piedi, era seduta una bambina. Fu lei a indicarmi dove si trovava la casa della donna cui Nina faceva accenno nella sua lettera, Ventura, una vecchia lavandaia che, lo appresi più tardi, aveva molti anni prima lavorato alla "Locanda Manfrin" ed era stata nutrice di Nina e di suo fratello. Seguii la direzione indicatami dalla bimba e, pochi minuti dopo, percorso un breve sentiero che si allontanava dall'argine in perpendicolo, mi trovai di fronte a una siepe e a un cancello di legno oltre i quali, al centro di un orto alberato, si vedevano una casetta modesta ma costruita su solida pietra, un pozzo artesiano, della biancheria stesa ad asciugare. Mi fermai. Il cuore mi batteva forte, l'arteria della tempia sinistra pulsava in modo doloroso. Le ghiandole lacrimali potevano secernere il pianto da un momento all'altro. Quante miglia avevo fatto, da Londra fino a quel villaggio! E quante cose mi erano accadute, quanta sofferenza avevo provato prima di arrivare a quel punto! Tuttavia non era stata la commozione a fermarmi ma qualcosa di diverso. Sentivo confusamente il bisogno di prepararmi all'incontro con Nina, di scegliere una linea di comportamento, uno schema da seguire. Arrivavo come un messaggio che fosse stato scritto in fretta e in condizioni emotive sconvolte, pieno di argomentazioni affastellate e confuse, privo di un ordine che desse la precedenza ai temi principali e affrontasse successivamente e con calma quelli secondari. Il desiderio, il mio amore per Nina, il rancore che provavo per lei per avermi abbandonato, l'odio per l'uomo con il quale aveva vissuto a Venezia e che per quel che ne sapevo poteva essere lì assieme a lei, tutto era messo sullo stesso piano e ora era come se io, rileggendo il messaggio dopo averlo scritto, sentissi la necessità di riscriverlo, di scegliere cioè con maggior ordine fra desiderio e rancore, di decidere se rovesciarla a terra ed entrare in lei liberando innanzitutto un bisogno accumulato per tanto tempo o fare qualcosa che la punisse per il suo tradimento, strapparle subito il nome dell'unico rivale che mi era rimasto... Ma il mio turbamento era tale da non reggere il peso di considerazioni guardinghe. Decisi quindi di affidarmi al caso, di presentarmi a Nina nello stato di confusione in cui mi trovavo e di adattare il mio comportamento al modo in cui lei mi avrebbe accolto. Spinsi il cancello e mi diressi verso la casa. La vidi, come l'avevo vista in altre occasioni, anche se a molte centinaia di miglia di distanza, attraverso una finestra aperta. Mi dava le spalle.

In piedi accanto a un tavolo stava passando un ferro da stiro carico di carbone rovente su un immacolato lenzuolo. I pesanti capelli brunodorati nei quali avevo tante volte affondato le mie mani erano raccolti in un nodo disordinato sulla nuca. Un abito azzurro di lana fasciava il suo corpo adorato. Non era sola. Con lei c'era una vecchia dall'aria svanita o ubriaca ferma a gambe larghe in mezzo alla stanza – era la cucina della casa – come in attesa di qualcosa. Che cosa stesse aspettando lo capii un istante dopo quando la vecchia esalò un peto tanto lungo quanto dirompente. Nina scoppiò a ridere e subito, come risposta immediata a un segnale, anche lei lasciò andare un suono simile a quello emesso dalla vecchia e forse addirittura più terrificante, così terrificante da darle un convulso riso e da scatenare una specie di spirito competitivo nella sua compagna che ripeté la battuta di prima, il che mi fece pensare che quello strano dialogo durasse già da qualche tempo e che io ne avessi colto soltanto una parte.

Schultz si mette a ridere. Oh Dio, dice, oh Dio! Come è bello tutto questo! Miglia e miglia percorse con affanno, il mistero e il mito di Nina che crescono di miglio in miglio, l'assenza di lei vissuta come una presenza e, infine, al momento dell'incontro, questa sublime scena corporale! Lo faceva anche la donna dal cappotto di cammello?, domanda Paso Doble. Be', dice Schultz, io non l'ho mai sentita, ma suppongo che anche a lei capitasse di farlo di tanto in tanto. Ride ancora. Chissà perché, dice, cose come queste mi fanno morir dalle risate. Come quell'episodio esilarante capitato a Singapore... Aspetta, dice l'altro, aspetta, non impegnarti troppo. Mi sembri uno di quegli imbecilli che prima di raccontare una banalità qualsiasi ti dicono ora vi faccio ridere. Ah no, continua Schultz. Non è questo il caso. Ne abbiamo già parlato. A Singapore? Sì ero a bordo di una nave olandese, invitato a pranzo dal capitano. C'era con lui sua moglie, sai che anche gli ufficiali della marina mercantile olandese possono portare le mogli in viaggio una volta l'anno. Lei era una bella donna alta e bionda con i capelli lunghi e lisci, parlava un po' italiano per essere vissuta a Roma qualche anno. Non ricordo come si venne a parlare degli ebrei. «Ma qui,» disse ad un tratto la signora «gli ebrei scoreggiano.» Paso Doble ha una specie di singulto ricordando. Ma sì, ma sì, dice, ne abbiamo già parlato... Come?, chiesi pensando di non aver capito bene. «Da queste parti,» ripeté la donna «gli ebrei scoreggiano.» Dovetti fare uno sforzo per non scoppiarle a ridere in faccia. «Be',» dissi «se è per questo scoreggiano anche i cristiani e i musulmani e non soltanto da queste parti.» Mi guardò sorpresa. «I cristiani forse sì,» disse «ma i musulmani sicuramente no.» Schultz ha quasi le lacrime agli occhi per il gran ridere. Prima di rendermi conto che la moglie del mio ospite aveva voluto dire che a Singapore gli ebrei scarseggiano passò qualche minuto. Sì, sì. Anche Paso Doble ride con le lacrime agli occhi. Oh Dio, dice, oh Dio! Se soltanto la vita potesse essere sempre così allegra. Schultz gli lancia uno strano sguardo fra il sorpreso e l'affettuoso. Riesci a essere quasi simpatico quando ridi, dice. Dovremmo, e prende a ridere di nuovo in modo irrefrenabile, parlare più spesso di scoregge noi due. Per un lungo minuto doppie risate si accavallano e si inseguono nella camera. Oh, Dio, oh Dio! Basta, adesso basta. E si asciugano entrambi gli occhi inumiditi.

Fu la vecchia ad accorgersi di me e Nina, cogliendo lo sguardo di lei spostarsi verso la finestra, si voltò. Non disse nulla quando mi vide, ma le sue labbra ebbero un tremito. Sorpresa, incredulità, forse anche commozione le passarono assieme negli occhi. Tentai di sorridere ma non so se ne uscì un sorriso o una smorfia. Quel corpo che rivedevo dopo tanto tempo aveva recentemente conosciuto un altro corpo che non era il mio, era caldo di altri abbracci, ricordi più vicini si erano sovrapposti forse fino a cancellarli ai ricordi lontani della "Taverna del Doge Loredan".

«There's always a window between us» dissi, c'è sempre una finestra tra di noi. Il carbone sfrigolava nel ferro da stiro lasciato sopra il lenzuolo, nell'aria si alzava un odore di tessuto umido ma troppo riscaldato. «Attenta al ferro» disse la vecchia prendendo il posto di Nina accanto al tavolo ma continuando a guardare dalla mia parte. «Chi è questo ragazzo? Un tuo innamorato inglese?» Già, chi sono, chiesi, chi sono esattamente? Nina non rispose alle domande che si erano succedute l'una all'altra e che aspettavano un'unica risposta, ma continuava a fissarmi attraverso la finestra.

«Posso entrare?»

Fece un cenno con il capo e io scavalcai la finestra come avevo fatto in un'altra occasione ed entrai. Ma questa volta lei non si mise a ridere.

«Come hai fatto a trovarmi?» chiese infine con un tono di voce così neutro che non potei capire quali sentimenti il mio arrivo avesse suscitato in lei. Ah, Nina Nina, dissi indifferente al fatto che non eravamo soli e che la vecchia ci stava guardando con l'aria di divertirsi un mondo, sta succedendo qualcosa laggiù fra le erbe del tuo cespuglio?

«Come hai fatto a trovarmi?» ripeté. «Nessuno sa che sono qui.»

Tirai fuori di tasca la lettera che aveva scritto al fratello e gliela diedi.

«Ero alla locanda,» dissi «quando è arrivata. Ho riconosciuto la tua scrittura e l'ho aperta.»

Mi guardò come se non avesse capito. «E mio fratello,» chiese «perché non è venuto?»

«Tuo fratello» spiegai «non l'ha mai avuta. Non è più a Venezia come non è più a Venezia tuo padre. La locanda è stata venduta.»

«Venduta?» mormorò più che sorpresa, quasi spaventata. «Venduta a chi?»

«A Fielding» dissi con un tremito nella voce perché ci stavamo avvicinando al momento che forse avevo più temuto.

«Oh Dio,» disse Nina «è qui anche lui?»

«No» dissi. Feci una pausa confuso da quegli occhi che mi fissavano. «Fielding è morto» aggiunsi poi. «Si è impiccato a un lampione ieri sera.»

Lanciò un grido e cadde svenuta a terra. Davvero, si afflosciò su se stessa come colpita da una sincope. Pochi istanti dopo, con l'aiuto della vecchia che in un primo momento, forse considerandomi responsabile di quello svenimento si era avventata su di me con il ferro da stiro in mano decisa ad abbattermelo sulla testa o a rovesciarmi addosso i carboni ardenti, trasportavo Nina in una camera e la stendevo su un letto. Tardò qualche minuto a rinvenire e durante quei minuti, vedendo il corpo di lei giacere su un letto come lo avevo visto tante volte, la gonna un po' sollevata, la bocca socchiusa, il seno che palpitava sotto la lana del vestito, dovetti lottare contro me stesso per non infilare una mano sotto la gonna e spingerla su, salire su fino a dove sarebbe affondata. Me lo impedì soltanto la presenza della vecchia che aveva voluto fermarsi nella camera e che ancora imprecava contro di me come se Nina avesse perso conoscenza perché io l'avevo colpita con un'arma e non con una notizia. Quando rinvenne Nina pregò la vecchia di uscire e io dovetti raccontarle la storia dall'inizio, dal momento in cui mi ero svegliato nello sgabuzzino della taverna e avevo scoperto che era sparita e che la locanda era stata invasa dalle metafore. Le raccontai della mia partenza a bordo dell'"Admiral Benbow" con dei documenti falsi e del danaro procuratimi da Viruela, del mio arrivo ad Amsterdam e di come ad Amsterdam avessi perso le sue tracce e da che cosa mi fossi lasciato guidare per mettermi nella direzione che lei aveva preso e di come avessi sentito parlare di lei a Zurigo e ritrovato le sue tracce e della carrozza postale che non avevo potuto raggiungere soltanto perché il cuore del mio cavallo era scoppiato e del mio arrivo a Venezia e della sorpresa e dell'orrore provati scoprendo che Fielding mi aveva preceduto alla "Locanda Manfrin" di cui era addirittura divenuto il proprietario e della piega imprevista che i nostri rapporti avevano preso quando avevo raccontato a Fielding che anch'io come lui ero stato abbandonato per un altro e della crescita di quest'altro in una specie di tumore comune a tutti e due e di madame Mascarino e delle ricerche che Fielding e io avevamo fatto assieme fino al momento più delicato di tutta la storia che io mi sforzai di raccontare con voce commossa: la scomparsa di Fielding dalla locanda dopo la rivelazione della sfera di cristallo, l'arrivo della lettera, i miei tentativi disperati, sì, disperati, ripetei, di raggiungere Fielding prima che commettesse un atto irreparabile ma che disgraziatamente ero arrivato troppo tardi, in tempo appena per assistere a quella specie di orrendo funerale celebrato dagli uccelli. Via via che raccontavo la mia voce aveva preso toni tristi e commossi, incerti e iracondi, fino a simulare addirittura un tremito quando avevo affrontato l'argomento della morte di Fielding. Ma, non so, ebbi l'impressione che Nina intuisse quello che era veramente accaduto, che qualcosa, per colpa mia o suo merito, l'avesse aiutata a vedere la nascosta verità. Non disse nulla, comunque, non fece alcun commento, ma rimase per un lungo minuto in silenzio, il corpo raccolto e lontano, chiusa e muta, come per sempre dimenticata la gioia della sua carne. Non osavo toccarla come avrei voluto, non osavo chiederle come avrei voluto, se il dolore provato alla notizia del suicidio di Fielding dovessi interpretarlo come un segno di amore né dove fosse finito l'uomo con il quale aveva vissuto negli ultimi tempi né farle la domanda che forse più mi premeva: quale fosse il mio posto nella sua vita adesso che ci eravamo ritrovati.

«Voglio vedere mio fratello» disse lei ad un tratto. Le spiegai che non sapevo dove esattamente suo fratello e suo padre si erano trasferiti ma che madame Mascarino aveva accennato a un loro proposito di comperare una casa di campagna e di stabilirvisi per sempre. Era una informazione molto vaga quella che le davo, tuttavia fu sufficiente.

«Barbariga,» mormorò «sono a Barbariga.»

Le chiesi come potesse saperlo. Barbariga, spiegò, era un paesetto al di là del fiume a non molta distanza da San Bruson del Dolo, un villaggio di poche case che prendeva il proprio nome dalla residenza di campagna dei conti Barbarigo, per i quali suo padre aveva lavorato in gioventù come gondoliere. A un paio di chilometri dalla villa c'era una casina di caccia, anch'essa appartenente ai Barbarigo, ma per la verità trascurata, abbandonata da sempre sulla quale suo padre aveva posto l'occhio da ragazzo proponendosi di diventare un giorno abbastanza ricco da comperarla. Se suo padre e suo fratello avevano deciso di trasferirsi in campagna era là che bisognava cercarli.

Mentre parlava teneva gli occhi chiusi non saprei dire se per stanchezza o perché non voleva guardarmi.

Quando li aprì aveva nello sguardo una muta domanda. Scossi il capo.

«No,» dissi «non andrò a cercare tuo fratello.»

«Perché?» chiese.

«Ora che ti ho ritrovata, non voglio staccarmi da te nemmeno per un istante. Conosco la tua vocazione alla scomparsa. Non vorrei, se mi allontano, non trovarti più al mio ritorno.»

Le sue labbra si schiusero in un mezzo sorriso indecifrabile.

«Cosa credi di guadagnarci restando?» domandò.

Mi inginocchiai accanto a lei, posai la testa sul letto sperando che il mio gesto in qualche modo la intenerisse: «Te» dissi poi.

«Oh no» lei rispose. «Ne ho abbastanza di questa storia.» «Quale storia?» domandai alzando la testa.

«Questa» disse.

Si alzò dal letto e andò verso la porta con una energia di cui non la credevo ancora capace. «Ventura» chiamò.

«E io avrei fatto tutta questa strada soltanto per essere respinto?» le gridai alle spalle.

Aprì la porta e si voltò verso di me. «Povero coglioncino,» disse ma non c'era alcun affetto nella sua voce «povero coglioncino che non ha ancora capito che io sono soltanto il soggetto dell'azione.»

La guardai sorpreso, ma non ebbi il tempo di chiederle spiegazioni. Ventura era comparsa accanto a Nina e mentre lei le chiedeva di attraversare il fiume e di andare a Barbariga a cercare il fratello, la vecchia mi guardava con l'aria di volermi dire, sta' attento tu, ti tengo d'occhio, al primo passo falso ti stendo con il mio ferro da stiro. Nina uscì dalla camera e chiuse la porta alle sue spalle. Io rimasi nella posizione di prima accanto al letto, in qualche modo sicuro che, dopo la partenza di Ventura, Nina sarebbe tornata per parlarmi, forse per chiedermi altre spiegazioni, più probabilmente per darmene, per rispondere alle domande che non poteva negarmi il diritto di farle.

Ma dieci, quindici minuti dopo, poiché Nina non era ancora tornata, mi alzai allarmato e uscii dalla camera. Nina era in cucina e aveva ripreso a stirare le lenzuola come se nulla fosse accaduto, come se avesse deciso di cancellare la memoria di quell'ultima ora e io non fossi arrivato e non le avessi raccontato tutto quello che le avevo raccontato o forse addirittura come se non esistessi.

«Ah, no,» dissi «non puoi fingere che io non ci sia. Guarda, ho carne e sangue, dolore e desiderio e un senso di vergogna per aver creduto di poter essere accolto in questa casa come uno che ti ama e che tu hai amato e che pertanto merita considerazione e rispetto. Ho frugato in tutti gli angoli d'Europa per trovarti, ho rovesciato Venezia da cima a fondo...»

Mi interruppe. «Posso immaginare tutto quello che hai fatto» disse. «Ma non voglio parlare di te ora. Fielding è morto. Non voglio parlare nemmeno di lui tranne che per dire che mi sento mutilata come si sente mutilata ogni cosa quando viene a mancare del suo rovescio.»

Posò il ferro da stiro su una piastra di metallo e cominciò a piegare il lenzuolo. Non esistevo, continuavo a non esistere ai suoi occhi. «Non puoi nemmeno parlare» gridai «dell'uomo con cui hai vissuto in questi ultimi tempi a Venezia? Non ti senti mutilata anche di lui?»

Mi lanciò uno sguardo freddo. «Non ti devo alcuna spiegazione» disse.

Non risposi. Non potevo misurarmi con lei sul terreno del rifiuto. Se non voleva darmi spiegazioni non sarei mai riuscito ad obbligarla. La guardavo. Aveva posato il lenzuolo stirato su una madia e ora ne stendeva un altro spiegazzato e umido sul tavolo. Dall'orto veniva uno svolazzare di colombi, qualcuno passava cantando lungo la strada. Ma nella cucina c'era silenzio, un silenzio che presto divenne così insopportabile da spingermi a fare qualcosa per spezzarlo. «Non mi vuoi più» trovai il coraggio di dirle con un tono di voce che denunciava quanto fossi vicino alle lacrime.

«Per l'amor di Dio,» gridò lei «non riesci a pensare ad altro che a te stesso?»

Sentii confusamente che stavo per perdere quello che per nulla al mondo, forse neanche per Nina, ero disposto a perdere: la mia dignità e, quasi senza accorgermene, le voltai le spalle e mi avviai verso la porta come se qualcosa dentro di me, qualcosa e non io, avesse deciso di sottrarmi a quel pericolo. Ma lei, inaspettatamente, mi fermò. «Aspetta» disse.

Tornai a voltarmi. Aveva sulle labbra lo stesso strano sorriso di prima, ma gli occhi erano freddi, quasi ostili. «Non così» disse. «Non voglio che tu te ne vada in questo modo. Puoi restare se vuoi finché non avrò deciso che cosa fare. Ma a una condizione: non chiedermi nulla. Ci sono dei momenti... dei momenti...» sembrò cercare le parole «in cui il corpo» concluse confusamente «è come un oltraggio.»

Per qualche tempo mi fu difficile dare un nome al sentimento che mi prese dopo che lei mi ebbe fermato, ma infine capii che si trattava di gratitudine, non gratitudine verso di lei, ma verso quell'oscuro e audace moto che non soltanto aveva salvato la mia dignità ma che in certo modo mi restituiva la speranza. Ora potevo restare senza sentirmi umiliato perché un istante prima ero apparso pronto ad andarmene. Ero tornato ad esistere ai suoi occhi. Mi misi a sedere su una sedia deciso ad aspettare e, per quanto mi costasse, a non parlarle, a non chiederle nulla, a rispettare i suoi patti. Non so quante ore passarono. So soltanto che lei continuò a stirare per tutta la mattina senza dire una parola tranne per chiedermi ad un certo momento se volevo mangiare qualcosa, che uscì dalla cucina varie volte senza che io facessi nulla per seguirla sebbene in un paio di occasioni tardasse molto a tornare... Era quasi sera quando arrivò suo fratello. Non assistetti al loro incontro che avvenne sulla porta di casa, ma non potei fare a meno di sentire i suoni commossi, le parole spezzate, il trepestio e l'agitazione da cui vengono prese due persone che si amano e si rivedono dopo tanto tempo, un po' quello che avevo sperato accadesse al momento del nostro incontro e che invece non era accaduto. Più tardi, comunicando la cucina con un rustico tinello dove Nina suo fratello e la padrona di casa si trattennero a lungo a parlare, arrivarono fino a me che me ne stavo ancora seduto al buio, frammenti del loro colloquio, brani di dialogo, seguiti da silenzi e sussurri che io mi sforzavo di mettere insieme e di interpretare per ricavarne un senso compiuto. Questo. Dunque, durante le ore di silenzio passate a stirare e nelle ore del pomeriggio in cui era entrata ed uscita dalla cucina tante volte senza una ragione apparente, Nina aveva deciso di tornare in Inghilterra. Un senso di rimorso, no, non di rimorso, precisò, ma di rispetto nei confronti di Fielding, quel rispetto che era stato in fondo il primo e più duraturo sentimento che aveva provato per lui e che a maggior ragione provava ora pensandolo appeso a un lampione veneziano, la spingevano a tornare a Londra a prendere le redini dell'organizzazione di Fielding prima che si sfasciasse, prima che dal vuoto lasciato da lui uscissero i vermi le termiti i roditori che l'avrebbero disgregata. Aveva sempre avuto molta influenza sugli uomini di lui e non aveva alcun motivo per temere che si rifiutassero di riconoscerla come erede naturale del suo impero. I segreti del contrabbando di profumi, di vini, metalli preziosi e di tutte le altre merci che la rete di Fielding trasportava da una città all'altra d'Europa e in certi casi anche del continente americano le erano ben noti, come le erano note le strade che assicuravano la protezione della polizia, la connivenza della dogana, la complicità della magistratura. Non c'era alcun interesse personale nella sua decisione di continuare il lavoro di Fielding – aveva messo da parte abbastanza denaro da vivere agiatamente per il resto dei suoi giorni – ma soltanto la fredda certezza di doverlo all'uomo che l'aveva tanto amata e che anche lei, se ne rendeva conto, aveva amato sia pure a suo modo. Suo fratello protestava irritato. Ma come?, quando Ventura era andata a cercarlo con la notizia del suo ritorno si era illuso che fosse tornata per sempre e ora invece era venuto a trovarla soltanto per darle un saluto prima di un'altra partenza? Nessuno a Venezia, a parte il padre loro che, data l'età e un certo indebolimento mentale non costituiva alcun problema, nessuno, ripeté, ricordava più lo scandalo che l'aveva costretta a partire la prima volta. E anche se qualcuno avesse voluto ricordarlo ci avrebbe pensato lui, suo fratello, a cucirgli la bocca. Era arrivato per lei il momento di fermarsi, di sistemarsi una volta per sempre nella città dove era nata o nelle sue vicinanze. Durante tutti quegli anni anche la famiglia Manfrin aveva fatto grandi passi avanti. La locanda, con tutto quel via vai di forestieri, aveva reso molto e la somma ricavata dalla sua vendita – chi avrebbe mai detto che colui che l'aveva comprata si sarebbe impiccato di lì a poco? – due o forse anche tre volte superiore al suo effettivo valore, aveva permesso l'acquisto della casina di caccia di Barbariga senza recare eccessivo pregiudizio alle finanze famigliari. A questo punto vi fu una pausa seguita da bisbigli che non mi riuscì di distinguere, poi la voce del fratello riprese eccitata. C'era anche una grossa novità, disse, qualcosa che poteva cambiare l'intero futuro della famiglia. Lui, Bruno Manfrin, stava trattando l'acquisto di un titolo nobiliare con un patrizio barnaboto di gran nome ma caduto nella più nera miseria e disposto a vendere il proprio titolo di conte al miglior offerente. E poiché non c'era nessuno oltre a lui che sembrasse interessato all'acquisto era certo di poter concludere l'affare a un prezzo più che conveniente. Non la lusingava l'idea di diventare contessa e di vivere a pochi passi dal Brenta come i grandi signori veneziani nella villetta di Barbariga che di lì a poco si sarebbe potuta chiamare Cà Manfrin de Bernardi perché tale era il nome del conte sul punto di vendere il titolo? Seguì un lungo silenzio. Poi, ad un tratto, Nina si mise a ridere e, oh, la sua risata che mi ricordava altre lontane risate e altri luoghi e altri momenti più felici e più certi di quello che stavo vivendo ebbe su di me uno sconvolgente effetto, accese il mio sangue, gonfiò il mio sesso di un tale desiderio che pochi istanti dopo, tremante, ansimante, mi trovai inondato da un liquido torrentizio scaturito dagli abissi del mio corpo. Dovevo riaverla, dovevo catturarla, riappropriarmi di quella cosa senza nome, quella cosa che non assomigliava a nulla, quella cosa che avevo perduto e che ora ritrovavo in una risata. Solo, nel buio della cucina, probabilmente dimenticato, la mia dignità non più assicurata da quel gesto ormai lontano ma non più come prima tormentato all'idea di perderla, mi abbandonavo a sensazioni e a pensieri da leopardo affamato il cui unico, vero, assoluto interesse è la preda. Intanto, di là, la conversazione continuava. Eppure, diceva il fratello, l'idea del titolo nobiliare non era affatto ridicola. Ci aveva pensato a lungo durante il viaggio da Barbariga alla casa di Ventura. Una volta diventata contessa, Nina avrebbe potuto facilmente incantare qualsiasi giovane scapolo di antica casata, un Loredan o un Mocenigo, da cui sarebbe sicuramente stata chiesta in moglie e che avrebbe finito per autenticare del tutto con la propria nobiltà un titolo passato in mani plebee grazie a una transazione commerciale. Ma Nina non sembrava disposta a seguire le fantasie nobiliari del fratello. Di diventare contessa non le importava nulla. Quanto a sposarsi non ci pensava nemmeno. Lo aveva fatto una volta e le era bastato. Aveva ricevuto recentemente una proposta di matrimonio da un gentiluomo veneziano conosciuto in Svizzera e con il quale aveva vissuto nel periodo in cui si era fermata a Venezia.

Questo non è vero, dice Schultz. Non le ho mai chiesto di sposarmi. Lancia uno sguardo a Paso Doble che alza le spalle senza far commenti.

Sussultai sulla sedia. Il colloquio era arrivato a un punto in cui si richiedeva da parte mia la maggior attenzione.

Non mi è mai passata per la testa un'idea del genere, continua Schultz. Non le ho nemmeno chiesto di restare con me per sempre. Mai. Non che non lo desiderassi, ma sapevo fin dal primo momento che se ne sarebbe andata. Anzi, continua Schultz, se devo dire la verità ero convinto che fosse sposata e che l'uomo che mi colpì con il bastone fosse suo marito... Non che a questo punto me ne importi molto, dice Paso Doble, ma forse non sei tu l'uomo di cui lei sta parlando. Ma è stato come se lo fossi, almeno fino a questo punto, dice Schultz, e non voglio rinunciare a ritenermi tale soltanto perché non le ho chiesto di sposarmi...

Una domanda fatta con grande naturalezza, continuava Nina, da un uomo passionale e attraente, grande amante della mona, dotato di grandi mezzi, un palazzo in città dalle stanze adorne di preziosi oggetti orientali e africani, una villa nella campagna padovana, un arnese, disse proprio così e non mi fu difficile capire a che cosa si riferisse, che sarebbe stato garanzia di felicità per qualsiasi donna e tante altre qualità quali la serietà l'allegria e lo spirito... Chi è quest'uomo, gridai dentro di me e mi sorpresi a sentire la stessa domanda formulata dalla voce del fratello sia pure con un tono diverso dal mio, chi è quest'uomo? Un uomo, proseguiva Nina, con cui sarebbe sicuramente rimasta se non altro perché aveva fatto con lui una esperienza forse irripetibile, se non fosse stato per una specie di inesplicabile nostalgia di Fielding, proprio lui, uno struggimento, un ricordo insistente incerto fra la malinconia e la dolcezza, che l'avevano costretta non solo a rifiutare l'offerta, ma anche a lasciare la casa di quell'uomo per non più ritornarvi. Era partita da Venezia, per così dire, con un doppio contradditorio bagaglio, la precisa intenzione di ritornare da Fielding, la certezza di una grande perdita di cui prima o poi si sarebbe dovuta pentire anche se, visto come andavano le cose del mondo, non credeva che l'indubbio fascino di quell'uomo potesse resistere a un legame duraturo. Ma chi diavolo è quest'uomo, gridavamo intanto assieme suo fratello ed io. Il sollievo, proseguiva Nina, evidentemente decisa a non farne il nome, il sollievo che accompagna ogni decisione presa anche sulla propria pelle, sui propri immediati desideri, il conforto che segue quando fra il sogno e la merda si ha il coraggio di scegliere quest'ultima. Invano io aspettavo di essere menzionato, di comparire in un modo o nell'altro nelle parole di Nina, di trovare spazio come ricordo o come progetto fra i due poli opposti da lei appena indicati. E io, e io, gridavo, dove sono?, dove sono finito?, dove è finita tutta la strada fatta per arrivare fin qui? Ma non avevo risposta. Nina, non so se deliberatamente – doveva in fondo sapere che io ero lì ad ascoltarla – o se per una effettiva dimenticanza, continuava a escludermi dal suo discorso e a preferirmi i due spettri, quello di Fielding che ormai non mi faceva più paura e quello del gentiluomo veneziano che per quanto, sì, l'avesse amata e chiesta in moglie, non poteva certo vantarsi di aver fatto molto per cercarla dopo che lei era partita. Addirittura dal racconto di Nina nemmeno risultava che avesse cercato di trattenerla.

Be', dice Schultz. Neanche questo è del tutto vero. Lei ad un certo momento non c'era più. Se ne era andata senza dirmi nulla come se, di colpo, si fosse accorta di essere entrata per sbaglio in casa mia e quindi dovesse uscirne al più presto. Svanita, come si dice, a parte la statua arrivata qualche tempo dopo, senza lasciar tracce. Cosa potevo fare alla vigilia del mio imbarco? Avessi potuto immaginare che l'impiccato visto dalla finestra del dentista era l'uomo che mi aveva colpito con il bastone avrei cercato di sapere il suo nome, di risalire dal suo nome fino a lei. Ma non potevo certo immaginarlo. Né potei vederlo in viso mentre lo staccavano dal lampione, ignoravo che portando via quel cadavere cancellavano sotto i miei occhi una traccia, un segno, un indizio...

Dovevo comunque tornare ad imbarcarmi, raggiungere la nave a Brindisi, cosa che forse non avrei fatto, nel senso che mi sarei dimesso, se lei fosse rimasta. Ma che non potesse restare indefinitamente era prevedibile... E del resto che diavolo puoi aspettarti da una donna senza nome incontrata su un treno espresso? Così mi imbarcai... Dalla mona alla "Ramona", osserva Paso Doble. Quando la vita è un romanzo. Sì, dice Schultz, quando la vita è un romanzo e, proprio come in un romanzo, nel golfo Persico, mentre salivo la scaletta che porta al ponte di comando, ebbi quella orribile sensazione di andare nella direzione opposta a quella dove sarei dovuto andare, quel sospetto divenuto poi certezza di allontanarmi dal mio centro, lo sappiamo, lo sappiamo, dice Paso Doble, maturata poi, continua Schultz, nella decisione di lasciare la marina mercantile per riaprire la ditta famigliare: Schultz, tipografo-editore. Bell'affare hai fatto, si impenna l'altro. Di che ti lamenti tu?, ribatte Schultz. Fare il piccolo editore è assai più avventuroso e divertente di girare il mondo su una petroliera. Soprattutto quando, come nel mio caso, si ha una vocazione sedentaria più che marinara. Guarda un po' la quantità di cose che mi sono capitate questa notte proprio per il fatto di essere un piccolo editore! Mah, dice l'altro, e pensare che hai rotto le scatole per anni da bambino per fare la scuola nautica. Forse ho letto Conrad troppo presto, dice Schultz, contavo come lui di fare lo scrittore e non è detto che un giorno o l'altro non mi metta a farlo seriamente. Oh certo, hai tutto ciò che ti occorre, carta inchiostro penna e una tipografia. Schultz guarda l'armadio dove è stato trovato il libro. È un armadio, aggiunge, che produce libri misteriosi. *La Taverna del Doge Loredan*, potrebbe essere un buon titolo davvero, di quelli che invogliano la lettura, scoppiettanti, evocanti maschere e pugnali, colpi di spada, amori clandestini e sparatorie, una insegna gialla e rossa da taverna veneziana in copertina contro le mura Tudor di un pub inglese. Finirai davvero per pubblicarlo questo libro?, domanda Paso Doble. Ah sì, credo proprio di sì, risponde Schultz, ma non come si presenta a un occhio frettoloso, ma così come è andato componendosi durante la lettura o forse come è stato fin dall'inizio concepito con me e te dentro confusi tra gli avventori...

Sì, continuava Nina, aveva lasciato il suo amante veneziano per tornare da Fielding ed ora la scoperta che Fielding era morto, ma che in certo modo lei, evitando lo smembramento della sua impresa, poteva ancora fare qualcosa per lui non cambiava la sua decisione. Sarebbe partita per Padova l'indomani, da Padova sarebbe andata a Milano e di lì, un po' alla volta, da una stazione di posta all'altra, rifacendo a ritroso la strada fatta molte settimane prima avrebbe raggiunto Londra di nuovo. Inutile ricordare a questo punto le insistenti preghiere del fratello perché rinunciasse a partire, il suo progressivo cambiamento di umore via via che si scontrava con la decisione di Nina. Dirò soltanto che verso le due del mattino – tanto era durato il loro colloquio – quando Bruno Manfrin si fu ritirato in una camera, Nina sembrò ricordarsi di me e venne in cucina con una candela in mano.

«Parto fra poche ore» disse. «Se vuoi puoi tornare a Londra con me. Ma niente cambia tra noi. Non intendo per ora occuparmi dei problemi del tuo...» Fece una pausa e lanciò un'occhiata al mio grembo. «Dimenticalo per ora. Sto pensando ad altro.» Dalla sedia dove stavo seduto da chissà quante ore la guardavo. La luce della candela moltiplicava i riflessi dorati dei suoi capelli e dei suoi occhi. Non mi era mai sembrata così bella. Occorreva che dicessi qualcosa perché l'essere rimasto lì seduto per tante ore, solo, sembrasse una scelta da parte mia e non una attesa passiva delle sue decisioni, ma non trovai nulla da dire tranne che non potevo dimenticare ciò che lei mi invitava a dimenticare, ma che se il desiderio mi avesse sopraffatto avrei trovato modo di soddisfarlo senza il suo aiuto. Mi sembrò che un lampo divertito passasse per i suoi occhi, breve quasi impercettibile segnale che una natura come la sua portata ai giochi amorosi non fosse stata del tutto insensibile alle mie parole. Ma durò troppo poco perché potessi esserne certo.

«La carrozza per Padova parte alle nove» disse. Poi mi voltò le spalle e mi lasciò solo in cucina. Partimmo assieme. Ero certo che non sarebbe stato necessario mantenere la promessa, che durante il viaggio i nostri corpi seduti l'uno accanto all'altro non potessero fare a meno di ricordare quello che l'uno per l'altro erano stati, la memoria della carne essendo più duratura di ogni altra memoria, e che presto avrebbero finito per coprire la distanza puramente psicologica che li separava per cercarsi. Presto invece dovetti rendermi conto che Nina non aveva l'aria di viaggiare assieme a me, ma con i suoi due spettri, quello di Fielding ormai affidato alla inevitabile esorcizzazione del tempo e quello dello sconosciuto che era stato il suo ultimo amante. Come facessi a capirlo non so. Fu più che altro qualcosa che mi veniva da lei, la sensazione quasi impalpabile ma non per questo meno certa e meno dolorosa per me, che lei, ad un certo momento del viaggio, fosse stata sorpresa da quel fenomeno assai comune agli innamorati quando sono lontani e che consiste nel dimenticare il viso della persona amata e nel cercare di ricomporlo. Si avvertiva in lei lo sforzo di riafferrare qualcosa che le stava sfuggendo, la si sentiva impegnata in una impresa tanto più difficile in quanto erano due i volti da ricomporre e l'uno forse si confondeva con l'altro. C'erano quattro passeggeri in quei giorni nella carrozza: Nina ed io, un sacerdote padovano diretto a Grenoble, una signora sulla trentina sposata per procura che andava a raggiungere il marito avvocato a Domodossola, una graziosa biondina sulla quale se le mie condizioni di spirito fossero state diverse avrei posato sicuramente lo sguardo, ma c'erano anche i due viaggiatori invisibili che Nina aveva portato con sé. Ad un tratto anch'io cominciai a viaggiare con loro o meglio, con lui, l'unico dei due che realmente occupasse i miei pensieri. Lo vedevo seduto accanto a noi nella carrozza, una testa senza lineamenti, un uomo senza volto dal quale tuttavia si sprigionava una forza ironica e maligna, lo ritrovavo nelle stazioni di posta dove prendevo alloggio, accanto al letto quando mi svegliavo, lo incrociavo sulle scale quando le scendevo o le salivo, chissà perché un tricorno fuori moda che copriva in parte la superficie vuota e piatta del suo viso: il Gentiluomo arrogante dei dipinti di William Beckford. A volte lo sentivo parlare con Nina: E adesso il mio viso lo ricordi? A volte. A volte? Oddio, non doveva essere un viso indimenticabile? A volte si confonde con il viso di un altro. Ricordo però che anche tu avevi il pelo pubico da ricco e non da povero. Ah sì, questa è una indicazione assai importante, ma è sul viso che dobbiamo puntare. Non mi va di andarmene in giro per il mondo in questo modo. Si alzava, ovunque fosse seduto, andava a mettersi davanti alla toilette di Nina, prendeva un rossetto o una matita per gli occhi, si toglieva il tricorno e si guardava allo specchio come se davvero potesse vedersi. Sono biondo castano bruno imparruccato spettinato pettinato abbronzato azzurro d'occhi o d'occhi bruni viso lungo e suppongo asciutto zigomi alti, non so dimmi tu. Castano bruno verso il biondo occhi azzurri e neri, diceva Nina. Lui cominciava a disegnare dentro l'ovale bianco del suo viso riflesso nello specchio capelli occhi labbra così come Nina andava descrivendoli. Che bel ragazzo. Ma ho in mente una immagine più bella di me stesso. Il guaio è che non riesco a riprodurla. Lasciava cadere il rossetto e voltava le spalle alla specchiera dove le linee del disegno appena fatto restavano lì, sospese, un volto incompleto galleggiante nell'infinito dello specchio.

Presto il gentiluomo veneziano ritornò ad essere l'ossessione che Fielding e io avevamo avuto in comune a Venezia con la sola differenza che adesso ero io solo a viverla. Come sarebbero state diverse le cose se le indicazioni di madame Mascarino fossero bastate a trovarlo! Anche lui con la gola tagliata sarei rimasto il solo dei pretendenti di Nina, l'unico testimone della sua meravigliosa incontinenza, il custode e il garante della sua incontinenza futura. Non l'avrei lasciata desiderare nessun altro oltre a me. Sarei stato per lei tutti gli uomini che aveva avuto e quelli che non aveva avuto e soltanto immaginato, sarei stato la sua realtà e le sue fantasie. Intanto eravamo arrivati a Milano e non era ancora accaduto niente tra di noi. All'albergo dove scendemmo l'arrivo di Nina sembrò suscitare un muto scalpore. Cameriere e garzoni si scambiavano strani sguardi, mezzi sorrisi divertiti, qualche strizzata d'occhio. Nina non sembrò farci caso o forse, sprofondata com'era nei suoi pensieri, nemmeno se ne accorse. Io invece, avvertendo in tutti quegli ammiccamenti qualcosa di osceno, ebbi la subitanea certezza che Nina fosse già stata in quel luogo e che ci fosse stata con lo sconosciuto durante una sosta del suo viaggio verso Venezia, che in sostanza l'albergo fosse uno di quegli alberghi dove io, descrivendoli a Fielding, avevo collocato le forsennate notti d'amore di Nina con l'uomo che ce l'aveva rubata, quell'uomo inventato del quale era stata invece accertata l'esistenza e che quindi fosse tutto vero, vere le stazioni di posta, veri i gridi d'amore di Nina e così contagiosi da scatenare nella servitù e nei viaggiatori quell'ondata di sensualità che mi ero curato di raccontare a Fielding con tanta precisione di dettagli e di cui ora trovavo la traccia residua in quei sorrisi e in quegli sguardi.

Quella scoperta mi lasciò atterrito. Che cos'era dunque l'immaginazione? Era lei che faceva esistere quello che credeva di inventare o non inventava nulla perché già tutto esisteva? Cenammo assieme poi Nina si ritirò nella sua camera accusando stanchezza. Io avevo una camera contigua alla sua, separata soltanto da una porta sgangherata che mi sarebbe stato facile abbattere con un colpo di spalla. Ne avevo misurato la solidità subito dopo il nostro arrivo, tentato dal desiderio di forzarla durante la notte. Ma non osavo farlo. Nina, che così facilmente si dava, avrebbe con ogni probabilità reagito come una belva a un tentativo di violenza. Dovevo rassegnarmi ad aspettare che uno sguardo di lei, un gesto magari inconsapevole, mi dicesse che le cose erano cambiate, che nuove circostanze si stavano presentando e forse era venuto il momento di riguadagnare il terreno perduto. Ma quella notte, dopo aver visto tutti quegli sguardi e quei sorrisi e letto il ricordo di un'altra notte lontana negli occhi posati su Nina, l'attesa paziente e rassegnata mi costava più fatica del solito. Non osavo farlo ma avevo anche paura di perdere il controllo di me stesso e di avventarmi contro la mia ragione e quella porta. Per non cadere in tentazione decisi di starmene lontano dalla mia camera il più possibile. Scesi le scale e uscii nel giardino con la speranza forse di trovare la compagnia di una delle giovani e graziose cameriere che avevo visto al mio arrivo. Era una notte tiepida, stellata, primaverile. Il giardino alberato era silenzioso e deserto. Deboli luci erano accese qua e là nelle camere. Presi a camminare lungo i viottoli coperti di ghiaia verso il muro di cinta, così senza altro scopo immediato che di fare quattro passi, quando un fruscio si levò da un cespuglio vicino, un fruscio che non era di ramarro né di serpe ma di un corpo più pesante e più flaccido. Guardai verso il cespuglio e nello stesso istante in cui capii che cosa aveva provocato quel suono, nello stesso preciso istante in cui, capendolo, il cuore mi balzava in gola e un brivido mi prendeva in tutto il corpo, le vidi: due metafore, forse le stesse che mi avevano seguito lungo le strade veneziane o forse altre, non so, perché era chiaro che una intelligenza le guidava e che erano in grado di passarsi la parola l'un l'altra, venivano verso di me, una luce rossa di odio tenace che filtrava attraverso le fessure degli occhi. Voltai loro le spalle e presi a correre rapido sulla ghiaia del viale verso l'ingresso dell'albergo e quando lo raggiunsi chiusi la porta appena in tempo per evitare che entrassero. Non mi fermai a riprendere fiato né a misurare la mia paura, ma salii le scale, raggiunsi la mia camera e mi buttai sul letto tremante. Dunque mi seguivano e se mi avevano seguito fin là era lecito presumere che le avrei ritrovate anche più avanti sulla mia strada verso Londra, nella stessa Londra o in qualsiasi altro luogo la mia storia finisse per portarmi. Certo avevo paura, ma provavo anche un moto di furore. Sbagliavano se credevano che io accettassi passivamente di essere perseguitato in quel modo. Non ero disposto a prestarmi ai loro agguati più di quanto Fielding fosse stato disposto a prestarsi agli agguati dei corvi. Avrei colpito per primo, subito, ora. Quale che fosse l'intelligenza sotterranea che aveva portato le metafore fino a me non avrebbe ricevuto il rapporto dei suoi esploratori. Presi le pistole.

Aprii la finestra e mi affacciai sul giardino. Le due bestie erano ancora lì, a pochi metri da me, razzolavano sulla ghiaia come animali da cortile. Presi accuratamente la mira e feci fuoco prima con una pistola poi con l'altra. Sono sempre stato un buon tiratore, ma la tensione del momento dovette portare a un livello perfetto la mia disposizione naturale e la tecnica acquisita. Le pallottole affondarono in quelle carni immonde squarciandole. Guardai per un momento quei grumi di sangue e carne spappolata che imbrattavano la ghiaia, poi chiusi la finestra. I colpi di pistola avevano intanto svegliato l'albergo, voci allarmate si levavano dalle camere, la stessa Nina era scesa dal letto e ora stava aprendo la porta che separava le nostre stanze. Io mi trovavo ancora accanto alla finestra con le pistole in mano. Sembrò sollevata quando mi vide. Probabilmente pensava che mi fossi sparato. «Che è successo?» chiese. «Niente» dissi. «Niente?» «Ho soltanto ucciso due metafore.» Corrugò la fronte. «Due metafore?» domandò. «Che cosa sono?» «Trasposizioni di significato» risposi «per intense svariatissime somiglianze. In altre parole due grosse pantegane che non meritavano di vivere.» Sorrise ad un tratto per la prima volta, ma io non risposi al sorriso. Oscuramente sentivo che con quei due colpi di pistola, che concludevano una muta misteriosa vicenda vissuta da solo, senza che Nina ne sapesse alcunché, avevo recuperato se non agli occhi di lei, ai miei occhi, sicurezza e prestigio e l'integrità perduta nei giorni in cui ero stato una banalissima scorta e che se avessi sorriso non avrei più potuto sentirmi certo di quel recupero. Quella notte tornammo a essere amanti e continuammo a esserlo fino al nostro arrivo a Londra. Ma fu un amore diverso da quello che avevo conosciuto. Fu un amore muto, senza parole, in qualche modo mutilato. Non che le esplosioni di Nina non avvenissero più, ma erano esplosioni silenziose che scuotevano con violenza il suo corpo senza tuttavia ricavarne alcun suono. Invano io aspettavo il grande grido spezzato di cui ero stato testimone, le parole che assicuravano ai miei sensi assopiti un risveglio fulmineo, la melodia incantatrice che faceva alzare la testa al serpente: crollavo frustrato sul suo sesso taciturno, sulla sua pozza una volta traslucida e ora come coperta di ovatta. Quale poteva essere, mi chiedevo, la causa di quella opacità? Fielding? Non mi pareva probabile. Doveva esserci qualcosa di più complesso, qualcosa che lei aveva perduto o deliberatamente lasciato nella casa del mio ultimo rivale, il gentiluomo veneziano la cui incerta immagine continuava a perseguitarmi e a confondermi. Sentivo che lì, in quella casa affondata nella sfera di cristallo, Nina aveva lasciato gli eccessi di cui lei sola era capace e che soltanto in quella casa avrebbe potuto ritrovarli. La profondità più segreta del suo corpo, quel punto invisibile che, una volta raggiunto, che io sapevo di avere raggiunto una volta, scatenava uragani e la piena di torrenti, era rimasta in quella casa e io giacevo soltanto con il vuoto simulacro di quello che Nina era stata. Lei, la immaginavo lì, seduta in una stanza di quella casa che non avevo mai visto, immobile come una statua, concrezione del mio desiderio, sacro ricordo rapinato attorno al quale il cavaliere sconosciuto intesseva un'empia liturgia. Odiavo quell'uomo come non avevo odiato Fielding neppure nei tempi che avevano preceduto la nostra alleanza, lo odiavo anche perché non sapevo se servisse a qualcosa aumentare di giorno in giorno la distanza fisica che già ci separava o se non fosse invece augurabile che ci seguisse, che mi desse la possibilità di incontrarlo e di misurarmi direttamente con lui. Sicché vedendolo seduto accanto a noi mi accadeva talvolta di pensare che non avrebbe potuto resistere alla distanza così come Fielding non avrebbe potuto resistere al tempo, talvolta invece mi sorprendevo a invitarlo ad abbandonare il suo ruolo di fantasma e a comparire davanti a noi in carne ed ossa.

Arrivammo a Londra una sera di gran pioggia e decidemmo di prendere alloggio all'albergo "De Vere" di Kensington road, sopra i Kensington gardens, non nella stessa camera ma ancora in due camere separate, così come avevamo continuato ad occupare camere separate dopo essere tornati assieme nell'ultima fase del viaggio attraverso il continente e cabine separate a bordo della nave che ci aveva sbarcati a Londra, non perché io lo volessi ma perché Nina mi aveva fatto chiaramente capire che, finite le ore d'amore, preferiva passare sola il resto della notte. Eravamo arrivati da un paio di ore ed io, dopo essermi lavato e cambiato d'abiti – avevo comperato qualche vestito durante la sosta a Grenoble – mi preparavo a raggiungere Nina nella sua camera per affrontare un problema che avevo accantonato per tutta la durata del viaggio, quello del nostro futuro comune. Nina aveva dieci anni più di me, ma non li dimostrava, quanto a me, un po' per costituzione fisica, un po' per le esperienze fatte, mi si poteva dare qualche anno di più di quelli che avevo. Non era certo l'età, riflettevo, che si opponeva a un nostro eventuale matrimonio, ma la mia fastidiosa condizione di uomo alla macchia, di ricercato per omicidio, condizione di cui mi dimenticavo con troppa frequenza e che sarebbe stato più prudente ricordare più spesso. Ma non disperavo che Nina, una volta raccolta l'eredità di Fielding e preso contatti con quei rappresentanti della giustizia che erano stati al soldo di Fielding, sarebbe riuscita a sistemare i guai dell'uomo destinato a diventare suo marito. Né mi preoccupava troppo l'atteggiamento che Nina aveva assunto nei confronti del matrimonio quando, a San Bruson del Dolo, suo fratello l'aveva invitata a sposarsi, il rifiuto brusco e ironico di chi non vuole affrontare una esperienza già fatta e che non merita di essere ripetuta. Io non ero il suo primo marito Ludovico Binelli né un qualsiasi patrizio veneziano, ma Jacob Flint un giovanotto colto ed educato con il quale era forse piacevole vivere. Sì, ora sarei andato da lei e le avrei chiesto di unire definitivamente la sua vita alla mia, di lavorare assieme nell'organizzazione di Fielding, di comperare di nuovo, a colui cui era stata venduta, la "Taverna del Doge Loredan" dove tutto era cominciato e di farne il nostro quartier generale. Uscii dalla mia camera con l'incoscienza del protagonista di una avventura che non sa prevederne gli sviluppi nascosti, i cui segni invece probabilmente non sfuggono ad un osservatore che la segua dall'esterno. Bussai alla camera di Nina ma nessuno rispose. Bussai ancora inutilmente e inutilmente cercai di aprire la porta domandandomi se fosse stata chiusa dall'esterno o dall'interno. Niente. Inquieto scesi le scale fino alla hall dove chiesi notizie della signora arrivata con me poche ore prima. Mi guardarono sorpresi. Come? Non lo sapevo? La signora se ne era andata. Nella camera assegnatale non era rimasta che pochi minuti. Lo stesso inserviente che aveva portato su i suoi bagagli li aveva riportati all'uscita e caricati sulla prima carrozza pubblica passata davanti all'albergo. Inutile raccontare che cosa provai in quel momento: troppe volte durante questa storia sono entrato nelle sabbie mobili delle emozioni soffermandomivi forse più a lungo di quanto fosse stato necessario, dirò soltanto che voltai le spalle a colui che mi aveva cortesemente informato della fuga di Nina e che mi avviai verso la porta dell'albergo aperta su Kensington road. Ma non riuscii a oltrepassarla. Due uomini, due agenti di polizia della cui presenza non mi ero accorto ma che dovevano già trovarsi nella hall quando vi ero sceso, si materializzarono all'improvviso accanto a me. Mi chiamarono con il mio vero nome e prima che io potessi fingere di essere un altro ed esibire i documenti falsi che mi aveva procurato Viruela e sotto i quali avevo nascosto per qualche mese la mia identità, mi arrestarono per l'uccisione dell'ispettore alle dogane Jeremy Trentham cui in epoca ormai lontana avevo sedotto la moglie. Fu lei a tradirmi. Nina voglio dire. Nina che una volta lasciato l'albergo si era fatta portare alla più vicina stazione di polizia per dare notizia che il ricercato Jacob Flint alloggiava sotto falso nome al "De Vere". Lo seppi senza alcuna possibilità di dubbio durante l'interrogatorio cui venni sottoposto al comando di polizia di Bayswater: la giovane signora che aveva viaggiato con me dal continente si era presentata poco prima per sporgere regolare denuncia. Era rimasta il tempo necessario per dire dove potevo essere trovato, poi se ne era andata verso il parco di Kensington. Che avevo fatto a quella signora per meritare il suo odio? Ero un seduttore di professione?, l'avevo ingannata, tradita, delusa, messa nei guai, abbandonata per un'altra? Perché, mi dissero, la denuncia aveva tutto il sapore della vendetta. Già, che cosa le avevo fatto? Ma non mi era difficile rispondere a questa domanda. Bastava che io ricordassi come, nonostante i toni tristi e commossi con cui le avevo raccontato la morte di Fielding, avessi avuto l'impressione di non essere creduto, che Nina avesse anzi visto attraverso le mie parole quello che veramente era accaduto: la mia decisione di abbandonare Fielding al suo destino nella piazzetta pullulante di uccelli, la lettera che avrebbe potuto salvarlo nascosta nella mia tasca. Nina mi puniva per quello che avevo fatto e il suo invito a partire con lei, a ritornare con lei in Inghilterra e le promesse che vi avevo visto nascondevano soltanto la sua decisione di consegnarmi alla giustizia non appena arrivati. Mi aveva anche cinicamente usato per le sue notti pur sapendo ogni notte che io, l'uomo che ora entrava dentro di lei, ero anche l'uomo di cui lei aveva già divisato la perdita e che al momento opportuno avrebbe messo nelle mani di chi lo cercava. Mi misero ai ferri e un paio di settimane dopo, al termine di un processo durante il quale invano dal banco degli imputati guardavo il pubblico nella speranza di trovare i suoi occhi fissi su di me – vidi invece, unico dei miei amici, Viruela, e in una delle udienze mia madre, lo squire invece non si degnò di venire – fui condannato a quattro anni da scontarsi nel carcere di Tothill Fields dove ancora mi trovo e da dove racconto questa storia. Ah, Nina, Nina. Non seppi più nulla di te durante questi anni, non mi desti modo di recarti offesa per quello che mi avevi fatto né di chiederti perdono per quello che avevo fatto né di spiegarti perché lo avessi fatto: sparisti, non soltanto ai miei occhi ma anche agli occhi di Viruela che – lo seppi direttamente da lui durante una sua visita – tentò di mettersi in contatto con te cercandoti al centro dell'impero di Fielding ma senza trovarti perché neppure tu eri riuscita a rintracciare il centro di quell'impero né, per così dire, la periferia, ma soltanto le sue rovine, i segni di un crollo, non diversi da quelli che avevo visto nel sogno, dovuto alle guerre intestine succedute alla partenza di Fielding, arrivata troppo tardi per salvarlo. Sparisti come al solito con lo stile discreto di chi sa che, presente o assente, continua a essere il vero protagonista di una storia, il vero soggetto, come tu dicesti una volta senza darmi il tempo di discuterne, dell'azione, lasciando che l'amore ossessivo, struttura portante della mia vicenda, fosse divorato dai topi e dagli insetti miei compagni di cella e che dai suoi resti corrotti prendesse avvio quel processo triste e banale di cui avrei voluto ad ogni costo evitare l'esperienza, che ha condotto al mio odio attuale per te. Ecco, soprattutto, tu sei responsabile di questa banalità. Sei responsabile di avere, come un alchimista impazzito, trasformato l'oro in metallo volgare, di aver dato a una storia che aveva ogni premessa per essere perfetta una conclusione trita, risaputa. Questo non potrò mai perdonartelo. Sicché tra pochi giorni, quando i quattro anni di prigione saranno finiti e io sarò rimesso in libertà, ovunque tu sia, ovunque tu ti tenga nascosta, chiunque sia l'uomo con cui ti sei messa, verrò con la mia spada in mano a cercarti e mi affretterò subito dopo, ammesso che, non lo sorprenda assieme a te, a riprendere la caccia interrotta al gentiluomo senza volto il cui spettro arrogante mi ha tormentato in questi anni, l'indesiderato ospite delle mie fantasie, lo straniero, l'invasore, l'usurpatore nel quale in questi anni ho finito per identificare tutto ciò che mi è nemico.

Finito, dice Schultz buttando il libro. Finito. Non c'è più nulla, soltanto il vuoto che si apre dietro l'ultima pagina di ogni libro. Così, commenta Paso Doble, non sapremo mai se Jacob l'ha trovata. Schultz si alza dal letto, si mette a camminare per la camera. Le prime luci dell'alba cominciano ad apparire dietro la finestra. Finito, ripete Schultz, ma chissà, il racconto prosegue altrove come un fiume che si insabbia nella mente del lettore. Spinge incalza, scorre senza freni in cerca di una via di uscita, si biforca, si dirama in mille rivoli, trascina come tronchi abbandonati alla corrente i suoi possibili sviluppi. Dormire, dice l'inquilino guardando la finestra, sarà un problema adesso che è quasi l'ora in cui abitualmente ci si sveglia. Ho la testa che mi duole, la bocca amara e, non so perché, un senso di sventura. Perdere una notte a quest'età, mormora poi. Si alza pure lui senza concludere la frase. Si avvia verso la porta. Vado a fare il caffè, dice. Schultz quasi non lo ascolta. Fra i molti possibili sviluppi il più urgente è quello che mette definitivamente fine al suo ruolo di lettore e definitivamente lo trasforma in personaggio. Ha accettato come suggestiva ipotesi romanzesca che Nina e la donna dal cappotto di cammello siano la stessa persona, che lui sia il gentiluomo sconosciuto, l'uomo senza volto e come tale deve comportarsi. Del resto non è detto che davvero non lo sia. Il lettore, mormora Schultz, il lettore potrebbe essere il personaggio più importante di ogni libro se soltanto gli autori gli concedessero più spazio. In certo modo è grato a Jacob o a chi per lui, insomma all'autore del romanzo appena letto, per aver scritto qualcosa che si inserisce agevolmente nella sua, di lui, Schultz, dinamica privata invece che in quella collettiva... Non vorrebbe davvero trovarsi ora assieme a una folla di lettori decisi a contendergli il suo ruolo. Soltanto lui è autorizzato a continuare il libro negli sviluppi che gli sono propri e che sono ancora sotterranei... Macché. Non è finito il libro. Il libro può finire soltanto quanto il lettore-personaggio di cui nelle pause della lettura si è finora conosciuta la storia passata, avrà raccontato quella che sarà la sua storia futura a partire dal momento in cui tenterà, anche lui, di partecipare alla ricerca della donna chiunque essa sia (il soggetto della azione che la sua storia ha in comune con quella di Jacob) e di trovarla possibilmente prima che Jacob esca di prigione. Voglio proprio vedere come te la cavi, grida Paso Doble dalla cucina. Schultz si sfrega le mani soddisfatto. Me la caverò benissimo. Ricorrerò a tutti i mezzi, come in amore e in guerra perché in nessun punto è detto che colui che viene chiamato gentiluomo debba esserlo davvero. Resta a guardare a lungo davanti a sé con aria affabile. Follia di mezzo inverno, torna a dire Paso Doble rientrando in camera con il caffè. Qualche suggerimento concreto a questo punto non potrebbe che farti bene. Stabilire ad esempio quando esattamente è stato scritto questo libro e quale casa l'ha pubblicato. Una sciocchezza. Cercare una copia meno malandata di questa che porti il nome dell'autore. Roba da ragazzi. Andare a Londra a fare indagini su questo Jacob Flint. Accertare se esiste o se è mai esistita la "Taverna del Doge Loredan"... Di questa storia potrebbe essere rimasto in qualche parte un reticolo invisibile che un buon investigatore potrebbe portare allo scoperto. Il vissuto lascia tracce anche quando è morto... Andare a Londra, dice Schultz. Certo, andare a Londa è necessario ma non nel modo che tu pensi... Ci sono altri... Si interrompe. Farò, annuncia, un viaggio dentro al libro. Non dovrebbe essermi difficile dal momento che, dentro, già ci sono. Sorseggia lentamente la sua tazza di caffè mentre l'altro lo guarda con aria sospettosa. Jacob vuole ammazzarti, non so se te ne rendi conto. Lo so, lo so, dice Schultz. Ma sono disposto a correre questo rischio. Anche se dovessi fare la fine, pensa, del conte Bonvecchiati. Non crederai, continua l'altro, che ti segua anche in questa parte della storia? Ho altro da fare io, fratello, e ne ho anche avuto abbastanza. Qui mi trovo bene nonostante tutto, a parte la birra che manca in frigorifero. Accenderò una assicurazione a tuo nome in caso di infortuni. Io non vengo. Sono io che non ti voglio, dice Schultz. Anzi temo che il tuo compito sia finito. Dovremo, comunque tu la pensi, separarci. Ah così? Così. Naturalmente, dice l'altro, approfitterò della tua assenza per pubblicare quel che voglio. Ad esempio un saggio di chi so io sulla crisi della coppia, un rapporto sull'ammutinamento dei marinai dell'ACNIL, una collana di dibattiti, qualche studio sociologico e per la parte amena i versi del povero Silvestri e il libretto d'opera di Cesare Mascagni. Schultz fa un cenno con la testa. Hai carta bianca, dice, e tutta la mia fiducia. Quanto a te, prosegue l'altro, troverei estremamente disonesto da parte tua se ti inventassi la soluzione che più ti accomoda. Schultz alza una mano. Prometto, dice, di rispettare le regole, come del resto ho fatto fino ad ora, ma compatibilmente con il mio disgusto per i finali tristi. Si guarda attorno. È inutile perdere altro tempo. Mi imbarcherò, dice, sul bragozzo che ha portato Jacob a Venezia. Non mi risulta che si sia mai mosso dall'imbarcadero della pescheria. L'altro lo guarda sorpreso. Perché prenderla così alla lontana? C'è un mezzo più rapido e sicuro per arrivare a Londra: l'"Admiral Benbow" attraccato ad Amsterdam al molo di non so quale pagina. Schultz riprende in mano il libro e lo sfoglia all'indietro fino a pagina 155.

Soffia un forte vento sul porto di Amsterdam ma l'"Admiral Benbow" è ancora lì immobile attraccato allo stesso molo dove è sbarcato Jacob. Schultz si sistema addosso il maglione, blu o marrone non importa, e si avvia verso il brigantino. Nessuno fa caso al suo strano abbigliamento, marinai e portuali che ingombrano il porto non sembrano degnarlo di uno sguardo. Yas lo stivatore è ancora seduto a testa bassa sulla pila di casse, stilita innamorato. Sul ponte dell'"Admiral Benbow" il capitano Casey sembra in attesa di qualcosa o di qualcuno. Schultz imbocca la scaletta e sale a bordo. È chiaro che è lui che il capitano sta aspettando e infatti, appena Schultz ha messo piede sulla tolda, lo scalo della nave durato molte pagine sembra essere finito. Ordini a Schultz ben noti anche se gridati in un'altra lingua si alzano da ogni parte del veliero. Gli ormeggi vengono tolti, lo scafo guidato da una pilotina si stacca dal molo e prende a muoversi sull'acqua timidamente e con lentezza finché la vela di bompresso sollevata da robuste braccia marinare si assesta addosso al vento con cigolii e rimbombi e prende a dare al brigantino una precisa direzione. Appoggiato alla murata Schultz guarda la sua camera da letto, la luce accesa sopra il comodino, i libri, i dischi, l'armadio dove questa storia ha avuto il suo inizio e fa un cenno di saluto a Paso Doble che è sempre lì al suo posto, immagine di chi resta e si sente scisso, separato. E l'avvocato Berengo?, grida l'inquilino. Che sarà di lui? Schultz alza le spalle. Te lo affido. Chiedigli perdono, ma digli che per me l'universo è una cosa irrimediabile. Ne faccia lui quel che crede meglio. Non è questione di cattiva volontà. Proprio non c'è rimedio. Ci rivedremo ancora?, si sorprende poi a domandarsi mentre colui che dall'inizio del racconto è stato il suo compagno si fa sempre più lontano via via che il veliero si addentra nelle profondità del libro. Non che Schultz sia commosso, ma al momento del distacco partire sembra essere altrettanto difficile che restare. Dice qualcosa il capitano al passeggero appena salito a bordo? No, non è necessario. Ma deve essere subito chiaro che ufficiali ed equipaggio hanno nei suoi confronti la deferenza dovuta a un collega di riguardo. Gli è stata riservata una cabina senz'altro più ampia e confortevole di quella che occupava sulla petroliera. È, com'è naturale per quell'epoca, tutta di un bel legno dal colore acceso, la cuccetta sembra fatta per un uomo della sua statura. C'è un armadio, una scrivania, una poltrona. Schultz si sente a proprio agio a bordo del veliero che lo porta verso i moli dell'ultimo capitolo. Si metterà a cercare Nina prima che Jacob esca di prigione o gli converrà affrontare per primo Jacob e liberarsi di lui in qualche modo? Attraverso la porta della cabina rimasta aperta arrivano fino a Schultz strani suoni, un trepestio di passi concitati, imprecazioni, gemiti, bestemmie. Vengono dalla cabina dirimpet taia di cui Schultz può vedere la porta chiusa. C'è un altro passeggero a bordo della nave, un passeggero esasperato, roso dall'ira o dal dolore. Schultz ascolta incuriosito i suoni demenziali da animale in gabbia che arrivano fino a lui, poi si avvicina alla cabina e bussa. Forse il suo compagno di viaggio ha bisogno di qualcosa. La porta si apre bruscamente e Schultz si trova di fronte a un uomo immenso guercio e zoppo che indossa un logoro saio francescano e si appoggia a un bastone nerboruto. L'uomo ha un'aria familiare e infatti è il monaco che Schultz ha inventato, il monaco spagnolo che Schultz ha infilato assieme alla sua amante svizzera nella storia di Jacob, lì dove la storia gli era apparsa vuota, mutilata, priva di qualcosa che avrebbe dovuto invece avere. L'ha lasciato il monaco molte pagine indietro a piangere la fanciulla morta, a giurare vendetta contro il traditore che gliel'ha rubata, quel ragazzo scelto perché ne diventasse il marito per il tempo necessario a ereditare, cioè per un solo giorno o poche ore e, per chi non lo ricordasse, senza consumare il matrimonio, quel mascalzone che invece l'ha goduta, l'ha portata con sé nella sua fuga attraverso le montagne svizzere senza tener conto della sua avanzata gravidanza, il ragazzo insomma che l'ha uccisa e si è impadronito della sua ricchezza. Schultz intuisce che il monaco non è rimasto a piangere sulla sua sciagura ma che da quando la sua donna è morta ha vagabondato per gli spazi del racconto cercando Jacob. Ah, pensa Schultz, l'aver dato esistenza al monaco non è stata una ispirazione casuale, ma l'inizio di un disegno inconscio che probabilmente lo porta ora ad avere un alleato. E se può nutrire ancora qualche dubbio sulla realtà del personaggio lo dissipa la citazione di un autore meno estemporaneo e più autorevole di quanto lui non sia e, guarda caso, anch'essa relativa a un monaco: «Pensa ciò che vuoi,» rispose il monaco abbozzando un sorriso «io esisto nella tua fantasia e la tua fantasia fa parte della natura, io dunque esisto in natura». Ah, come sono fertili a volte le pause della lettura, quante buone cose possono produrre. Il monaco lo guarda senza capire. Come lo si fa parlare il monaco?, in italiano o in spagnolo? In spagnolo forse, o, forse come capita. «Quien es usted?» domanda con voce rugginosa. Uno che può aiutarla, reverendo, dice Schultz. Il monaco scuote la testa piano. «Nadie puede ayudarme,» mormora «el hijo de puta ha desaparecido. Lo he buscado en Italia y en Suiza. Pero nada. Alguien me ha dicho que es inglés y que ha vuelto a Inglaterra.» Io so dov'è, dice Schultz. Una luce si accende nell'unico occhio del monaco e così vivida che qualcosa ne traspare anche attraverso l'occhio spento. «Adonde està?» domanda. È in prigione, risponde Schultz, nel carcere di Tothill Fields dove ha passato gli ultimi quattro anni per aver ucciso un uomo in un duello. Con un movimento inaspettato il monaco afferra Schultz per il maglione e lo attira a sé. «Quiere usted burlarse de mi?» gli soffia in faccia. «Como es posible que hayan ya pasado cuatro años cuando me parece ayer que se jodia a mi muchacha?» Il ricordo di quella vile impresa giacobita gli brucia in modo tale che si mette a piangere e appoggia la testa sulla spalla di Schultz quasi a farsi consolare. Lo so che è difficile crederlo, dice Schultz, e tuttavia è così. Non bisogna prendere il tempo così sul serio. «Ella era tan linda,» piange il monaco «rubia y tierna como un conejito. El hijo de puta la jodia.» Lo so, lo so, ripete Schultz sottraendosi a quell'abbraccio lacrimoso. «Es una verguenza. El mismo Dios ha dicho basta. Basta.» Esce di prigione fra qualche giorno, dice Schultz, e se lei, reverendo, mi dà retta potrà aspettarlo fuori e fare di lui quel che più le aggrada. «Tengo una pierna rota por su culpa» dice il monaco sollevando la sottana e mostrando a Schultz una enorme gamba rigida con il ginocchio spostato, come arrampicato fino a metà coscia. «Una vez» continua il sacerdote «ero orgulloso de mis piernas, y ahora, mira. No puedo arodillarme más, justo lo que hacia falta a un hombre de mi negocio.» Poi riporta lo sguardo su Schultz. «Quien es usted?» ripete. «Y como sabe todo eso.» Sono un tipografo-editore, spiega Schultz, ho dimestichezza con storie come questa. «Me asegura?» domanda il monaco. Le aseguro, dice Schultz che nel frattempo ha imparato lo spagnolo, pongase in mis manos con confianza. «Usted también lo odia?» domanda l'altro. Diciamo, dice Schultz, che non mi piace. C'è molta gente cui non piace e che aspetta il momento in cui qualcuno liberi il mondo dalla sua presenza. «Caballero,» dice il monaco «quiero ser yo a quebrarlo. Yo soy el hombre que hacia falta. Tengo manos de hierro y un palo más robusto que una pija de matador de toros, el corazón lleno de odio.» Muy bien, dice Schultz, affare fatto. Sarà lei ad ammazzarlo. Pero ahora pongase tranquilo y espere que lleguemos a Londres. Londra, Londres, London è lì in fondo all'ultimo capitolo al quale il veliero attracca con ammirevole manovra. Piove. È la stessa pioggia di quando Jacob è arrivato assieme a Nina, colonne d'acqua spezzate dal vento che si abbattono sul porto. La città appare come un'ombra sterminata punteggiata di mille luci fioche. Schultz discende la scaletta con la sicurezza di un visitatore cui il paesaggio di fronte è familiare anche se appartiene a una realtà passata. Non bisogna prendere il tempo così sul serio, pensa Schultz, né le formalità della dogana né i problemi posti dall'ufficio immigrazione. Meno sicuro di sé sembra essere invece il monaco che mette piede a Londra per la prima volta. Si guarda attorno come smarrito, quasi incredulo che in quella enorme massa semibuia potrà trovare presto l'uomo che sta cercando. Ma la presenza di Schultz al suo fianco lo conforta, ha avuto modo durante il viaggio attraverso il libro di apprezzarne l'indole gentile. In fondo, anche se lo ignora, è una scheggia della sua fantasia e come tale inconsciamente gli si affida. Che facciamo di lui adesso? Voglio dire, risolviamo prima il suo problema o quello che sta a cuore a Schultz? Non è facile deciderlo. Qui la storia si biforca prendendo due diverse direzioni, l'una verso il carcere di Tothill Fields, l'altra verso l'albergo affacciato sui Kensington gardens dove Nina è scesa per pochi minuti l'ultima volta che l'abbiamo vista. Schultz fa cenno a un landau che avanza verso di lui in mezzo alle pozzanghere troppo lentamente per avere un passeggero a bordo. La lentezza con cui procedono queste carrozze da noleggio equivale infatti alla luce accesa sulla fronte dei taxi moderni. Schultz ha forse già fatto la sua scelta assolvendoci da un compito gravoso. Il cocchiere si tocca il cappello in segno di saluto. Alla prigione di Tothill Fields, dice Schultz salendo a bordo. In fondo, ripensandoci, la sua decisione è la più giusta. In una storia i personaggi secondari, per quanto non privi di interesse come in fondo è il monaco, vanno sbrigati prima dei personaggi principali cui spettano di diritto le ultime pagine, le parole conclusive. Il monaco gli sorride grato e se gli era rimasto qualche dubbio sulla possibilità di ritrovare Jacob attraverso il suo compagno di viaggio, lo dissipa l'istruzione data al vetturino. Mentre la carrozza trotterella verso Tothill Fields sorgono però altri problemi, il primo dei quali è questo: è lecito aspettarsi che Schultz assista all'incontro del monaco con Jacob o non è forse preferibile e anche più dignitoso che lo lasci solo ad aspettare il suo nemico davanti alla prigione? E quando esattamente Jacob verrà rimesso in libertà? Uscirò fra qualche giorno, ha detto il giovanotto, una indicazione molto vaga che non dà certezza alcuna: Jacob forse è già uscito, forse sta già cercando Nina con la sua spada in mano. Schultz considera con calma questa ipotesi, poi scuote la testa piano. No, dice, no. Jacob non è ancora uscito. È lui ora, lui Schultz,... padrone della storia e farà uscire il giovanotto quando gli fa comodo, cioè alla fine di quella stessa notte pochi istanti dopo che il landau si sarà fermato sotto le mura di Tothill Fields. Schultz assisterà all'incontro del monaco con Jacob ma da lontano, senza intervenire, come qualcuno interessato a quel che accade soltanto per poterlo raccontare. Ecco, mentre la carrozza si avvicina, nel carcere hogartiano pieno di ladri ruffiani e prostitute viene impartito l'ordine di rimettere in libertà Jacob Flint. Due guardie discendono una scala buia fino alla cella dove il giovanotto è chiuso, la aprono con pesanti chiavi, fanno cenno al prigioniero di farsi avanti. I quattro anni passati in quella cella hanno lasciato i loro segni sul viso di Jacob che, semicoperto dai capelli lunghi e da una folta barba, appare pallido e smagrito. Difficile dopo tanto tempo riconoscere in lui lo stesso uomo che ha fatto irruzione in casa di Schultz cercando la donna dal cappotto di cammello ma se ancora rimane al riguardo qualche dubbio, dovrà essere sacrificato alle esigenze della storia. Sono quattro anni che Jacob aspetta quel momento ed ora che il momento è arrivato ha la sensazione vuota e incerta che si prova quando un futuro tanto atteso comincia a incontrarsi con il presente. Raccoglie in una borsa logora le sue poche cose, alcuni libri – il nome e la posizione dello squire gli hanno consentito di godere di qualche privilegio – un pezzo di sapone, un pettine spezzato. Jacob passa davanti alle altre celle quasi senza vedere attraverso le grosse sbarre i loro cenciosi abitatori seduti a terra, alcuni addirittura incatenati, le ciotole di acqua, i buglioli maleodoranti, le pareti unte di dolore. Guarda davanti a sé oltre le mura verso la strada che porta alla sterminata città dove forse si nasconde il soggetto dell'azione. Cancellate di ferro si aprono davanti a lui, si spalancano cortili, alle sue spalle si chiude una frattura, davanti gli viene incontro soltanto un progetto di futuro. Andrà, per primo, da Viruela, l'unico forse che possa guidarlo attraverso il tempo informe che lo aspetta, un po' alla volta, fino al punto dove possa ritrovare la sua storia e ricucirla. Gli anni di prigione hanno disperso una continuità che può essere ritrovata soltanto con l'aiuto di qualcuno. Si chiede se fuori troverà ad aspettarlo le metafore che ha sentito invisibili, e vicine tutti quegli anni, come accampate accanto alla prigione. È quella, teme, più che il ritrovamento di Nina e la sua vendetta la conclusione logica della sua avventura così come è stata finora raccontata e i suoi pensieri sono costretti a svilupparsi secondo la linea narrativa che da questo timore si proietta. Vede se stesso in fuga attraverso l'Inghilterra e le metafore alle sue spalle a inseguirlo. A volte riesce ad ucciderne qualcuna, a volte a depistarne altre, ma soltanto per ritrovarle un po' più tardi, quando ovviamente, meno se le aspetta e si crede in salvo. Una condanna a vita. Che conclusione squallida, sussurra, che destino restare intrappolato in un rimorso che non si prova e che non si è mai provato. Ma quando l'ultimo portone si apre davanti a lui non c'è traccia, nella strada, delle bestie misteriose. C'è soltanto un landau fermo a poche decine di metri di distanza in mezzo alle pozzanghere. Ecco, dice Schultz al monaco, è lui, lo riconosci? Lo sguardo del monaco spagnolo perfora la luce grigia dell'alba e si infila addosso a Jacob come una freccia avvelenata. Poi lo sportello del landau si apre e il monaco scende a terra stringendo nella mano il suo bastone poderoso. È vero, prima che il landau arrivasse c'erano accanto alla prigione metafore in attesa striscianti in mezzo al fango sguscianti nella melma di un canneto, residui di un racconto sospeso quattro anni prima. Ma Schultz non ha bisogno di servirsene. Ha l'orgoglio dell'autore dilettante che vuol utilizzare soltanto i propri mezzi; inoltre ha fatto la promessa al monaco di consegnare Jacob a lui e a lui soltanto. «Sì, lo reconosco,» dice il monaco «a pesar de la barba y el pelo largo. Es él, es el mismo hombre.» Si avvia verso di lui trascinando la sua gamba mentre Schultz, rinchiuso lo sportello, appoggia l'avambraccio al finestrino e si prepara ad assistere all'incontro come dal palco di un teatro. Jacob guarda la figura immensa del monaco che avanza, l'occhio puntato su di lui e in certo modo avverte di essere il bersaglio di quello sguardo. Si ferma inquieto finché l'altro lo raggiunge. «Te acuerdas de mi?» gli domanda. Jacob aggrotta le sopracciglia, scuote il capo. Non ha mai visto in vita sua quell'uomo che, ne è sicuro, dalla domanda che gli ha fatto lo sta prendendo per un altro e lui, adesso che è uscito, ha fretta di andare verso il suo futuro senza che un equivoco gli faccia perder tempo. No, dice. E fa per continuare la sua strada. Ma il monaco lo ferma, lo spinge quasi a schiacciarlo contro il muro, lo immobilizza con la sua grossa mano. «Suiza,» sussurra il monaco «te acuerdas? La muchacha rubia che yo amaba muerta por hemorragia. Tenía en el vientre un hijo mio. Dejaste que muriera.» Jacob non capisce una parola di quel che il monaco gli dice, lo guarda esterrefatto e impaurito, confusamente si domanda da dove diavolo provenga quell'essere infernale che gli attribuisce l'identità di un altro e che sta violentando la sua storia. «Hiciste una promesa y no la mantuviste. Prometiste de casarla por un día sin tocarla con un dedo. En vez tu la jodiste. Y después dejaste que muriera.» Schultz seduto nel landau, un braccio appoggiato al finestrino, una sigaretta in bocca, osserva la scena compiaciuto. «Y esta pierna?» continua il monaco sollevando la sottana «rota desde que me caì de la ventana. Soy rengo por la vida.» Di che diavolo sta parlando, si domanda intanto Jacob mentre il monaco continua a tenerlo schiacciato contro il muro. «Te busqué por toda Europa hasta que encontré a un caballero,» fa un cenno con la testa verso il landau fermo a pochi metri di distanza «que me dijo adonde estabas. Y aquì yo también estoy.» Jacob guarda la carrozza ferma, il cocchiere a cassetta mezzo addormentato e comunque indifferente a quel che sta accadendo, la sagoma di un uomo appoggiato al finestrino. Non ne vede il viso ed è proprio il fatto di non vederne il viso che gli permette di riconoscerlo. Sì è lui, non può essere che lui, il suo nemico, l'uomo senza volto che gli ha rapito Nina e che da anni lo tortura. È lui che ha intessuto l'oscura trama calunniosa che gli si sta chiudendo addosso e che lo tiene schiacciato contro il muro. Il monaco invasato che gli sputa in faccia quelle folli accuse in una lingua difficile a capirsi è un suo sicario incaricato di toglierlo di mezzo. Questo capisce Jacob in un baleno e capisce anche di essere battuto, di non poter avere altra storia oltre a quella raccontata perché un corpo estraneo e ostile si è insinuato lì dove la sua storia riprendeva bloccandone ogni possibile sviluppo. Schultz fa un cenno con la testa. Ti farò uccidere, Jacob Flint, pensa lanciandogli uno sguardo divertito. Potrebbe toglierlo di mezzo lui stesso, sfidarlo a duello e batterlo senza correre il rischio di essere battuto. Potrebbe, pensa, procurarsi un'arma e scaricarla addosso al giovanotto spaventato e incredulo che il monaco tiene prigioniero. Ma preferisce lasciar fare al monaco. L'ha promesso. Jacob non ha scampo. La distruzione fantastica del reale da parte di un monaco spagnolo gli sembra a questo punto della storia, più pertinente al tema che tutti li accomuna che una sua continuità. Gli ha comunque riservato una bella fine: lo uccide un personaggio inesistente, gli frantuma il cranio un bastone senza peso. È una svolta fantastica e grottesca di cui lo stesso Jacob dovrebbe apprezzare i meriti anche se comporta la sua fine. Schultz fa un cenno al vetturino e subito il cavallo fa un mezzo giro su se stesso e comincia a trascinare la carrozza verso la città. Dietro, sotto il muro di cinta di Tothill Fields, il bastone senza peso del monaco si abbatte sulla testa di Jacob fracassandola. La carrozza rotola piano sull'acciottolato, discende la strada che conduce al centro. Continua a piovere. Inutile descrivere a questo punto le metafore momentaneamente accantonate che tornano ad animarsi e si avvicinano strisciando al cadavere di Jacob né lo smarrimento del monaco rimasto senza guida. Basta ricordarli brevemente e poi lasciarli andare per la loro strada. Schultz si adagia contro lo schienale soddisfatto finora del capitolo aggiuntivo da lui vissuto. È rimasto solo a condurre la ricerca. Ma il problema, adesso, è da dove cominciarla. Guarda la città che sta come affiorando dalla notte. La donna potrebbe essere lì, in un punto qualsiasi, oppure lì, là in fondo, dall'altra parte. Potrebbe trovarla subito o molto presto e nelle migliori condizioni dal momento che ormai è diventato il padrone del racconto. Lei stessa potrebbe fermare la carrozza e salire a bordo, sedersi accanto a lui e, ad un tratto, riconoscerlo. «Vuole che, così, tanto per passare il tempo, le racconti la trama del film *I Lancieri del Bengala*? Potrebbe essere ritornata all'hotel "De Vere" sicura che lui, Schultz, in qualche modo l'avrebbe seguita fino a Londra. Potrebbe aver riacquistato la "Taverna del Doge Loredan" e aspettarlo dietro il banco sotto il lucore di mille bottiglie incolonnate sopra di lei sugli scaffali. Potrebbe incontrarla sulle rive del lago dei Kensington gardens o meglio sotto la statua di Peter Pan che non c'era ancora ma che sarebbe diventata molti decenni dopo luogo di incantati appuntamenti. Ma ha promesso a Paso Doble di non cercare la soluzione che più gli accomoda. Poteva essere invece assai difficile trovarla. Lei stava tentando di raccogliere quel che era rimasto dell'impero di Fielding decisa a ricomporlo altrove, dove non si sapeva esattamente. C'era chi diceva che era stata vista in Cornovaglia magari alla "Jamaica Inn", luogo di raduno dei pirati di Bodmin e Bolventor, la "Taverna della Giamaica" dalla cui storia molto tempo dopo sarebbe stato ricavato un film. Ecco, lui Schultz, seguendo quel vago indizio sarebbe andato alla "Jamaica Inn" e avrebbe scoperto che era molto più distante dal mare di quel che il film aveva fatto credere, non sulla costa ma in mezzo a una brughiera piena di vento e di fantasmi e qualcuno, forse non diverso da Charles Laughton né da Emlyn Williams gli avrebbe detto che sì, una signora che rispondeva alla descrizione della donna dal cappotto di cammello era stata alla taverna per qualche giorno ma poi se ne era partita per la Scozia assieme a un mercante di cavalli. E lui avrebbe seguito le sue tracce fino in Scozia per poi perderle di nuovo. Oppure avrebbe scoperto di non essere il solo a seguire le sue tracce, ma che un altro uomo o forse più di uno, molti uomini, si muovevano furtivi da una pagina all'altra del libro chiedendo di lei, ciascuno di essi allarmato alla scoperta che un altro uomo, altri uomini erano passati per gli stessi luoghi facendo le stesse domande e lui riconosceva in loro altri lettori del libro trovato sull'armadio, altri lettori che, sedotti da quel tanto di comune che la storia di Jacob aveva con la loro, erano entrati nel libro attraverso gli stessi valichi di cui lui si era servito e vi sarebbero rimasti finché non avessero trovato quel qualcosa che mancava, che non si sapeva dove fosse, che forse addirittura non c'era. Ah, pensa Schultz, sicuro ormai di avere definitivamente messo a fuoco il tema, non la storia di un uomo che legge un libro nel corso di una notte, ma un libro che contenga il suo lettore, il suo destinatario, lo renda a poco a poco consapevole del suo ruolo lo motivi e lo seduca, lo induca a circolare nei suoi spazi, lì dentro, dove non valgono le stesse leggi che regolano il mondo fuori, lì dove è possibile che un armadio sopra il quale viene trovato un libro si trovi in realtà dentro le pagine del libro, lì dove una donna vissuta in un altro secolo può essere la stessa donna che ti siede accanto nello scompartimento di un treno espresso e un tipografo-editore ex capitano della marina mercantile può vivere assieme a un doppio fastidioso e ballerino...

La carrozza intanto prosegue il suo cammino lungo la rete di strade londinesi che scorre nelle profondità del libro: Eccleston street, Belgravia, Sloane square, Sloane street, Knigtbridge su su verso Kensington dove sembra trovarsi la sua meta. È da lì che si deve cominciare la ricerca? Schultz continua a vivere il capitolo aggiuntivo, a sviluppare la sua storia. Oppure, pensa, lei potrebbe essere partita per le Americhe, qualcuno l'ha costretta a farlo, hanno scoperto che i suoi legami con Fielding oltre che affettivi erano anche di loschi affari commerciali, l'hanno espulsa dal paese... Oppure. Ad un tratto Schultz capisce quel che Nina ha fatto dopo la sua scomparsa e continuerà a fare fino a quando il racconto non sarà finito: Nina è svanita, così, semplicemente, evaporata, non c'è più spazio in questa storia che possa contenerla, il soggetto dell'azione se ne è andato per i fatti suoi quali che siano, nessuno potrà più trovarlo... Forse sarebbe ricomparsa un giorno dietro un'altra finestra di un'altra "Taverna del Doge Loredan" o in un altro scompartimento di un altro treno espresso davanti a un altro pubblico. Era quella la conclusione più onesta del racconto, anche se forse non tanto imprevedibile. Ma non era il caso di formalizzarsi troppo. Si trattava in fondo di un racconto trovato sopra un armadio fra molte cose nascoste o buttate via il che se non altro ne limitava le pretese. Certo avrebbe potuto immaginare altre soluzioni ma nessuna l'avrebbe convinto più di quella. Un personaggio come lei può prendere in considerazione soltanto i tagli netti. Quanto a lui che cosa avrebbe fatto adesso? La carrozza intanto sta risalendo Gloucester road, entra in Palace Gate, svolta a sinistra verso l'hotel "De Vere". Dai Kensington gardens, allora più simili a una foresta che a un parco, si alza un volo di anitre selvatiche: le ali battute assieme con perfetta sincronia danno uno strano suono come di lontani applausi radiofonici. Ah, lui, pensa Schultz, avrebbe comunque continuato a cercarla cominciando da lì, dal punto dov'è scomparsa. Perché se lei era un personaggio da cui non ci si poteva aspettare che arrendevolmente si astenesse dalla propria assenza soltanto per dar modo di trovarlo a chi lo sta cercando, lui Schultz, non era un personaggio che si arrendesse facilmente e che accettasse di tornare indietro. Pensa un po', dice Schultz, la figuraccia che farei davanti a Paso Doble se tornassi indietro. Scende dalla carrozza senza pagare il vetturino che d'altra parte è già stato ampiamente pagato da un signore sulla cinquantina che vive al numero 1 di Palace Gate, in un appartamento di proprietà dell'hotel "De Vere" e che in un recente compito in classe di suo figlio, un bambino di nove anni che frequenta la Oratory Primary School di

Cale street, è stato descritto come "a quite tall man, a journalist and an author of venitian novels" qualsiasi cosa quest'ultima osservazione voglia dire. È stato lui infatti, quest'uomo, a mandare la carrozza incontro a Schultz e al monaco spagnolo al loro sbarco dall'"Admiral Benbow". Allora il traffico di Londra non era così intenso come adesso ma non si deve credere che in quell'epoca fosse tanto facile trovare una vettura soprattutto nella zona del porto all'ora in cui arrivavano le navi. Lo ha fatto perché è un signore dall'animo gentile che ha seguito fin dall'inizio la vicenda di Schultz e l'ha presa a cuore come se lo riguardasse di persona. Inoltre da sempre prova un senso di tenerezza per chi, come ad esempio Schultz, sostiene inutili fatiche. Ecco, adesso Schultz compare sul marciapiede di Kensington road davanti al sentiero che immette ai gardens proprio sotto la finestra del signore "abbastanza alto ecc. ecc." che lo osserva attraverso il vetro. C'è un tavolo accanto alla finestra. La luce di una lampada a braccio accesa sopra il tavolo rimbalza sull'ultima pagina di un lungo racconto che sta finendo. Le altre pagine già battute a macchina sono raccolte in un contenitore. Sono le nove del mattino ma fuori il cielo è molto scuro. Il parco dove è sparita Nina è un buio labirinto fradicio di pioggia. Non invita, anzi respinge. Il signore alla finestra osserva perplesso Schultz fermo all'imboccatura del sentiero. Non se la sente di lasciarlo solo a questo punto, di abbandonarlo al suo destino. Per quanto inutile – anch'egli ignora dove Nina sia finita ed è comunque convinto che non può essere trovata – vorrebbe far qualcosa che aiuti Schultz a non procedere alla cieca nella sua ricerca. Esita qualche istante, poi si appoggia al tavolo e aggiunge poche righe all'ultima pagina del racconto: dal cuore o dalla periferia del parco, al di sopra dello scroscio della pioggia e del volo delle anitre selvatiche, si alza il canto assai improbabile di una donna: "Mastica fra te stessa qualche parolina, mescolandola con alcun sospiro...". Versi presi qua e là dalle pagine dei classici, se così si può dire, minori, come faceva il povero Silvestri. Schultz rimane per un secondo immobile ad ascoltarli poi infila le mani in tasca e si avvia con passo fermo sul sentiero.